ЕЛЕНА КОЛИНА

Наивны наши тайны

САНКТ-ПЕТЕРБУРГ

 издательство
амфора

2005

УДК 882
ББК 84(2Рос-Рус)6
К 60

Колина, Е.

К 60   Наивны наши тайны : [роман] / Елена
Колина. — СПб. : Амфора. ТИД Амфора,
2005. — 412 с.

ISBN 5-94278-807-3

Вам бы хотелось узнать, что происходит в
большом красивом доме за высоким кирпичным
забором?

Культовый писатель Кир Крутой создал тайну
из своей жизни и секрет из самого себя. Его личная жизнь — три любовницы, жена, признанные
и непризнанные дочери. Кир Крутой внезапно
умирает во время приема. Кто же получит его наследство — миллион долларов? Его жена, владе-
лица ресторана, успешный персонаж модной тусовки, любовница-актриса, соавтор или дочери — светская барышня, скромная студентка или
провинциальная Золушка?

В борьбе за наследство совершается преступление, затем еще одно... Итак, кто же убийца? И кто
получит миллион долларов?..

Вот такую историю прямо на глазах у читателя придумывают две подруги, одна из которых
живет в Москве, другая в Питере. Их беседы о
жизни в стиле «Дневника Бриджит Джонс» забав-
ны и полны юмора, история увлекательная, фи-
нал неожиданный, а чувства — настоящие.

**УДК 882
ББК 84(2Рос-Рус)6**

ISBN 5-94278-807-3   ЗАО ТИД «Амфора», 2005

*Если читатель случайно узнает
в персонажах знакомые черты,
пусть не обижается — все, ну
просто абсолютно все, придумано.
К тому же хитрый
автор изменила имена.*

Предисловие

Неправда, что постель — это не повод для знакомства. Постель — очень хороший повод, ничем не хуже других. К тому же, если люди знакомятся в постели, это вносит в их отношения совершенно особую близость.

Как известно, «я» бывают разные. Чтобы узнать, какое именно «я» перед вами, дорогие читатели, сейчас прямо у вас на глазах я использую специальную психологическую технику: закрою глаза, уйду в себя — ненадолго, только для того, чтобы прийти в полубессознательное состояние, — и в этом, полубессознательном состоянии повожу авторучкой по бумаге. Что моя рука напишет, то и будет моим личным «я».

Итак, мое «я» взяло авторучку, закрыло глаза, и вот что у него получилось.

Я — ... не скажу кто (интимное)...

Я — ...опять не скажу кто (очень интимное)...

Я — ... это уж и вовсе не для печати...

Я — ... подруга моей подруги Ольги.

Из этого следует, что я все (кроме интимного, очень интимного и того, что уж и вовсе не для печати) делаю вместе с моей подругой Ольгой. Но Ольга живет не в Питере, не имеет значения, где именно. В Москве. И мы делаем все вместе по телефону.

Познакомиться можно где угодно. С Ольгой, например, мы познакомились в постели. В моей.

Сначала познакомились наши папы. Они-то познакомились как люди — не в постели, а на научной конференции, посвященной «массообменным процессам чего-то там такого». Затем они решили познакомить нас, своих детей, и Ольгу отправили на каникулы в Питер, потому что у нас Эрмитаж и вообще, в отличие от Москвы, культура. Московский поезд приходил поздно, и когда, прямо с ночного поезда, полусонную Ольгу кинули ко мне на заранее разложенный диван, я уже спала. Ольга помыкалась, повертелась, отодвинулась от меня подальше и тоже заснула. Она утверждает, что проснулась от того, что я сидела на ней верхом и кричала:

— Ура, ура! У тебя тоже прыщик на носу!

Вранье. Не было у меня никакого прыщика. Может, у кого и был прыщик, но не у меня. Мне было 14 лет, и я была дивно хороша. И Ольге было 14 лет, и она тоже была дивно хороша.

С тех пор все каникулы мы с Ольгой спали в одной постели, и от этого стали одинаковыми на молекулярном уровне. Ну, про молекулярный уровень это я просто так ляпнула, но думаю, что-то в этом есть, — если люди долгое время спят в одной постели, это вносит в их отношения совершенно особую близость.

И до сих пор мы с Ольгой обязательно вечером должны обсудить все, что случилось днем. Понимаем мы друг друга с полуслова, поэтому нам требуется совсем немного времени — не больше часу. Но и не меньше.

И вот как-то раз, когда мы уже поговорили часок-другой, я сказала Ольге:

— Знаешь, я сегодня пила кофе в «Кофе Хаузе», а за соседним столиком сидела компания. Там был мужчина, такой, знаешь... с тонким лицом. А с ним полноватая блондинка, очень уверенная в себе, и две девушки — одна хорошенькая, похожая на все фотомодели сразу, но какого-то декадентского толка, такая томная, и смотрит, как плачет... а другая щупленькая, как подросток, но с удивительно взрослым лицом... И я подумала: интересно, у неё что-нибудь случилось или у нее просто взгляд такой?

— Рассказывай дальше.

— За стойкой там стоит очень хорошенькая женщина, только какая-то невнятная, наполовину секретарша, наполовину «блондинка в жутких розочках», и обе половины худшие...

А за другим столом сидела парочка, лет под сорок. Знаешь, бывают такие — пышные, не в смысле веса. Оба красивые, холеные, тщательно одетые. Я, например, просто в джинсах, а они — одетые. Они тихо ссорились: незаметно шипели друг на друга и пинались под столом... А еще я обратила внимание на официантку — грубоватая девица с провинциальным произношением... Ну а за соседним столиком сидели такие люди — я тоже хочу когда-нибудь так сидеть! Он седой и красивый, а она — тоже седая, с хвостиком на резинке, — читала ему стихи. И тогда я вдруг начала...

— Ты начала придумывать, кто все эти люди, как они живут...

— Да. А правда, интересно придумать другим жизнь?..

— Привет! Как дела? — внезапно спросила меня Ольга.

Я ничуть не удивилась. Это означало, что пришел Ольгин муж. Вообще-то телефонные разговоры между Москвой и Питером недорогие, но у нас почему-то получаются дорогие. Очень дорогие. Думаю, все дело в том, что если платить за час-другой ежедневно, выходит дороже. Вот Ольга и сделала вид, что она только что позвонила, — просто узнать, как дела.

10

Перед тем как повесить трубку, я услышала, как Ольгин муж довольно сказал:

— Вот видишь, ты же можешь разговаривать кратко, когда захочешь. Просто узнать, как дела, и все.

Дальше я буду называть Ольгиного мужа Пуся. Для краткости и потому что я не люблю слово «муж» — попробуйте произнести его несколько раз подряд, например раз двенадцать, и увидите, что получается какая-то глупость: «маш-маш-маш».

Беседа первая

— Так вот, я насчет тех людей, которых ты видела в «Кофе Хаузе». Давай напишем про них книгу, — предложила мне Ольга. — Всем известно, что каждый человек носит в себе материал по крайней мере на одну книгу. А если эти два человека будут писать вместе, то у них получится Очень Хорошая Книга, потому что в одной книге будет в два раза больше персонажей.

— Ага, давай, — мечтательно сказала я, — напишем роман. Про жизнь, про любовь… И чтобы была борьба хорошего с плохим, и чтобы воспитательное значение — как положено в настоящей русской литературе…

— Никакой борьбы, никакого воспитательного значения и даже никакой настоящей русской литературы, — возразила Ольга. — Мы напишем что-нибудь в духе Агаты Кристи. Кстати, писать будешь ты, потому что в девятом классе получила пятерку за сочинение «Образ Наташи Ростовой». Хотя я уверена, что ты все откуда-то списала!..

— Но мы не сможем придумать что-нибудь в духе Агаты Кристи! Нам помешает врожденная интеллигентность.

— Лично мне она никогда не мешает, — гордо ответила Ольга. — Читателю осточертело воспитательное значение, читатель хочет детективов, хороших и разных.

Вот, пожалуйста, — типичная Москва! Москва суетлива, и в ней всегда все на продажу, что не может не сказаться на Ольге.

— Я имею в виду, что для детектива в духе Агаты Кристи необходимы побочные дети, переодетые полицейскими, старушки-миллионерши, люди в черных масках... А в нашей российской реальности не возникают неведомо откуда побочные дети, переодетые ментами... и наши старушки — обычные пенсионерки. Попробуй представить себе человека с черной накладной бородой, покупающего мышьяк в аптеке на Невском возле Аничкова моста... А где ты видела людей в черных масках, если они не из налоговой полиции... да что там говорить!..

— Интеллигентские штучки! — отрезала моя подруга и мечтательно добавила: — Хотя бы один герой должен всегда ходить в высоких кожаных сапогах, с хлыстом и со зверским выражением лица. А у другого должна быть большая черная борода.

Но меня все-таки обуревали сомнения — как интеллигентного человека.

— Ты, главное, следуй моим указаниям, а уж я прослежу, чтобы в нашей книжке все было как следует — убийство, наследство, внебрачные дети и люди в масках. Потому что я обожаю детективы! — заявила Ольга.

Это прозвучало как безусловный аргумент, например, «потому что после весны наступает лето».

И я начала писать пролог. Ольга сказала, что сам сюжет можно придумать и потом.

Пролог

...Из интервью с культовым писателем Киром Крутым в журнале «Кошка ру» за апрель текущего года.

— Кир, мы задали вам все вопросы, которые полагается задавать знаменитому писателю. А теперь наша анкета. Просьба быстро, не задумываясь, отвечать:

— Любимый цвет?

— Черный.

— Любимое блюдо?

— Картошка с селедкой. А вы что думали, фуа гра?

— Алкоголь?

— Водка «Дипломат».

— Вредные привычки?

— Все очень вредные.

— Дети?

— Дочь.

— Слабое место?

— Чур, вы первая скажете про свое слабое место!

— Самый любимый человек?

— Без комментариев.

— Ходят слухи, что ваша жена — светская женщина. Но вы никогда не появляетесь на публике. Вашей жене не обидно всегда быть на людях одной? То есть без вас...

— Без вас или без вам? И вообще, это утверждение или вопрос? Если вопрос, то всегда быть вместе вредно для потенции. Мне нужна своя жизнь, и ей тоже.

— Что такое, по вашему, любовь?

— А по-вашему, что?.. Реакция на запах? Привычка, как к своей руке-ноге? Или как в юности, когда бежишь, дрожишь, цветочки несешь?.. Лично я точно не знаю, что такое любовь. А вы-то сами как думаете?

«...Мне нужно в Комарово, — подумал Кирилл, притормозив на красный свет. Взгляд его остановился на лежащем на торпеде журнале «Кошка ру». — А зачем мне нужно в Комарово? Я еду домой, в Токсово, сегодня у нас гости... и что за глупая мысль, — зачем мне понадобилось в Комарово?..»

Кирилл взял журнал в руки, открытый на четвертой странице, где было напечатано его интервью, последний вопрос прочитал вслух на разные голоса — то начальственным басом, то писклявым учительским голосом и раздраженно бросил журнал на заднее сиденье.

«Мне сорок три года, а я не знаю, что такое любовь...» — подумал он, раздраженно передернулся от глупой пошлости своей мысли и тут же упрямо повторил про себя претенциозно горестные слова: «Я не знаю, что такое любовь...»

...Если бы Кириллу сказали, что все, что с ним происходит, называется «кризисом среднего возраста», он бы только хихикнул. Он уже большой мальчик, и мама давно разрешила ему смотреть телевизор, поэтому он из рекламы знает — кризисы бывают только у тетенек, в определенные дни, а у дяденек — нет, не бывает никаких кризисов.

Если бы Кириллу сказали, что он, как последний мудак, будет с нетерпением ждать сеансов психоанализа, и они станут смыслом его существования, кульминацией дня, и беседы с психоаналитиком станут для него интересней реальной жизни, он бы сказал — что за херня, ребята! Какой к черту психоанализ, дедушка Фрейд, конечно, был не дурак, но меня его штучками не проймешь — я же разумный человек!

Если бы Кириллу Ракитину сказали, что с ним может произойти нечто неуловимое, что называют «изменением личности», он бы ответил, что ему и с прежней личностью неплохо. И действительно, его прежняя личность вполне довольствовалась телом, ведущим здоровый образ жизни, и головой, заполненной интересными сюжетами, а не плаксивыми сентиментальными глупостями. И кто бы мог подумать, что возможность потерять свою личность, как теряют свой чемодан где-нибудь между Франкфуртом и Римом, окажется реальной вещью...

Писателя Кира Крутого в прессе называли человек-секрет. Секретом Кирилл Ракитин сделал себя сам: как любой по роду деятельности публичный человек, при желании он с утра до вечера мог бы сновать по TV-каналам, переходя из бесконечных ток-шоу в публицистические программы, но Кир Крутой не желал быть публичным человеком и не стремился продавать себя в одном флаконе со своими произведениями. Его стойкое отвращение к публичной жизни выглядело вполне органичным — ну не хочет человек торговать лицом, а хочет сидеть в тиши своего кабинета — писатель имеет право!

Одновременно это был хорошо продуманный имидж. Имидж Кира Крутого — железная маска, фишка Кира Крутого — не давать живых интервью.

Итак, Кир Крутой никогда не появлялся на телевидении, не давал живых интервью и не подпускал к себе фотографов. Публичность его строго дозировалась им самим и заключалась в том, что Кирилл Ракитин изредка давал телефонные интервью — только центральному каналу и определенным изданиям, — чтобы не угасал интерес к собственному образу. В желтой прессе часто обсуждался вопрос о реальности его существования — объявляли, к примеру, что писатель Кир Крутой — женщина или даже группа литературных рабов под общим псевдонимом. Издательство не настаивало на том, чтобы Кир Крутой появлялся на публике хотя бы во время главных событий года, — он был единственным писателем, которого читал и стар и млад, издательство преуспевало за счет его произведений и было счастливо преуспевать и дальше.

Кстати, в издательстве тоже не знали писателя Кира Крутого в лицо — с самого начала его литературной карьеры все переговоры за него вел Игорь, его агент и одновременно редактор.

...И вот частное лицо Кирилл Ракитин, человек-секрет, сидит за рулем своей «субару» и никто не знает, что он — знаменитый писатель, чьими книгами завалены прилавки и лотки, да что там — завалена вся Россия. И главное, скоро, очень скоро произойдет еще кое-что! Кстати, «субару» — тоже машина-секрет! При непритязательном дизайне эта — лучшая машина в мире — ка-ак рванет!.. И Кирилл рванул с перекрестка, обогнав нетерпеливо дрожащие рядом с ним пошлый «мерседес» и джип с затемненными стеклами и с удовольствием представив себе оторопевших от его неожиданной резвости водителей.

У перекрестка на шоссе Кирилл снизил скорость.

Зачем человеку в Комарово, если он живет в Токсово? Всем известно, что Комарово совсем в другой стороне... правда, можно через переезд или по перемычке...

* * *

...Лариса Королева, жена культового писателя Кира Крутого... или нет, не так, — у писателя Кира Крутого не было жены. Лариса Королева, жена частного лица Кирилла Ракитина, сидела в своем клубе. Ну, пожалуй, назвать клубом недавно открывшийся ресторан было чересчур, но Ларисе очень хотелось, чтобы ее просто ресторан превратился в модный клуб. Для этого нужно было придумать фишку, слоган, и она ломала над этим голову, напряженно грызя ручку.

«Клуб для тех, кто хочет общаться с людьми своего круга и материального положения» — написала Лариса на обратной стороне меню. Фраза понравилась Ларисе и повела ее за собой. У нее будет не просто ресторан, и не для всех. А потом она расширит дело и откроет при клубе (да, именно так!) не просто тренажерный зал, а закрытый, станет проводить не просто курс занятий «Как всегда быть соблазнительной для своего мужа», а только для тех дам, которые ни на минуту не забывают о своем благосостоянии.

«Не для всех» — Лариса сама придумала такой слоган, и он обязательно должен оказаться успешным! Кирилл говорит, что все люди в глубине души, а некоторые даже не очень в глубине хотят быть «недлявсеми», и чтобы то, чем они владеют, включая развлечения, было «не для всех». Одно слово «закрытый» манит людей, как огонь бабочек.

Чем привлекает закрытый клуб? Там собирается своя тусовка, попасть в которую мечтают многие. Обязательно нужно будет ввести клубные карты, получить которые можно будет только через знакомых. Попасть в клуб тоже можно будет только через знакомых, по предварительному звонку...

Очень важно проводить в клубе модные вечеринки. Лариса уже провела у себя в ресторане показ моделей молодых дизайнеров одежды, но для этого ей пришлось вдоволь поунижаться перед некоторыми гостями и журналистами. А вот когда ее клуб превратится в самое модное место и ее вечеринки станут самыми вожделенными, для них не потребуется никакой предварительной рекламы — информация о вечеринке будет передаваться только из уст в уста, что и станет самой сильной приманкой.

Обо всем этом и мечтала Лариса, задумавшись над своим листком — обратной стороной меню. Может же быть у человека мечта, и Ларисина мечта была не хуже многих других.

Очень удачно, что они с Кириллом недавно переехали в коттеджный поселок. Ларисе придется кстати новое окружение: ее новые соседи могут помочь ей сделать ресторан самым модным и элитарным местом. Они станут первыми членами клуба, приведут своих знакомых, те, в свою очередь, приведут своих, а потом... потом Лариса уже будет сама раздумывать и решать — выдавать или не выдавать клубную карту... Нужно будет только как можно удачнее перемешать этих дам и их мужей с персонажами модных тусовок.

Жаль, что Кирилл никогда не позволит ей представляться женой писателя Кира Крутого!.. Это моментально сделало бы ее ресторан модным местом, но ничего не поделаешь. Но Лариса знала: если она хотя бы на ушко кому-то шепнет об этом, она окажется там же, где была до того. До того, до того... до всего. До того, как стала женой Кирилла.

Через неделю у нее в ресторане намечена вечеринка «красное-черное», которая предполагает дресс-код — все должны быть только в красном и черном. А для некоторых избранных, будущих членов клуба, будет еще и секретный дресс-код — красная роза в прическе или приколотая к шарфу. Это Кирилл придумал — на каждой вечеринке будет такая деталь-секретик, позволяющая некоторым почувствовать себя избранными.

Потом состоится вечеринка «семидесятые»... какая деталь-секретик? Что тогда носили, какие аксессуары принадлежат тому времени? Может, пусть все обмахиваются большими носовыми платками, или нет, это глупо... Ох, вот идея! Пусть у каждого из посвященных на руке будут советские часы!.. И не бросается в глаза, и нетрудно добыть, — у каждого дома наверняка завалялись такие на память... ну ладно, это можно и потом придумать.

Что еще необходимо для успеха? Лариса была уверена, что здесь большую роль играет изысканная кухня... хотя...

Вспомнив вчерашний визит известного тележурналиста с женой, Лариса вздохнула. Ей пришлось столько интриговать, чтобы заманить пару к себе, она строго-настрого наказала официанту уверить гостей в том, что лишь у них можно попробовать свежие французские сыры и пармский окорок, и чем же закончилась вся эта суета?.. Жена знаменитого на всю страну тележурналиста, жизнерадостная толстушка, прервав официанта на полуслове и отложив меню, сказала:

— Ну, меню я ваше посмотрела, а покушать-то что-нибудь есть? У вас же небось все манерное, крошечное, а я голодная!

Пришлось официанту бежать в соседний ресторан за огромным кровавым бифштексом и салатом «оливье»...

...Итак, изысканная кухня с учетом неизысканных вкусов некоторых клиентов, вышколенный персонал, избранная клиентура, прикормленные журналисты... Боже мой, сколько же все это стоит — и трудов и денег!..

Лариса принялась составлять список самого необходимого для вечеринки:

«Аксессуары и посуда от Villeroy и Boch... — страшно подумать... бокалы «Ridel» сорок долларов штука... Сколько мне нужно, штук сто? Сто много... закажу пока пятьдесят...»

...Когда-нибудь, когда все уже состоится и на ее клубе не будет даже вывески (закрытый вход в закрытый клуб, чужие не придут, а «недлявсе» и так будут знать)... тогда Лариса станет предметом обожания и любви — прессы, светских знакомых, персонажей модной тусовки, всех!

* * *

— Нехилая тачка... — Мариша Королева, дочь культового писателя Кира Крутого, или, вернее, Мариша, дочь Ларисы Королевой, рассматривала ярко-красную «тройку» «BMW» в салоне «Евросиб» на улице Боровой.

Продавцы салона, делая вид, что все они толпятся тут по делу, так и кружили вокруг Мариши. Длинненькая, словно вся состоящая из изломанных линий, в расстегнутой до середины плоской груди курточке и узкой юбочке, почти до трусиков открывающей тонкие ноги, она выглядела гораздо более раздетой, чем если бы просто решилась зайти в салон голой.

Мариша протянула руку — погладить капот ярко-красной «BMW», но, резко изменив направление руки, жестом счастливой собственницы погладила по щеке своего спутника. Ее юный спутник, красивый и мужественный, слегка отстранился — настоящему мачо не пристало нежничать в крутом автомобильном салоне под пристальными, хотя и незаметными взглядами продавцов. Продавцы скрывали иронию под вежливой деловитостью — так ему казалось. Еще ему казалось, что они понимали — крутую тачку для Мариши покупает не он, а Маришин отец, а у него нет денег даже сводить Маришу в кафе. Больше того, он был уверен, что продавцы понимали даже то, что, не будь у Мариши отца, способного купить ей «BMW», он бы с ней здесь не стоял... Может быть, они и правы — на свете есть и другие девушки, не хуже Мариши, а то и получше.

Юный спутник был к Марише излишне строг — она была очень хороша. За Маришину восемнадцатилетнюю жизнь над ней явно успели потрудиться специалисты по исправлению осанки и прикуса, лучшие мастера продумали макияж, подкрасили светлые от природы бровки, ярко высветлили длинные волосы — и из девочки, не очень щедро одаренной природой, вместе сотворили такую яркую девицу, что никому и в голову не пришло бы, что за внешностью жар-птицы скрывается девушка самой обычной внешности. Мужчины мгновенно прилипали к Марише взглядом и, прилипнув, были уже не в силах оценивать, а только любовались — нежные бесконечные ножки, лучезарная улыбка, широко распахнутые глаза.

...Больше всего на свете Мариша хотела любви. Своего спутника или кого-нибудь другого.

* * *

Аврора, женщина неопределенного возраста, не имела ни малейшего отношения ни к культовому писателю Киру Крутому, ни к масскультуре в принципе.

...А что, собственно, люди имеют в виду, когда говорят «женщина неопределенного возраста»? В случае Авроры это всего лишь означало, что она сама никогда не задумывалась, какого же она возраста? Многие говорят про себя: «В моем возрасте это уже поздно» или «Я уже пожилой человек», — точно зная свое место во времени. А вот Аврора не знала.

Итак, человек неопределенного возраста, кокетливо украшенный шелковым шарфиком, потряхивая седым хвостиком, схваченным черной аптекарской резинкой, медленно шел по Невскому — на свидание.

Аврора опаздывала, но нисколько не торопилась, и не потому, что намеревалась помучить своего поклонника, а просто она всегда обращалась со временем, как будто оно ее вовсе не касалось, — приблизительно.

На углу Невского и Владимирского Аврора решила сократить путь и нырнула в проходной двор.

Заметив во дворе вывеску «Магазин», спустилась по грязным ступенькам и заглянула в подвал. В темном помещении пахло кошками-мышками, продуктами второй свежести и залежалым стиральным порошком.

— Какой у вас очаровательный магазинчик! У вас тут все — и лампочки, и хлеб, и даже резиновые сапоги... вон те, кстати, совсем даже неплохие... — улыбнулась она продавщице. — Только подумайте, я буквально на пару шагов отошла от Невского, а как будто попала в сельпо семидесятых годов!

На одной из полок, посреди резиновых сапог, лежали игрушки.

— Покажите мне, пожалуйста, все модели мобильников, какие у вас есть, — указав на разноцветные игрушечные телефоны, с небрежной гордостью сказала Аврора. — Вот этот, зелененький, кажется, хороший. Давайте проверим, какие у него есть функции... Мне необходимо отправлять SMSки, по работе...

— Вот этот подойдет, — продавщица кивнула на розовый прозрачный телефончик, — он идет с чупа-чупсом впридачу.

Действительно, сбоку к телефончику был прикреплен огромный леденец.

— Зачем мне чупа-чупс? Мне нужно отправлять SMSки, — завелась Аврора, начиная смутно догадываться, что она выбирала себе телефон среди дешевых китайских игрушек. Интуиция подсказала правильное решение, и под насмешливым взглядом продавщицы она произнесла:

— Я еще к вам зайду, — и исчезла, приветливо помахав рукой.

* * *

Красивый темноволосый мужчина, немного слишком высокий, не полный, но чуть неравномерно полноватый, похожий на небольшого бурого медведя...Что значит «красивый мужчина, похожий на бурого медведя»?.. Это означает, что у него красивое лицо: красивые глаза, красивый нос, красивые губы, и он похож на бурого медведя. В этом мужчине всего было много — красоты, роста, кудрявых волос, чуть напряженного оживления.

Он уже был одет для выхода — светлые льняные брюки, льняная рубашка чуть темнее брюк — и нетерпеливо и немного неловко, как и полагается мужчине, похожему на медведя, приплясывал над сидящей у зеркала красивой темноволосой женщиной, тоже высокой и крупной, но нисколько не похожей на медведя: тонкая талия, пышная грудь и яркое лицо с трогательными губами сердечком, как у дамы пик.

Яркая черноволосая женщина, Ира, в третий раз наносила макияж. Сейчас она усердно занималась губами, явно назло мужу. Нанесла специальный крем, обвела карандашиком контур губ, затем провела помадой.

— Ну, все наконец? — нетерпеливо спросил мужчина.

— Нет, не все! И не делай вид, что ты не понимаешь!.. — женщина красила губы, поэтому у нее получилось «недеавиттотынепонимашшь».

— С тех пор как они переехали в этот дом, у Ларисы совсем поехала крыша!..

Ира несколько раз встречала у Ларисы ее соседок — жен банкиров, и еще жену какого-то владельца заводов, газет, пароходов, и... слышал бы Игорь, о чем эти жены разговаривают!

— О чем же? — вежливо поинтересовался Игорь, посматривая на часы.

— Жалуются, что их мужьям приходится зарабатывать деньги в поте лица, а вот какой-то Петька сидит на трубе и ему деньги капают... что такое «сидеть на трубе»?

— Это значит, что их знакомый Петька занимается нефтью... ну, пожалуйста, брось ты эту помаду!

Ира не двинулась с места.

— Обсуждают, где что купили, куда поедут отдыхать. Хотя за границей им тоже скучно. И еще какие плохие у них домработницы и няни. Часами, подробно: «Я ей говорю это, а она мне то, а я ей...»

— Не может быть, — недоверчиво протянул Игорь, — это слишком уж... тривиально, как в плохих книгах...

Ира не знает, тривиально это или нет, но это чистая правда.

— И зачем Лариса так стремится стать своей среди богатых? Глупо ужасно, правда? — вопрошает она.

— Ну-у, малышка... самая главная потребность у человека, ну, если он, конечно, сыт и не озабочен сексуально, — это потребность в общественном признании. Я бы даже пошел дальше и посчитал именно это основным инстинктом, а вовсе не секс... Так что желание попасть в какой-то иной круг вполне естественно... Бальзак, Мольер, Золя — великие французы много писали об этом...

— Это убогое общество — круг?!! Однажды они о культуре беседовали, заранее готовились, наверное, «Афишу» читали. Одна говорит: «Аксенов самый лучший писатель, только очень сложный». А я ей говорю: «Прилично любить только раннего Аксенова, а позднего любить стыдно». А она мне в ответ: «Где вы купили эти туфли, как можно носить такую дешевку?!» А на мне были очень красивые туфли, просто у нее нет вкуса...

— Так, все! Сегодня ты не увидишь Ларисиных гостей, будут только свои. Быстро одеваться, быстро улыбаться!

— Я заранее знаю все наизусть! Ты будешь вилять хвостом перед Кириллом: «Изволите поиграть, изволите пошутить, изволите помолчать...» Почему в последнее время ты так странно себя ведешь? — красавица Ира зло скривила свеженакрашенные губы. — А Лариса спросила, где я купила платье... а эта ее дурочка Мариша сказала, что это прошлогодняя коллекция, а я...

— Ты самая красивая, и в платье, и без платья... ты только не мешай водку с шампанским, и жизнь покажется лучше.

— И это ты мне говоришь! Водку с шампанским!.. Когда у меня вся жизнь из-за тебя... когда ты мог бы... если бы ты... тогда бы я...

— Для нас с тобой, Ирочка, наступил решающий момент, и не исключено, что все решится как раз сегодня!

Ира не захотела уточнить, что именно для них решится сегодня, — она уже столько раз слышала, что все изменится, что перестала верить, поэтому просто отмахнулась от мужа — мелким небрежным жестом, как от мошки.

* * *

...Борис Аркадьевич Розин, отец культового писателя Кира Крутого... нет, не так... Борис Аркадьевич Розин, не имеющий ничего общего с культовым писателем Киром Крутым, отец Кирилла Ракитина, шел по набережной Фонтанки. Приближаясь к небольшой площади с клумбой посредине — вылитый плевок творога в школьной ватрушке, — он почувствовал легкое покалывание в груди.

От «Ватрушки» Борис Аркадьевич, Б. А., как его называли все, включая сына, направился к Пяти углам, и при повороте на улицу Рубинштейна сердце вдруг закололо сильнее...

Не вдруг, не вдруг!.. Его сердце всегда покалывало, когда он подходил к этому месту, уже двадцать шесть лет как покалывало... Здесь, в доме номер двадцать семь по улице Рубинштейна, в третьем дворе, в крошечной квартирке жила Аврора.

Б. А. был знаком с Авророй двадцать шесть лет, четыре месяца, и сегодня в шесть вечера будет три дня. Двадцать шесть лет назад они с Авророй так любили друг друга, что сегодня Б. А. просто не верилось, что он, тогда уже не мальчик, был способен на такое — неистовство, крушение, буйство, страсть...

Б. А. прошел сквозь первый двор дома с полуразрушенной аркой — обычный питерский колодец с провалами трещин на стенах, затем сквозь второй — как положено, извилистый и темный, а третий вообще больше напоминал лаз в нору, чем место человеческого обитания — и все это вместе было обычным питерским двором. Б. А. любил Аврору, а его учили, что если любишь человека, то любишь его всего, вместе с недостатками, и он любил Аврору вместе с ее двором и всем остальным. Даже ее пустой холодильник нравился ему больше своего пустого холодильника.

Б. А. зашел в угловой подъезд в третьем дворе, но вскоре вышел обратно и вытащил из кармана телефон, дешевую «Nokia», подарок Кирилла семилетней давности. Нельзя сказать, что в течение семи последних лет они с сыном совсем не общались, нет-нет, они виделись почти каждый год. И каждый год на день рождения Кирилл дарил ему лично или присылал с кем-нибудь в подарок телефон последней модели. Б. А. подарок принимал, но не пользовался, а укладывал очередную коробку в дальнее отделение шкафа, таким простым жестом обозначая для себя самого что-то сложное. Стопка лежащих на дне шкафа ярких упаковок подтверждала, что сын всегда остается сыном, а он не пользуется подарками потому, что имеет к сыну принципиальные претензии. И претензий своих не снимает.

И ему казалось, что он поступает правильно, пока Аврора не разрешила неразрешимую эту ситуацию, сказав просто: «Мирись с сыном, старый ты дурак».

Б. А. злился и недоумевал. Аврора не открыла ему дверь, но это не обязательно означало, что ее нет дома. Может быть, она моется в ванной, громко распевая песни, а может быть, щебечет по телефону.

Телефон ее был занят, но это не обязательно означало, что Аврора дома. Возможно, она ушла, забыв положить трубку. Не исключено, что ей отключили телефон — за неуплату с прошлого века. Может быть, старенький, крест-накрест обмотанный изолентой телефонный аппарат упал, рассыпался на части, и Аврора забыла замотать его обратно.

А еще, раздраженно думал Б. А., она завела препротивную манеру — специально снимала трубку на пару часов, чтобы потом слабым хвастливым голосом сказать ему: «...Да, у меня было занято. Мне все время звонили, просто ни одной минуты свободной, я всем нужна по работе, ну просто всем...»

Когда-нибудь, совсем скоро, они с Авророй будут жить у него в Комарово, и вот тут-то он ей покажет! Вот тут-то он ее научит — быть дома, аккуратно класть трубку на рычаг и... и, может быть, сладострастно подумал Б. А., может быть, он даже научит Аврору оплачивать счета... и вовремя приходить домой, и еще...

Б. А. был бывшим театральным режиссером. Именно «был бывшим», потому что ощущал себя «бывшим» — все его профессиональное прошлое давно уже быльем поросло. Но в театральном человеке театр остается навсегда, и поэтому Б. А. по привычке всегда режиссировал мизансцену и всегда немного видел себя в этой мизансцене со стороны. И не избавится от этого никогда, и даже собственную смерть он срежиссировал бы, если бы это было можно.

Б. А. и сейчас словно видел себя со стороны — худой седой человек стоит в сером питерском дворе, стоит так, что зрителю понятно, что двор этот жутковатый, но до тоненькой щемящей боли любимый. Человек поднял голову к серому питерскому небу, и его тонкий профиль, как в черно-белом кино, стал отчетливо виден на фоне серого питерского неба... Зрителю странно — как можно любить эти треснувшие стены, темные грязные подтеки, впитавшиеся в асфальт, десятилетиями торчащий на виду осколок водосточной трубы — но он чувствует, что седой человек не то чтобы такой профессиональный страстный питерец, просто он с питерским двором одно...

— Гав! — рявкнула ему в ухо Аврора так неожиданно и свирепо, что Б. А. вздрогнул.

— Гав?! — уже примиряюще тявкнула она, слегка пихнув его в бок.— Ловко я подкралась?

— Женщина, — строго сказал Б. А., — чего это вы лаете на трудящихся?

Все-таки Аврору необходимо приструнить! Он уже не мальчик, чтобы ждать на улице, пока она нагуляется. Они с Авророй не виделись давно — со вчерашнего дня, и сегодня она ужасно его раздражала, собственно, как и вчера, и позавчера...

— А я уже двадцать три минуты стою... вот тут стою, — максимально строго проговорил Б. А, наслаждаясь чудесной безоговорочностью своей правоты. — А нас уже все ждут у Кирилла...

— Стоишь?! Я-жду-тебя-дома, а ты стоишь во дворе!

— Я... ты врешь... — задохнулся от такой несправедливости Б. А. — Тебя не было дома...

— Ну вот, я же и говорю! Я бегу, тороплюсь, а ты стоишь! — искусственно оживленным голосом сказала Аврора. — И вообще, сам ты врешь!

Если бы кто-то смотрел на них со стороны, он бы ужасно удивился, поскольку отчего-то между ними все стало нежно-розовым.

— Будешь сидеть у меня в Комарово под домашним арестом и перебирать свои грехи. Ты у меня все вспомнишь — и как пела песни в ванной, а я тут с ума сходил под дверью, и как...

— И как я в семнадцатом году сделала революцию... Да, кстати... меня тут попросили написать статью... — томно пропела Аврора, мгновенно принимая вид человека, крайне уставшего от единоличного обладания тайным знанием.

Вот всегда она так! Б. А. нахмурился. Как только дело оборачивается не в ее пользу, быстро переводит разговор на другую тему! Максимум ее возможностей по признанию своей неправоты — это увести беседу в сторону от своей несусветной глупости.

— Опять «мои встречи с Поэтом»? — нарочито зевнул Б. А. и нервно сказал: — Где же твой племянник? Я так и знал, что ему нельзя доверять...

Б. А. чувствовал, что после стольких лет, проведенных в ссоре, невозможно было, как ни в чем не бывало, просить сына заехать за ним на машине, а еще менее возможно было просить об этом чужую ему Ларису. В такой сложной ситуации предпочтительнее всего было быть независимым и иметь некоторый моральный тыл в виде чужого человека — в данном случае Аврориного племянника. Просить о бытовом одолжении — помочь, подвезти, — по мнению Авроры, означало крайнюю степень беспомощности, а она не терпела этого чувства. И Аврора проявила недюжинное понимание натуры Б. А. и одновременно необычную для себя кротость, которой очень гордилась, — она велела племяннику не только отвезти их в гости к Кириллу, но и забрать — на следующее утро, если, конечно, не придется уехать раньше. Она даже разработала специальный секретный код. Если из примирения ничего не выйдет и Б. А. будет чувствовать себя неловко, она наберет номер племянника и скажет: «Я забыла закрыть кран». И он приедет и заберет их. А если все пойдет нормально и они останутся в гостях ночевать, то пароль будет другой: «Я не забыла закрыть кран?»

Племянник — остренькая бородка, очки — наконец подъехал и усадил на переднее сиденье синего «фольксвагена» Б. А., а на заднее Аврору.

— У меня завтра конференция, — нелюбезно сказал он, тряхнув бородкой и сверкнув очками.

— Погодите, проверю, все ли у меня с собой...— Аврора заглянула в большую холщовую сумку и по очереди вытянула оттуда несколько свертков, небольшой синий томик и пакетик с бумагами, затянутый черной аптекарской резинкой, точно такой же, как в волосах. — Ну! Сколько можно тянуть? Неприлично заставлять людей ждать!..

И они наконец поехали в гости к Кириллу Ракитину, то бишь культовому писателю Киру Крутому.

Беседа вторая

— Зачем нам старики? — удивилась Ольга. — Читатель не интересуется теми, кому за двести. И еще... ты намекаешь, что у этих стариканов любовь?

Да! Да! У них любовь! Любовь может быть в каком угодно возрасте, это же великая тайна жизни и все такое! И у всех людей всегда все впереди. Пусть старики любят друг друга, пожалуйста!

— Ладно уж, пусть любят, я ведь тоже хочу, чтобы у меня было все впереди... Но почему она такая идиотка?! Присматривать себе игрушечный мобильник, это все-таки чересчур...

— Она просто не заметила, видит плоховато и все такое... Убрать? — печально спросила я.

— Давай пока оставим, а затем я решу... Кстати, подбирайся поскорей к Преступлению — у нас все-таки детектив, а не роман.

— Нет, все-таки роман, а не детектив! — заупрямилась я. — Или, если хочешь, давай будем говорить просто «Произведение». Я думаю, что именно так пишется в договоре писателя с издателем: «Автор обязуется представить книгу «Детектив по телефону», далее Произведение...».

На это Ольга согласилась. Люди всегда могут прийти к консенсусу, правда?

— Ой, он открывает дверь... — испуганно прошептала Ольга и оживленно проговорила в телефонную трубку:

— Ну, привет! Как дела?

Я услышала шум борьбы.

— Как дела?! Как дела?! — верещала Ольга, пока Пуся за ухо оттаскивал ее от телефона.

...По пути Аврора читала все дорожные указатели и бойко командовала — налево, теперь направо, не обращая внимания на то, что племянник каждый раз поворачивает в сторону, противоположную указаниям. Вообще он был неприлично мрачен, не сказал ни единого слова.

Авроре было очень скучно — никто с ней не разговаривал.

— Тебе надо жениться — сказала она племяннику вредным голосом.

— Я скоро женюсь. Если бы ты могла на чем-нибудь сосредоточиться, то вспомнила бы, что в прошлый четверг я приводил к тебе свою невесту, — неприветливо отозвался племянник, высказавшись спиной в том смысле, что ему вовсе не хотелось развозить Аврору по чужим дачам. Аврора не обиделась, она и сама не терпела, когда ее просили посидеть с чужими детьми или купить кому-нибудь продукты, считая, что у нее найдутся занятия и поинтересней. Подумаешь, у него завтра конференция!

— Да? — смутилась Аврора. У нее всегда была отличная память на стихи и плохая на лица. — Но я же не виновата, что все твои дамы на одно лицо. Если бы ты привел мне что-нибудь оригинальное, я бы запомнила, — стала оправдываться она.

Спина племянника выразила крайнее возмущение.

Через сорок минут, удачно миновав пробки, они уже добрались до выезда из города.

— Только не упоминай, пожалуйста, о его книгах, — задумчиво проговорил Б. А. Он видел себя со стороны — пожилого, принципиально настроенного интеллигента. — Стыдно писать такое, хоть и в угоду публике! Эти его вампиры, монстры...

Б. А. преувеличивал — и всего-то однажды в книге Кира Крутого фигурировал вампир, да и то какой-то полувампир — тишайший советский бухгалтер в синих нарукавниках, у которого в поворотные моменты истории краснели глаза и вырастал клык. Б. А. не мог простить ему этого бухгалтера-вампира. Кирилл был такой тонкий мальчик... пока не стал этим... Киром Крутым... О боже, какая пошлость — Крутой!..

— Как изысканно — быть в ссоре с сыном по идейным соображениям! Ты претендуешь на особую тонкость организма, — зевнув, ответила Аврора, — в то время как пресса полна рассказов о настоящих семейных коллизиях. Вот смотри, — Аврора полезла в сумку, вытащила сверток, завернутый в газету «МК», и прочитала: «Человек зарубил топором жену за то, что она родила собаку». Или вот еще: «Меня не возбудил негр». Представляешь?! Не возбудил!.. Негр! Я понимаю, если бы твой сын родил собаку или сошелся с негром...

— Меня бы тоже не возбудил негр, — серьезно ответил Б. А. — Вспомни, что читали в начале перестройки: Платонова, Замятина... А теперь что — Кира Крутого? Сначала нация решила, что она умная, а потом такие, как Кирилл, решили, что нация глупая — пусть читает псевдоисторические байки... Все эти негры и собаки — дело рук таких, как Кирилл! В общем, как-то я с этим миром не совпадаю... — пожаловался Б. А.

— Фу, какая пошлость! Ссориться с сыном из-за негров и собак, — заявила Аврора. Она совершенно точно знала, что дело совсем не в том, что Кирилл занимался оглуплением нации, но если Б. А. хочется считать именно так...

Б. А. удовлетворенно вздохнул. Хорошо, что у него есть Аврора, единственная, с кем он совпадает. А с Кириллом они разные люди, с разными ценностями, и ни ценности, ни люди не совпадают и не совпадут ни за что!..

Кир Крутой появился около десяти лет назад. Кирилл Ракитин отнесся к своей писательской карьере, как начинающий менеджер относится к предмету своего управления, — старательно и подробно. Он интуитивно использовал теорию принятия решений, мысленно начертив схему: максимально и минимально удачный результат, точка соприкосновения его творческого интереса и интересов публики, где и в чем он может уступить. Кстати, пресловутый бухгалтер-вампир, которого так и не смог простить ему Б. А., тоже был уступкой, до которой он доторговался с публикой, — ничего более неприличного в его книгах уже не было. Он уступил, чтобы потом выиграть.

И он выиграл, добился редчайшего для российских литераторов успеха — материального. Его творчество стало его собственным бизнесом. Кирилл Ракитин зарабатывал деньги, не сравнимые, конечно, с доходами банкиров — соседей по поселку, а может быть, и сравнимые, неизвестно. Ведь считать чужие деньги — это дурной тон. Во всяком случае, его творчество позволило ему приобрести дом в закрытом поселке для банкиров и лиц с неафишируемыми доходами. Оно же позволило Ларисе получить любимую игрушку, светскую жизнь.

Во всей его продуманной до мелочей карьере был только один сбой: максимально удачный результат превзошел все — и его ожидания, и предположения, и мечты.

Над последним романом Кира Крутого с самого начала витало слово «Голливуд», и хотя все держалось в глубокой тайне, слухи о продаже прав просочились даже сквозь таинственность, которой окружил себя Кирилл. Между прочим, каждому известно, сколько стоят проданные в Голливуд права, — миллион долларов.

Синий «фольксваген» осторожно пробирался по ухабистой дороге. По сторонам беспорядочно раскинулся поселок — разноцветные домики перемежались полянками и низким леском. На выезде из поселка, сразу за мостом, перегораживающим небольшую речку, они увидели голосующую девушку. В ногах у нее лежал рюкзак с яркой детской картинкой.

— Ни в коем случае не останавливайся, — велела Аврора, — на дорогу выставляют подсадную утку, а за уткой всегда прячутся бандиты... Я про это читала!

Племянник послушно проехал мимо девушки.

— Ты что, не слышишь, что я говорю?! Остановись немедленно! — тут же скомандовала Аврора. — Нужно взять девочку!

Племянник дал задний ход.

— И имей в виду, я категорически запрещаю тебе подвозить незнакомых людей, — верещала Аврора, открывая девушке дверь. — Садитесь к нам, дружочек. Чем мы можем быть вам полезны?

— Мне в коттеджный поселок «Мой рай», — резким голосом с вызывающим провинциальным говором сказала девушка, пристраивая рюкзак в ногах Авроры.

— Да? Приятное совпадение! Мы направляемся туда же, — отозвался Б. А.

Девушка молчала, и молчание ее было не застенчивым, а почему-то тяжелым.

— Как вас зовут, прекрасная незнакомка? — поинтересовалась Аврора, искоса взглянув на девушку.

Девушке на первый взгляд было лет двадцать. Широкие плечи, крепкие, толстые в щиколотках ноги, которые она немедленно дала рассмотреть Авроре, заняв ими все имеющееся пространство. Было бы несправедливым сразу же решить, что она была недостаточно хорошо воспитана, — бывают такие девушки, у которых независимо от воспитания слишком много ног. Черные жирноватые волосы, нечистая кожа — нет, про нее нельзя с уверенностью сказать «прекрасная незнакомка»... «Но, пожалуй, ей меньше двадцати, — подумала Аврора, — глаза совсем ребячьи».

— Катя, — ответила девушка и, замолчав, так напряженно уставилась в окно, словно прикидывала, а не выскочить ли ей из машины посреди лесной дороги.

...Катя действительно обдумывала, не выйти ли ей тут, в лесу. Пока не поздно. Но, с одной стороны, она уже здесь, и все ее будущее зависит от того, как она себя поведет. С другой стороны, было же у нее какое-то прошлое — и в этом прошлом ей было неплохо, не так уж плохо, почти совсем неплохо...

«...Поздно, поздно, — твердила про себя Катя, уставившись в затылок Б. А., — поздно, поздно, поздно...»

Если произнести какое-то слово много раз, оно теряет привычный смысл и становится чем-то иным. «Поздно, поздно, поздно...» было похоже на стук дождя за окном поезда. Она почти целый день пролежала на верхней полке в плацкартном вагоне, и почти целый день в стекло, не преставая, стучал дождь...

Лесок на обочине дороги становился все мельче, превращаясь в чахлые кустики. Они проехали заросшее лопухами поле, затем пустошь, новенькое голубое здание с вывеской «Мой бар», затем еще одно, зеленое — «Мое кафе».

— О боже! — ошеломленно сказала Аврора. — А что здесь еще есть? «Моя стоматология», «Моя химчистка»?

Племянник в очередной раз сверился со стрелочками и кружочками, начертанными в его записной книжке, и, немного поплутав, они въехали в узкий проезд между двумя пятиметровыми краснокирпичными заборами и уткнулись в шлагбаум.

— Это воинская часть, — уверенно сказала Катя.

— Это граница с Финляндией, — не менее уверенно отозвалась Аврора.

— Это, девушки, конечный пункт нашего назначения, — усмехнулся Б. А., — коттеджный поселок «Мой рай».

Из-за шлагбаума вышел охранник в зеленой пятнистой форме и внимательно, будто считывая с нее данные, оглядел машину — синий «фольксваген» 1992 года выпуска.

— Поворачивайте назад, это частная территория, — зевнул он.

Высунувшись из окна машины, Аврора строго сказала:

— Молодой человек, это же папаша молодого барина! А вот вам молодой барин-то задаст!

Охранник взглянул на Аврору дикими глазами и под смущенное бормотание Б. А.

«Аврора, прекрати...» отправился открывать шлагбаум.

— Скажите мне пароль на выход! — кокетливо попросила охранника Аврора, — вдруг я захочу выйти!

За забором оказалась еще одна кирпичная стена и еще одна будка с охранником.

— Почему люди отгораживаются от мира высокими заборами? — спросила Аврора, ни к кому конкретно не обращаясь. — Что у них там происходит? Я имею в виду, в душе, конечно...

— Наверное, мой сын хочет спрятаться от своих соотечественников, как евреи от арабов — навсегда, — рассеянно ответил Б. А.

— А я и не знала, что так бывает, — восхитилась Аврора, — как в анекдоте про новых русских! Это что же у них, зона? И собаки есть? А вышка с прожектором, ну просто на всякий случай?

«Зря я все это затеял», — подумал Б. А. Он не знал, что имеет в виду под этим «все» — то ли примирение с сыном, то ли то, что взял с собой Аврору, — просто думал: «Зря я все это затеял...»

Катя ошеломленно рассматривала фонарики и затейливые невысокие деревца по сторонам усыпанной мраморной крошкой дороги.

— Как богато! — восхищенно выдохнула она.

— Деточка, запомните, что даже простое упоминание чужого богатства неприлично, — мягко проговорила Аврора.

— А мне лично нравится! — упрямо сказала Катя.

— Мне тоже, — тут же покладисто отозвалась Аврора. — Но я бы здесь, под заборами, не поселилась, если бы у меня был даже миллион долларов... нет, за миллион долларов поселилась бы. А вечерами выла бы на охранников. А охранники говорили бы мне: «Не войте, дорогая Аврора!»... Охранники спасают от всего — от страхов полуночных и от стрел полуденных... И от чумы, во мраке грядущей... или нет, от этого все-таки не спасают...

Кирилл купил этот дом совсем недавно, и полугода не прошло. В поселке за высоким забором кроме него жили два банкира, два совладельца крупной сети магазинов и один человек, который не афишировал рода своих занятий. Впрочем, как и Кирилл. Никто из соседей не знал, что их новый сосед — знаменитый писатель Кир Крутой.

Если бы гости могли взглянуть на поселок с высоты птичьего полета, они бы увидели, что крыши домов вытянуты в две параллельные линии. Домов было немного — три по одной линии и три по другой, и все они были разные, с витыми балкончиками и с ломаной крышей, в стиле русской усадьбы и скандинавского коттеджа, рубленые и каменные. Никакого единообразия, но и никаких неопрятных архитектурных излишеств.

Зелени почти не было, не было ни одного дерева, кое-где торчали нерешительные кусты и кое-где к крылечкам примыкали газончики и клумбы. Земля будто недоумевала, что это за архитектура такая — возникла посреди чистого поля? Может быть, вся эта красота лишь притворяется человеческим жильем, а на самом деле это и не человеческое жилье вовсе, просто старательный ребенок аккуратно расставил спичечные коробки на чистом листе бумаги, воткнул спички и разложил цветные камешки для красоты.

— Остановитесь, я выйду, — сказала девушка Катя и заглянула в зажатую в кулаке бумажку. — Мне нужен дом с зеленой крышей и чугунной решеткой. До свидания. Спасибо.

— Бедное дитя ни разу не хихикнуло и даже не улыбнулось, — заметила Аврора, глядя из окна вслед волочащей свой рюкзак по земле Кате.

* * *

Рядом с большим каменным домом с башенками, почти приткнувшись к забору, в окружении нескольких грядок стояла бревенчатая банька. Маленькая и аккуратная, рядом с роскошными домами она выглядела как случайная рубашечная пуговичка среди нарядных пышных брошек.

В баньке разговаривали двое — мать и дочь.

— Ты потерпи, Кирочка, ты же знаешь мою ситуацию, ужасную, невыносимую... Скоро все изменится. Фигурально выражаясь, кое-кто из пешек выйдет в дамки! Все, все изменится...

— Я терплю, — спокойно ответила дочь.

В баньке была всего одна, переделанная из предбанника, маленькая комнатка с большой кроватью, и для того чтобы остаться одной, ей пришлось уйти в закуток перед парной. Она открыла шкафчик, вытащила пачку исписанных листов, но читать не стала — подержала в руках и положила обратно. Затем встала перед большим зеркалом, распустила волосы, порывшись в кармане, вытащила губную помаду, густо намазала губы и щеки. Подумав, провела помадой по носу, прочертив яркую линию посредине. Взяла из стоящей на подоконнике вазочки две красные розы, одну воткнула в волосы, а другую пристроила на плечо и в довершение всего зажала в углу рта длинную сигарету, и нашла, что эффект получился потрясающий.

— Кирочка, что ты там делаешь? — позвала мать.

— Ничего, — ответила дочь, быстро проделав все действия в обратном порядке, — я иду, мама.

* * *

...Синий «фольксваген» направлялся к большому каменному дому с башенками, зеленой крышей и чугунными решетками. Этот дом не выглядел столь же внушительным и нарядным, как остальные, к тому же стоял обособленно, на самом краю.

Хозяева сделали вход в дом с тыльной стороны, добившись тем самым полной изолированности. Кириллу, конечно же, иногда приходилось видеть соседей из окна машины, и почему-то особенно часто ему попадались двое: лицо без определенных занятий и банкир с лицом крестьянина-безлошадника. Соседи его забавляли, как забавляло Ларисино стремление подружиться с ними, и сама Лариса, и то, с каким упоением она играла в игрушки, которые он сам ей и подарил. Главное, что его дом стоял за забором и с краю — к лесу передом, к банкирам задом.

В правой башенке ссорились, без особенной страсти, скорее, просто перебрасывались фразами в привычном хорошем темпе.

———

— Сколько-сколько?! — воскликнул Кирилл.— Офигела ты, что ли?

— Аксессуары и посуда от Villeroy и Boch, бокалы «Ridel» сорок долларов штука ...— перечислила Лариса спокойным тоном, — бокалы «Ridel» точно нужны, хотя бы пятьдесят штук...

— А почему сразу же должно быть так роскошно?!

— Потому что в клубе все должно быть как положено со для открытия, сразу, — резонно заметила Лариса. — Бокалы нужны для вечеринки. Неприлично иметь дешевую посуду... Пятьдесят штук... — в Ларисиных глазах не мелькнуло и тени беспокойства. Кирилл даст, не сейчас, так позже... правда, придется просить еще раз...

Кирилл на секунду задумался.

— А я тебе вчера давал деньги на хозяйство... Где чеки?

Лариса кротко протянула мужу бумажки.

— Вот за продукты, вот за Маришин костюм, вот мои — пудра, помада... Все здесь.

Кирилл внимательно разглядывал чеки.

— Хрена тебе, не дам на эти... бокалы! Сделала из меня автомат, карточку в меня суешь! А я вот взял да и сломался! — закричал он и без паузы, почти спокойно переспросил: — Так сколько тебе надо?

Казалось бы, в башенке все происходило по законам жанра — Лариса просила, предъявляла чеки, подчинялась, Кирилл злился и кричал. Но почему-то они выглядели актерами на сцене, и плохими актерами, — из тех, кто не может скрыть, что все это не всерьез, игра.

— Приехал Б. А. со своей девушкой, — выглянула в окно Лариса. — Иди, встречай.

Кирилл бросился к окну, потом к выходу, опять подскочил к окну и уже с лестницы обернулся к Ларисе и жалобно сказал:

— Иди сначала ты.

— Не забудь, что деньги мне нужны завтра, — быстро произнесла Лариса в спину Кирилла, и он, уже спускаясь по лестнице, из-за спины показал жене фигу.

«Фига — это неплохо», — спускаясь вслед за мужем, подумала Лариса.

Ей уже давно не казалось странным, что щедрость уживалась в Кирилле с мелочной скаредностью. Деньги на клуб Кирилл давал легко, словно его завораживали суммы с нулями. Лариса подозревала, что эти нули не казались ему реальными деньгами. Зато ежедневные домашние расходы Кирилл проверял всерьез. Тщательно изучал чеки, скандалил из-за неиспользованных, потерявших срок годности продуктов, из-за того что Мариша не убрала сметану в холодильник, и теперь сметана непременно скиснет...

Он даже не гнушался заходить в Маришину комнату, и найденный там стакан с недопитым соком или надкусанный и брошенный бутерброд могли привести его в настоящее бешенство, с криками, топаньем ногами и выкрикиванием обидных слов...

Лариса привыкла. В противовес расхожему мнению, жить с человеком творческим было не так уж сложно, необходимо лишь выполнять заданные им правила игры.

Она улыбнулась, представляя, как будет выбирать бокалы. Но владелице будущего модного клуба нельзя расслабляться ни на минуту, особенно если она хочет, чтобы ее клуб был самым модным. Поэтому, даже не успев как следует порадоваться тому, что она обязательно купит вожделенные бокалы, Лариса озабоченно подумала, что, похоже, она сглупила: нужно было все-таки сразу же настаивать на аксессуарах от Villeroy и Boch.

Беседа третья

— Я тоже всегда мечтала жить за городом, — сказала Ольга. — Им, наверное, носят из деревни молоко, творожок... яички тоже носят...

— Кириллу подходит жить в загородном доме. Это дает большую возможность обособления, чем квартира. Представляешь, как его раздражают люди — лифтом грохочут, машины под окнами ставят, так и лезут в его частное пространство. Ларисе просто престижно, а Марише, я думаю, было лучше в городе — кино, подружки, дискотеки.

— Не-ет. Ты мыслишь мелко. За заборами удобно совершать убийства, — уверенно заявила Ольга. — В семьях новых русских такое творится — жуткое дело! Они всегда друг друга ненавидят и хотят убить. Вот если новый русский захочет жениться, куда ему, по-твоему, девать старую жену? Только в погреб. Или можно спрятать труп в подвале.

— Откуда ты все это знаешь? — удивилась я.

— Как откуда? — в свою очередь удивилась Ольга. — Получаю информацию из сериалов.

Она на секунду задумалась.

— Тут вот какая сложность — надо вырубить все деревья. Представь, соседский пацаненок забрался на сосну и видит — муж волочет труп в подвал. Поэтому, я думаю, эти участки совершенно лысые. Чтобы неповадно было лазать.

Надо же, я и не подозревала, что у Ольги такой аналитический ум...

— Загородный дом, обнесенный забором, — то, что нужно для наших целей. Преступление произойдет в замкнутом пространстве, — довольно произнесла Ольга.

Но у меня все еще были сомнения, особенно насчет появления Кати,— ну что она у нас стоит в нужном месте в нужное время, как рояль в кустах... Так в жизни не бывает, это надуманно...

— Нормально для духовных людей, — Ольга угадала мои мысли. Я же говорю, постель очень сближает...

Подруга велела поскорей переходить к Преступлению, а то читатель решит, что это роман, а у нас не роман, а детектив.

— Главное, не забывай упоминать, что семья, которую мы выбрали для нашего Преступления, очень богата. Не стесняйся кое-что поднаврать... Помни, что наше Преступление совершается из-за больших, очень больших, очень-очень больших денег, — напомнила Ольга.

— Но откуда у писателя большие-большие деньги? — слабо сопротивлялась я.

— Что ты все время ставишь мне палки в колеса?! — возмутилась Ольга. — Ты что, налоговая служба? Может, ты все встречные «мерседесы» останавливаешь или за заборы особняков заглядываешь — эй, ребята, деньги-то у вас откуда? Бизнес у него, ясно тебе?! Писательский бизнес.

— Бизнес так бизнес. Я вот чего боюсь — не многовато ли персонажей. Сейчас они, как полагается, сойдутся в доме... И как бы читатель не запутался, — волновалась я.

— Дадим персонажей списком, — тут же придумала Ольга.

Список персонажей

Кирочка, Танина дочь, 19 лет, — очень странная девочка, тихая такая, не то что Мариша. Учится на первом курсе исторического факультета. Почему? По-моему, история — это так скучно...

Катя — девушка с большими ногами и провинциальным говором.

Аврора — проницательная питерская сумасшедшая в самом лучшем смысле слова. Такие водятся только в нашем прекрасном городе, в Москве их нет и в помине.

— Ну вот. Не так уж много персонажей получилось, у Агаты Кристи бывает и больше, — удовлетворенно сказала Ольга, — и все должны оказаться связаны между собой жуткими, просто жуткими тайнами.

Она внезапно понизила голос и прошипела:

— Идет... снимает ботинки в прихожей... Подкрался бесшумно, как тигр.... В руке какие-то бумаги... Ой, это, кажется, телефонные счета. Представляешь тигра с телефонными счетами в руке?... Слушай, у меня к тебе чисто теоретический вопрос — тебя когда-нибудь били телефонными счетами?

ГЛАВА ПЕРВАЯ
Преступление

Племянник повел себя совершенно неприлично — развернулся и уехал, высадив Аврору и Б. А. у дома с зеленой крышей и чугунными решетками. Аврора пыталась слабо протестовать: мол, погоди, нужно познакомиться, разве я тебя этому учила, но он только раздраженно потряс бородкой и сверкнул очками, неразборчиво пробормотал что-то вроде «не собираюсь шаркать ножкой, конференция, тезисы, доклад» и был таков.

— Милости прошу, — поклонился Авроре Кирилл.

С Авророй или, по крайней мере, с Аврориной спиной всегда начинали разговор со слова «девушка», а когда Аврора поворачивалась лицом, осекались, — тьфу, черт, это же и не девушка вовсе, а просто Маленькая-Собачка-До-Старости-Щенок!

Кирилл был невысоким, ненамного выше маленькой Авроры, но хотя его, по-мальчишески тонкого, издалека можно было принять за подростка, женщины о нем говорили с придыханием: «Крас-савец!» Кирилл кривил в постоянной усмешке четко очерченные чувственные, чуть подпухшие губы, и лицо его постоянно менялось, как будто находилось в какой-то тонкой и тесной связи с теми, кто на него смотрел. Долгие годы его лицо было таким нежным, словно его не касалась бритва. Теперь, к сорока годам, нежность ушла, но осталась открытая мальчишеская улыбка, чуть плывущий взгляд, то беззащитный, то вдруг жесткий, а иногда в нем даже мелькала петушиная заносчивость. В Кирилле было обаяние испорченного мальчика, которое так сильно действует на женщин, не на всех, конечно, но на многих.

Мужчины видели его другим — энергичное лицо, твердый волевой подбородок и так резко цепляющий собеседника взгляд, что никому и в голову не приходило назвать его маленьким, коротышкой, недомерком или еще как-то пренебрежительно.

— Добро пожаловать в мой дом типа особняк, — играя подвижным лицом, проговорил Кирилл тоном персонажа из анекдота. — В мой, так сказать, элитный, комфортабельный коттедж.

Аврора отступила на шаг, прикрыла глаза, и, раскачиваясь, заборомотала:

Чтобы время
в берлоге
неспешно текло,
Городскую забудьте
давку.
Невысокий
Заборчик, кирпич
и стекло
Плюс зеленый
паркет под
травку...

Отец с сыном одновременно двинулись было навстречу друг другу, но поцеловаться не решились, и, ограничившись неловкими кивками, спрятались за спинами своих женщин.

Мужчина обычно легче переносит женскую авторитарность, если женщина маленькая и слабенькая; если же женщина оказывается крупнее, он обычно очень ревностно утверждает свое превосходство. Тут же все было против правил. Лариса скромно стояла позади мужа, явно уступая ему площадку, но выглядела очень довольной собой, очень хозяйкой дома. На ее лице читалась спокойная уверенность: Кирилл, ее муж, — автор своих знаменитых книг, а она автор своих котлет в своем доме. Кирилл подчеркивал ее главенство в их семейной паре, отчетливо смотрелся послушным мальчиком рядом с «мамочкой» и, очевидно, был доволен таким распределением ролей.

— Добрый день, — поздоровалась Лариса, улыбнувшись профессиональной радушной улыбкой, — мы очень рады вас видеть.

У Ларисы была очень красивая фигура, которой она очень стеснялась. Лариса словно явилась из другого века, с картин Венецианова, и была создана для сарафана и коромысла на плече. Покатые плечи, тонкая талия, широкие печальные бедра — красиво и вопиюще немодно. Бедная Лариса безуспешно пыталась замаскироваться одеждой в стиле унисекс, но разве спрячешь русскую народную фигуру в узкие брючки и облегающие маечки? Сейчас она встречала гостей тесно зажатая коричневым вельветовым костюмом — укороченные брюки, тесноватая курточка — и, как всегда, была хороша и смешна одновременно. В сарафане было бы лучше.

— Б. А. показывал мне ваши фотографии в каком-то питерском журнале, не припомню, в каком именно. Вас представляли как хозяйку женского клуба, — светски промолвила Аврора. — Я тоже всегда очень интересовалась женским движением... хотя я считаю феминизм несколько ущербным. Вы согласны, что феминистки однобоко подходят к гендерным проблемам?

Лариса промолчала. У нее не было гендерных проблем, хотя слово это показалось ей смутно знакомым.

— Лариса вам после все подробно расскажет, — поспешно сказал Кирилл.

— Неужели это все ваше? Да вы настоящий латифундист, — кокетливо заметила Аврора Кириллу, неопределенно поводя рукой в сторону забора.

Лариса удивленно взметнула глаза на мужа: что это такое латифундист — комплимент?..

— Мне нравится, что у меня здесь много земли, — ответил Кирилл.

«Кирилл Борисович, вы — среднесчастливый, нормально, обычно счастливый человек, — произнес внутри него чужой убеждающий голос, — или уж, во всяком случае, такой как все, не более несчастный, чем все остальное человечество».

Из дома вышла Рита с белой сумочкой-бочонком под мышкой. Она была похожа на спаниеля — большая голова, коротковатые ноги и умное собачье выражение лица, как будто она все время к чему-то прислушивалась. А в целом, Рита была из тех, о ком говорят — милая, приятная женщина.

— Как я рада вас видеть!.. — воскликнула Рита, чуть ли не кинувшись на шею Б. А., и было видно, что это не просто дань вежливости. — Как там у вас, в Комарово?.. Помните, как мы играли на вашем участке? Там шестнадцать сосен...

— Ну, Риточка, разве можно сравнить мою избушку на курьих ножках с этакой роскошью, — повел глазами вокруг и ласково потрепал Риту по плечу Б. А. — А ты прекрасно выглядишь.

Улыбнувшись в пространство, всем и никому, Рита прикурила сигарету и отошла в сторону, не демонстративно, но подчеркнуто скромно — так выходит на сцену хорошая актриса, зная, что ее роли соответствует место на заднем плане, а не на авансцене.

— Почему эта милая барышня стоит в стороне? Она домработница, охранница, консьерж, мажордом? — громким шепотом осведомилась Аврора.

— Рита — секретарь и доверенное лицо Кирилла, — опасливо глядя на Аврору, пояснила Лариса.

Рита действительно была доверенным лицом, и очень удобным лицом — на нее была возложена организация жизни семьи Ракитиных: билеты, ремонты, встречи.

По сравнению с бедно одетой прыщавой девчонкой, какой Б. А. запомнил Риту со времен, когда ее семья снимала дачу по соседству, Рита действительно выглядела сейчас прекрасно, хотя в ней чувствовался некоторый диссонанс, как будто она еще не решила, кем ей быть: современной деловой женщиной или жалкой хлопотуньей из советских фильмов, «блондинкой в жутких розочках». За «блондинку в жутких розочках» были легкие выбеленные кудряшки и смягчающий резковатые черты лица пастельный макияж, за деловую женщину — строгий, отнюдь не дачный пиджак. Опытный взгляд отметил бы несоответствие и в ее наряде — дорогой костюм и наивные туфли-лодочки, из тех, что продаются на рынках, — дешево и сердито. Сумка-бочонок, которую она любовно прижимала к себе, тоже была родом с турецкого рынка, лишь притворяясь модной и дорогой. Было бы лучше, если бы доверенное лицо нарядилось в старенькие джинсы и кроссовки.

Рита улыбалась и смотрела на всех, как милый умный спаниель, — вопросительно, со сложной смесью готовности сделать, что требуется, и достойной независимости.

Кирилл переминался с ноги на ногу. В голове металась детская отчаянная мысль: «Что делать? Попросить прощения?» И детское же упрямство — а, собственно, за что? Может быть, просто сказать: «Па-ап, давай помиримся...»

Кто это? Чужие здесь не ходят. Лариса удивленно смотрела на приближающуюся к ним девушку с рюкзаком в слишком узкой юбке.

— Здесь живет Кирилл Борисович Ракитин? — спросила Катя. — У вас такой красивый дом, самый лучший!

Лариса удивленно моргнула — дом с башенками был самым скромным в поселке.

— Это я, — поспешно ответил Кирилл, — а вы...

Катя коротко шагнула вперед и напряженно поклонилась.

— Я Катя...

Хозяева дома с башенками явно не ожидали незнакомую девушку в узкой юбке.

Катя была в полосатых носочках — ничего, конечно, особенного, но Ларисе прежде не приходилось принимать у себя дома девушек, одетых в юбку и носки.

Можно сказать, что девушка Катя просто свалилась ей на голову со своим рюкзаком и провинциальным выговором. Но провинциальные гости всегда появляются как снег на голову, тут уж ничего не поделаешь, и после того как Кирилл назвал гостью дочерью одной старой знакомой, Ларисе ничего не оставалось, кроме как сделать вид, что она очень рада или, по крайней мере, не совсем уж не рада девушке Кате.

А девушка Катя ничего такого не поняла, потому что она вовсе не считала себя незваным гостем, и путь ее в дом с башенками, зеленой крышей и чугунной решеткой был не близким, особенно для человека, впервые покинувшего свой дом.

Катя широко улыбнулась хозяевам, и стало видно, что ей все-таки меньше двадцати. Просто она была очень крупная барышня.

Гости уже довольно долго стояли во внутреннем дворике — мирились, знакомились, удивлялись неожиданному появлению Кати.

— Пойдемте в дом?.. Рита, будь добра, скажи, чтобы принесли закуски, — светски произнесла Лариса. Так английские аристократки обращаются к людям ниже по положению. Наверное, Лариса любила английское кино, иначе где бы она могла так ловко перенять их манеры.

Ларисина гостиная была выдержана в скандинавском и одновременно минималистском стиле, и этот холодноватый льняной минимализм был выбран ею не случайно. Писатель, хоть и культовый, никак не мог сравняться доходами с соседями-банкирами, тем более, один из соседей (тот, что не афишировал род своих занятий), по слухам, занимался то ли утилизацией отходов, то ли просто помойкой, а это такое прибыльное дело, что страшно подумать. Разумно решив, что не сможет соперничать с соседями в гонке по добыче антикварной мебели и других дорогостоящих изысках, Лариса устроила все так, что смело могла смотреть в глаза соседям: это наш стиль, это наша концепция, это именно так, как нам нравится.

Вдоль стен стояли короткие белые диваны и кресла модных прямоугольных форм, низкие столы матового стекла — у каждого дивана по два, на столах лампы простого дизайна с белыми абажурами из рисовой мятой бумаги, и множество затейливых цветов в незатейливых кадках. Цвет — белый, с вкраплениями тусклого цветного, материал — лен. Много света, белые льняные занавески, собранные широкими лентами, и белоснежный ковер на полу — если честно, Лариса на ковер искоса поглядывала, жалея, что не велела домработнице убрать. Аристократки из английского кино не посматривали нервно на свои ковры, а наоборот, относились ко всему, что их окружало, очень небрежно, но ведь их с рождения окружала белоснежная чистота, которая ни за что не могла запачкаться, а Лариса пока еще к этому не привыкла. Но все равно — она была исключительно светская женщина, и гостиная у нее была исключительно светская, и дочь Мариша тоже была очень светская.

Заплетаясь ногами, как жеребенок, Мариша сбежала со второго этажа навстречу гостям.

— Слушайте все! Папино интервью в журнале «Кошка ру»! — восхищенно сияла Мариша. — Папа, а ты уже видел?

— Аск! — ответил Кирилл.

— А вы тетя Аврора? — притоптывая на месте от возбуждения, спросила Мариша. — А почему у вас такое имя? Вас в честь крейсера «Аврора» назвали?

— Умоляю, только без теть, — испуганно вздрогнув, отозвалась Аврора. — Деточка, Аврора — это богиня утренней зари. — Глупо признаваться, что она была названа именно в честь революционного корабля.

— Малышке, наверное, лет двадцать. Так почему она немедленно объявляет незнакомую не очень пожилую даму тетей?.. — прошептала она Б. А.

— Откуда мне знать? — удивился он.

— Папа, а я сегодня была в салоне, «BMW» смотрела... я хочу красную!.. — не унималась Мариша.

Она не обратила на Катю никакого внимания, а Катя посмотрела на Маришу с восхищением — в этом роскошном доме живут роскошные люди, для которых вполне естественно сказать: «Хочу луну с неба, аленький цветочек и красную «тройку» „BMW“».

Мариша предложила гостям аперитивы, но Аврора не пила из принципа, а Б. А. от волнения. Но все-таки Аврора приняла от Мариши бокал с мартини — это был настоящий прием, а на приемах всегда все ходят с бокалами и общаются.

В гостиную вошла красивая пара. Игорь, высокий-красивый-черноволосый, и Ира, высокая-красивая-черноволосая и самая нарядная в этой гостиной. Они были так похожи друг на друга, что их можно было бы принять за брата и сестру, но парадные улыбки, накинутые на лица, как второпях брошенное покрывало, говорили о том, что они вовсе не брат с сестрой, а муж и жена, которые прервали ссору лишь на пороге, еще не успев стереть с лиц выражения злости и раздражения.

Игорь был заметно возбужден.

— Я принес тебе подарок, водку «Дипломат» и картошку с селедкой на закуску! — Игорь преподнес Кириллу искусно выполненный восковой муляж. Восковую водку немедленно хотелось выпить, а селедку съесть.

Ира пристально оглядела стол, гостей и Ларисино платье, взяла бокал, налила тоник и собиралась отойти от столика с напитками, но, поймав напряженный взгляд мужа, мягким любовным движением плеснула себе джина.

— Аврора, давайте я не буду вам никого представлять, — предложил Кирилл с видом благовоспитанного мальчика. — Тогда вы сможете обращаться ко всем на «эй, ты!».

Б. А. укоризненно покачал головой и взглядом указал Авроре на Таню, высокую женщину с пепельными кудрями вокруг нежного большеглазого лица. Поэтически настроенные люди называют такие лица ангельскими, но ведь и ангельские лица прорезают морщинки и портят неприятные припухлости, и как бы эти поэтически настроенные люди назвали сорокалетнюю Таню — бывший ангел?

Бывший ангел весь струился, очевидно, считая, что у ангелов не бывает возраста: сверху нежно-розовые газовые волны шали, снизу темно-розовые шелковые волны широкой юбки.

— Таня, давняя подруга нашей семьи, актриса.

Б. А. не ожидал когда-либо увидеть Таню, но почти не удивился. С самого первого мгновения, проведенного в доме сына, Б. А. чувствовал себя как-то странно, вне времени. Словно все это либо произойдет завтра, либо уже было вчера, но никак не происходит сейчас. Как во сне. И почему-то его не оставляло чувство, что ему не стоило заходить в этот сон.

— А это Кирочка, Танина дочь, — поспешно сказал Кирилл. — Кирочка, познакомься.

Маленькая тощенькая Кирочка вежливо улыбнулась тонкими, как ниточка, губами.

«Нужно подбодрить этого оловянного солдатика», — подумала Аврора и самым своим ласковым голосом — обычно она использовала его для беседы с детьми — сказала:

— Вы напоминаете балерин Дега, у вас такие же тонкие черты и хрупкие плечики... Кем вы собираетесь стать, дружочек?

Кирочка молчала. Молчала и смотрела на Аврору. Какова? Нужно иметь достаточно мужества, чтобы не ответить на благожелательный вопрос взрослого человека, а уж не ответить Авроре было и вовсе необычно.

Аврора обиженно выпятила губы и надулась. Большей частью ее любили, уважали и отчетливо отвечали на вопросы.

...Каждый человек чем-нибудь гордится, например собой, или своими детьми, или своей собакой. Удачный кафель в ванной, платье от Балансиага, кандидатский диплом — мало ли предметов для гордости. И Аврора тоже гордилась, вернее, жила с постоянным ощущением своей особенной судьбы.

Дело в том, что в Аврориной квартирке когда-то давно обитала ее старшая сестра, очень бойкая барышня с ярко выраженными художественными пристрастиями. Сестра была знакома решительно со всем Питером, и среди «всего Питера» действительно были тогда еще просто юные непризнанные поэты, писатели и художники, а в будущем — питерская слава. Поэты, писатели, художники бывали у сестры, разговаривали, пили вино, читали свои произведения и смеялись, а маленькая Аврора по очереди сидела на коленях у будущих знаменитостей и ни за что не соглашалась идти спать. Позже поэты, писатели и художники уехали за границу и стали знаменитыми или остались и стали знаменитыми, и когда, через много лет, старшая сестра умерла, именно Аврора сделалась почти единственной из тех, кто помнил о том, как поэты, писатели и художники пили вино, читали стихи и смеялись.

Аврора гордилась достижениями всех своих знакомых знаменитостей, но особенно трепетно относилась к великому питерскому Поэту, равному, как она считала, самому Пушкину. Она вспоминала Поэта профессионально — в прессе, на радио и однажды даже на телевидении, после чего стала считать себя почти телезвездой. За долгие годы она добавила к своим воспоминаниям много разных подробностей. Единственное, о чем Аврора всегда забывала упомянуть, — что Поэт, очевидно, был большим другом детей, потому что самой Авроре во времена близкого общения с ним было не больше восьми-девяти лет. Никто и не заметил, что Аврора невзначай совершила истинный подвиг любви — слегка разминувшись с Поэтом во времени, она сделалась его современницей, прибавив себе лет пятнадцать. Лишь бы быть рядом с ним, хотя бы в собственных воспоминаниях.

В квартирке за прошедшие со времен визитов Поэта десятилетия ничто не изменилось. Аврора жила среди священных предметов: вот стул, на котором сидел Поэт, вот карандашный рисунок Поэта на буфете, а вот и винная бутылка с написанным на этикетке рукой Поэта четверостишием. Но ведь он и чай здесь пил, не мог не пить. Тогда почему бы не из этой, к примеру, чашки?.. Выходило, что мемориальным в ее доме было все, включая и саму Аврору.

Мог ли Поэт представить, что где-то в огромном мире затерялась эта крошечная квартирка, где десятилетиями жила память о его мимолетном присутствии?

Ну, Поэт, наверное, мог, а вот обычные люди ничего не знают друг о друге. Быть огоньком, мягко горящим в чьей-то душе, даже не подозревая об этом, — это так волнующе и загадочно, а с другой стороны, почему бы и нет — ведь в нашей душе тоже обязательно живет Некто, к примеру, образ первой любви из детского сада, и он, этот образ, никогда об этом не узнает...

Ну а в Аврориной душе жил Поэт.

Б. А. подозревал (конечно, из ревности), что ребенок Аврора была знакома с Поэтом не очень близко. Бывали минуты, когда он, выступая совсем уж мстительным ревнивцем, думал, что знакомство ребенка Авроры с Поэтом было такого рода, когда один человек знаком с другим, а этот другой с ним — нет.

Опять же к тому, что мы порой не знаем ничего о других людях, даже о самых близких, — у Б. А. была от Авроры тайна. Он считал (возможно, из ревности), что для гения, равного Пушкину, Поэт писал немного слишком сложно, и что он, Б. А., пожалуй, все-таки больше любит Пушкина, тем более, раз уж они равны... А из современных — Самойлова и Слуцкого. Но это было тайной, особенно Слуцкий.

Б. А. послушно читал Поэта вслух по требованию Авроры и про себя — под пристальным контролем Авроры. Ему вообще пришлось смириться с постоянным присутствием Поэта в их жизни — что же ему оставалось, ведь Аврора предпочла бы витающую по ее квартирке тень Поэта любой реальности, тем более такой несовершенной реальности, как Б. А. А он был ужасно несовершенной реальностью, о чем Аврора без устали ему и сообщала.

Итак, Аврора была не одна — с ней всегда был Поэт. Племянник, например, специально приводил к ней своих знакомых и представлял ее так: «Моя тетка — культурный раритет, была лично знакома с Поэтом». Знакомые мгновенно смущались и начинали следить за осанкой, и Авроре это было приятно — не за себя, а за Поэта.

...Так что Кирочкино спокойное равнодушие было ей непривычно, и она почувствовала себя неуютно. Похоже, ее поставили на место, и в душе Аврора ужасно растерялась.

— К столу, прошу всех к столу, — громко позвала Лариса, проходившая мимо с полной вазой цветов. Пышный розовый георгин мазнул Кирочку по лицу, но девушка не ойкнула, не улыбнулась и не нахмурилась — у нее было почти лишенное мимики лицо. Такое бесстрастное личико могло принадлежать не юной девушке, а взрослой, бесповоротно взрослой женщине, какой далеко не каждой удается стать. А вот Кирочке удалось.

Умело пресекая увиливания гостей в сторону — прогуляться по дому, выйти покурить или приватно поболтать, Лариса усадила всех за стол и, приятно улыбаясь, принялась расхваливать закуски.

— Холодный крем-суп из анчоуса, сервированный копченым лососем. А это террин из сыра моцарелла и помидоров. Салат «Цезарь» с соусом из анчоусов, гренками и сыром пармезан.

— Все это подается в мамином клубе, — не удержалась и похвасталась Мариша. — Террин из моцареллы просто потрясающий!

— Я специально принёс твой любимый, — тихо сказал Кириллу Игорь. — Мне хотелось выпить — ты знаешь за что...

Сидевшая по его левую руку Аврора ощущала исходившее от Игоря радостное возбуждение так явственно, будто рядом с ней тонким звоном заливался будильник. В ней самой тоже иногда звенел такой возбуждённый звоночек — когда она бывала влюблена.

— Что же мне, и водки не с кем выпить? — возмутился Кирилл.

— Ну давай водку, — разочарованно протянул Игорь.

Кирилл мог оскорбиться из-за сущего пустяка, и чем пустячнее, мельче был повод, тем опаснее бывало ему противостоять: такое презрение появлялось на его лице, словно он удивлялся, что окружающие тоже считают себя людьми... Непонятно, как ему это удавалось, но почему-то при этом его обаяние никуда не исчезало.

— Ну, давай выпьем ты знаешь, за что, — повторил Кирилл слова Игоря, в котором при этих словах звоночек взорвался радостной трелью.

И они выпили за что-то известное им одним, а Ира выпила вместе с ними просто так — полбокала джина, назло Игорю.

Все увлечённо передавали друг другу закуски. Лариса задумчиво глядела на террин в своей тарелке, размышляя, не съесть ли ей лучше крем-суп или салат «Цезарь», и будет ли такой обмен равнозначен в смысле калорий. Ира с Игорем вели партизанскую войну за бутылку джина: Ира все подливала и подливала себе в бокал, а Игорь пытался, соблюдая приличия, незаметно, по сантиметру, отодвинуть от нее бутылку.

Аврора умудрилась попробовать все по третьему разу, Таня, страдальчески морщась, ковырялась в тарелке, потому что ангелы обычно не бывают голодны, Рита деловито доедала вторую порцию салата «Цезарь», а Катя все еще не решалась приступить к еде — в общем, застолье шло своим чередом.

— А почему вы ничего не едите? — спросила любопытная Аврора, заметив, что перед Кириллом и Игорем стоят отдельные тарелки, а на тарелках грецкие орехи, семечки и курага. — Что это у вас, специальная диета?

— Они уже три недели ведут здоровый образ жизни, — пояснила с улыбкой Ира. — Кирилл по убеждению, а Игорь так... за компанию. Ему для Кирилла ничего не жалко, даже мясо может не есть. Жует орехи, а сам мечтает о баранине. Грызет семечки, а сам грезит о жирном куске свинины. А вчера ночью я застала его у холодильника, как Васисуалия Лоханкина. Правда, Васисуалий?

Игорь в ответ на выпад жены решительно переставил джин на другой конец стола.

Взметнув розовыми шелками, Таня встала и, поиграв с пультом CD-проигрывателя, с полузакрытыми глазами заструилась в такт музыке.

— Во мне живет танец, я жертва музыки, — кружась на месте, напевала она, будто бы самой себе. Довольно громко напевала, между прочим.

Лариса взяла пульт, и музыка прекратилась. Таня, не открывая глаз, демонстративно замерла в прерванном движении.

— Голова-а... бо-олит... я сегодня просто сгусток не-ервов, — протянула она.

Домработница Надя, невысокая худенькая женщина неопределенного возраста, крутившаяся с подносом за спинами гостей, наклонилась к ней.

— Давайте я вам травку дам от головной боли, — прошептала она, достав из кармана передника темно-зеленый пузырек, — вот, только что заварила, на кухню несу.

— Надя делает отвары трав, мы теперь вообще лекарств не пьем, — пояснила Лариса, поймав любопытный взгляд Авроры.

— Только вы осторожно, пару капелек капните, и все... а то и отравиться недолго... Пурпуровая наперстянка вещь опасная, вот у меня как раз одна знакомая умерла... — простодушно произнесла Надя.

Лариса строго взглянула на нее, и Надя тут же ретировалась на кухню.

— А давайте кого-нибудь отравим?! — развеселилась Мариша. — Можно в чай плеснуть, можно в пиво. Отвар этот желтый, никто и не заметит.

На фоне Ларисиной неприязни к жертве музыки даже смерть Надиной знакомой показалась милой застольной шуткой, а уж Маришино предложение и подавно, и все оживленно заулыбались.

Поднялся Кирилл с бокалом вина.

— Б. А. никогда не мог привести в дом женщину: сначала родители мешали, потом жена, потом сын... Но вот я вырос, и Б. А. наконец привел Аврору.

За Кириллом водилась эта манера внезапно сказать что-то ошеломляюще бестактное — так швейная машинка вдруг подпрыгивает посреди ровных стежков. Б. А. уже почти забыл, как это неприятно...

Рита беспокойно поглядела на Аврору. Ее обязанности в этом доме были разнообразны, и, к примеру, загладить сейчас нетактичность хозяина тоже надо было ей. Она же не знала, что Аврора обижалась, только когда желала обижаться.

— Вы поженились? Я вас поздравляю! У вас любовь, это так трогательно, — чуть более ласково, чем надо, произнесла Рита, наклонившись к Авроре через стол.

— Поздравляйте, — рассеянно кивнула Аврора, — я очень люблю, когда меня поздравляют... Что же касается любви... Знаете, милочка, в нашем с вами возрасте о любви не говорят, она или есть, или ее нет...

— В каком это «нашем», вы же... я же, — опешила Рита, на глазах перетекая из имиджа деловой женщины в пошловатую «блондинку в жутких розочках». Подавив желание выбежать из-за стола и немедленно посмотреться в зеркало, она еще раз придирчиво рассмотрела Аврору и еще раз изумилась. Конечно, Авроре ни за что не дашь ее лет — маленькая, худощавая, седые волосы по-детски убраны в хвостик, но все же какое невероятное нахальство: «В нашем с вами возрасте!»

— Мне уже делать шашлык? — спросил Игорь Кирилла.

— Уже делай, — мрачновато отозвался Кирилл, и Игорь направился в сторону кухни, небрежно-вороватым жестом прихватив со стола бутылку джина. Это был бессмысленный акт, так как стол был уставлен напитками, и с его стороны было довольно глупо рассчитывать, что Ира прекратит пить.

— Игорь, пойдем домой, — в спину ему проворковала Ира и невинно добавила: — Кирилл все равно не разрешит тебе есть шашлык... а дома поешь мяса с картошечкой...

В выражении ее лица было столько пронзительной злой нелюбви! Такое лицо обычно не решаются показывать на людях, но Ира не постеснялась — ведь Игорю удалось унести лишь полбутылки джина, а остальное она успела выпить.

— Дождь идет, — первые слова, произнесенные Катей за весь вечер, случайно прозвучали при общем молчании, и она смутилась, словно сказала глупость, и заправила волосы за мгновенно покрасневшие уши. Мариша посмотрела на нее с насмешливой жалостью: она не была недоброй или заносчивой, просто покрасневшие уши сейчас не в моде.

Аврора отреагировала моментально, словно на животе у нее была кнопочка:

— Но правда в том, что если дождь идет,
нисходит ночь, потом заря бледнеет...

— Ах, — оживилась Таня, — я с детства пропадаю на дорогах поэзии, я просто вся цвету стихами...

...подумать вдруг, что если гибнет дом,
вернее — если человек сгорает,
и все уже пропало: грезы, сны...

Кирилл резко поднялся и, не сказав ни слова, направился к лестнице, ведущей наверх, в кабинет. Может быть, он не любил стихи?

Никто не удивился. Все привыкли к тому, что иногда только что милый улыбчивый Кирилл внезапно, без видимой причины, менялся в лице, и тогда — хорошо, если успевал уйти, побыть один, а бывало, словно что-то в нем взрывалось, всегда одинаково, злобно, беспомощно и страшновато.

Аврора тоже не удивилась, но не потому, что знала за Кириллом эту его манеру внезапно уходить из-за стола, — она просто ничего не заметила.

— Сегодня ночью у меня в квартире тоже шел дождь, — сказала она. — Представьте, я сплю, и вдруг сверху дождь. Сначала я накрылась всеми одеялами, потом всеми газетами, а потом газеты тоже протекли, и я промокла... А утром смотрю — окно открыто. Вот какой сильный дождь шел у меня в квартире. Чистый Хармс.

— Что?! — бессильно выдохнул Б. А. — Ты же простудилась... тебе срочно нужно принять аспирин и микстуру от кашля...

— Не паникуй, — довольная Аврора оглянулась, чтобы проверить, все ли заметили, как он за нее испугался, но оказалось, замечать было некому, они с Б. А. остались одни.

Гости разбрелись по дому — посидеть на веранде, посмотреть, как делается шашлык, поглядеть на горящие поленья в камине. Аврора уселась у камина и оцепенела — огонь всегда действовал на нее, как на домашнюю собаку, в которой вдруг просыпаются первобытные инстинкты.

Зазвонил телефон. Лариса вошла в комнату, где оставались только Аврора с Б. А., поискала глазами трубку и, не обнаружив ее, включила громкую связь.

— Не спишь? Вчера моя приятельница была в твоем ресторане, — раздался женский голос. — Учти, по-дружески тебе говорю: она сказала, волован из грибов был несвежий.

— Да?.. — растерянно проронила Лариса, хотя было очевидно, что, конечно же, да. — А дизайн? Дизайн ей понравился?

— А разве в твоем ресторане есть дизайн? — невинно удивился женский голос. — Кстати, у тебя никого нет в Эрмитаже? Хочу отдать ребенка в кружок, а там большой конкурс...

— Сучка! — выплюнула Лариса, впрочем, вполне беззлобно, усевшись напротив Авроры после окончания разговора. — Это жена владельца сети магазинов «Полет»... Ну, знаете, те, что на каждом шагу... Думает, если у нее столько денег, то ей все позволено... У меня к вам просьба. Вы же один, то есть одна из лучших экскурсоводов в Русском музее... Не могли бы вы мне помочь?..

— О чем разговор, милочка, для меня это сущие пустяки, — приветливо улыбнулась Аврора. — Пусть ваша знакомая придет к директору. Только будет лучше, если она не скажет, что она от меня, вообще не упоминает мое имя. У меня с директором конфликт. Кстати, виноват он...

А в это время кое-кто незаметно улизнул, поднялся по маленькой боковой лестнице на самый верх, в самую дальнюю комнату под крышей, долго пристраивал себя на угловом кожаном диване, удивляясь его скользкой неуютной бессмысленности, и, сказав себе «Я только на минуточку», задремал. Этот кое-кто был, конечно, Б. А. Он чувствовал себя совершенно разбитым и опустошенным. Какая нелепая идея это публичное примирение! Как будто можно у всех на глазах за несколько минут исправить то, на что ушла вся жизнь... или часов, или дней...

Кабинет Кирилла выглядел, как тысячи других кабинетов — черный кожаный диван, книжные полки, огромный письменный стол. Единственным отличием было то, что в этом кабинете личность хозяина не была видна ни в одной детали.

В кабинете мужчины всегда каким-то образом проявляется личность хозяйки дома, и по степени внедрения в сугубо частное мужское пространство можно судить об отношениях между супругами. Невзначай подсунутые в кабинет игрушки, фотографии, сувениры на память о совместной поездке — любая мелочь годится, чтобы супруг никогда не оставался тут без нее.

Небрежно брошенные на диване подушки (если бы они там были) могли бы, к примеру, поведать нам о Ларисиной манере забежать посреди дня, усесться поудобнее, зарывшись в подушки и поболтать, а может быть, даже и прилечь на диван. Но на черном кожаном диване никто не сидел, а уж тем более не лежал со дня покупки.

О самом Кирилле Ракитине могли бы рассказать какие-нибудь предметы — к примеру, удочка, неожиданная отвертка посреди канцелярских принадлежностей, ножик или, скажем, фляжка, любая мужская штучка, хотя бы кляссер с марками, — но нет. Единственно личным была заставка на мониторе — старый дом в соснах.

На столе стояла фотография в старой, изъеденной жучками рамке — прелестное женское лицо, большеглазое, легкие кудри подняты со лба, узкие губы подправлены помадой в модный бантик. Очаровательное лицо, чуть старомодное, словно со старинного медальона, хотя на самом деле — всего лишь недалекие 50-е годы.

Рядом была еще одна фотография: то же лицо, неприятно тронутое временем, — но эта неприятность, казалось, заключалась не в поплывшем овале, морщинах и прочем, а скорее в контрасте с нежным очарованием соседнего изображения. Странное это было лицо: жесткий взгляд, нелюбимые заброшенные губы... опустевшее лицо, как дом, который оставили жильцы.

В остальном зеленая поверхность огромного письменного стола была совершенно пустой, словно стол стоял не в писательском кабинете, а в доме, где хозяева считают кабинет и письменный стол обязательным атрибутом приличной обстановки, не более.

Но если кабинет ничего не говорил о Кирилле Ракитине, то, может быть, он все же не так ревностно оберегал писателя Кира Крутого?

На открытых полках блестели корешками энциклопедии. Кирилл использовал их для сверки своих фантазий с реальностью — чтобы случайно не повторить реальность. На письменном столе царила нерабочая чистота: монитор, стаканчик с веером идеально отточенных карандашей, бокал на подносе. И все, словно никто никогда не присаживался к компьютеру и словно с этого стола, как с конвейера, не сошло множество книг.

Кир Крутой выходил огромными тиражами, и его читательская аудитория была достаточно разнообразной. Его поклонники воображали своего любимого писателя человеком, с трудом отрывавшим затуманенный взор от беспорядочного вороха бумаг и собственных мыслей, похожим на Эйнштейна на той знаменитой фотографии, где он шизофренически высовывает язык. Они удивились бы, увидев, что обожаемый ими фантастический мир, так густо населенный персонажами, рождается посреди такой внешней пустоты. Поклонники не могли заглянуть в его шкаф, но если бы случайно зглянули, то удивлсь бы еще больше. В шкафу не просто царил порядок — это расхожее выражение не могло передать геометрической точности, в которой находилась его одежда. Лариса всегда покупала своему знаменитому мужу партии одинаковых футболок, трусов и носков, специально для того, чтобы при складывании в стопки швы совпадали у них с точностью до миллиметра.

Выходящие из-под пера Кира Крутого затейливые фантазии странным образом не сочетались с таким педантичным обустройством Кирилла Ракитина во внешнем мире. Но ведь и с его удивительной способностью ориентироваться в практических, материальных делах они тоже не сочетались.

А, собственно, почему читатели Кира Крутого должны были представлять себе его именно так, а не иначе, и вообще — почему он, со своими футболками и носками, сложенными швом к шву, кажется нам странным?

Сам Кирилл явственно представлял свой внутренний мир в виде картинки. На картинке — прекрасный сад, огороженный высокой решеткой. Красивой и очень высокой. С острыми пиками. В саду цвели цветы, тоже прекрасные. И Кирилл позволял читательской массе прогуливаться по прекрасному саду его души, кроме некоторых, конечно, уголков. Но читательская масса безлика, абстрактна, а вообще-то сад его души находился под надежной охраной решетки с острыми пиками.

Итак, Кирилл Ракитин, один из самых удачливых российских литераторов, разглядывал из окна кабинета свою собственность — тридцать соток земли от дома до высокого кирпичного забора.

Обычно Кирилл, в зависимости от цели, воспринимал мир то картинкой с расплывчивым сюжетом, то требующей строгого анализа схемой. И думал он, как правило, о нескольких вещах одновременно. Его мыслительная деятельность была похожа на плиту, где на каждой конфорке что-то варится, шкворчит, выкипает.

А сейчас, когда ему было так паршиво, ему нужно было свести все картинки в одну схему, проанализировать ее и получить результат. И результат должен получиться таким, каким... какой результат ему нужен?

«Зачем мне нужно было в Комарово?» — подумал он и чуть подхалимским голосом ответил сам себе вслух:

— Да так, ничего особенного... сосны...

Затем он произнес убеждающим голосом:

— Я, Кирилл Ракитин, — счастливый человек. Или уж, во всяком случае, такой, как все.

Но эти слова до конца не убедили его, к тому же он не был таким, как все. Ему полагалось намного больше счастья, чем всем остальным, и Кирилл принялся про себя перечислять свои счастья и счастьица.

С точки зрения среднего человека — что нужно для счастья?

Так, первое. Работа. У каждого человека должна быть работа, лучше нелюбимая.

А у него есть любимая работа (ну не скажешь же про самого себя «мое творчество»). С его дурацким, никому не нужным образованием (тьфу!) он стал обеспеченным человеком в те годы, когда многие только ныли и, не желая расстаться со своим культурным прошлым, удивлялись, почему культура нынче недорого стоит. Все у него было — случалось, что сидел, обхватив голову руками, стонал, и казалось, что жизнь обложила со всех сторон, не вырваться. И ничего, всеништяк... Бедным быть ужасно, он это помнит. Спасибо, покушали. Бедные несчастливы по определению, а он бедным уже никогда не будет. Особенно теперь. Правда, пришлось пойти на некоторые уступки, но они были необходимы.

Теперь он узнал, что такое настоящие деньги.

...Зачем, ну зачем все-таки ему сегодня нужно было в Комарово?!.

...Зачем ему сегодня нужно было в Комарово? А может, ну его, фиг ли думать? Большинство людей не хочет думать, живут как звери... ну и флаг им в руки... А у него как раз полно времени заняться собой, своей душой. Вот, например, прямо сейчас.

Ну ладно, поехали дальше. Значит, с точки зрения среднего человека...

...Жена. Наличие жены само по себе, конечно, не то чтобы такая уж редкая в жизни удача, но Лариса — правильная жена. У нее свой бизнес — она занята, раз, и не пристает, два. Ее ровно столько, сколько требуется, (она, кстати, и ест ровно столько, сколько требуется, не достает всех окружающих своими диетами). Ей так мало нужно для счастья: появилась ее фотография в «Кошке ру» — и она сияет. Она хорошая, даже профессиональная хозяйка... и вообще. Нормально.

Дети. У человека должны быть дети. И у него есть «очаровательная дочь» — так Маришу недавно назвали в редакции журнала, где поместили Ларисину фотографию. Дочь учится в каком-то левом театральном и катастрофически бездарна. Мариша пошла в мать, и мечта у нее такая же куцая — увидеть в глянцевом журнале свои фотографии, сделанные то на модной вечеринке, то на открытии нового элитного клуба. Мариша хорошенькая. Дочь делает честь Ларисе, и именно такого рода честь особенно важна Ларисе при ее страсти к публичной жизни... Дочь как дочь. Нормально.

Что там еще, с точки зрения среднего человека?.. А-а, ну еще дом. Дом — вот он, красавец. Земля. Выходит, у него есть все, что должно быть у человека, — жизнь удалась.

И вдруг — раз! — и внезапно оказываешься мордой в салате. А крыша-то где? Снесло крышу... Вот, пожалуйста, например, — зачем человеку в Комарово, если человек этот живет в Токсово? Всем известно, что Токсово совсем в другой стороне... правда, можно через переезд...

...Ну а теперь самое главное.

Несколько месяцев назад у него вдруг появились мысли о смерти. Пришли и больше не уходили. Владимир Семенович, знакомый психоаналитик, как-то сказал, что каждый человек должен: а) понять для себя, что такое смерть, и б) принять свое понимание.

Как всегда при мысли о смерти, Кирилла охватила паника. Даже ладони вспотели.

Что понять?! Что принять, с какой такой стати?!

Почему всегда было ощущение, как будто он идет в горку, а сейчас, ближе к сорок третьему дню рождения, стало совершенно ясно — все, приехали, конец котенку, летим с горы... И не так, как бегал ребенком в Комарово, — в мамины распахнутые руки, а один, один, в черную бездну...

В голову приходили просто глупости и совсем уж стыдные глупости. Но Кирилл все равно неотступно думал — когда-то будет у него последняя в жизни жареная картошка, последний секс, последний Новый год... И главное, он не знает, когда именно, вот съест сейчас картошку, а она как раз и последняя!.. Может быть, ему повезет, и он умрет, не зная, что умирает, просто незаметно переместится во сне туда, откуда никто еще не возвращался...

Но тогда страшно засыпать, так страшно — заснешь, словно уйдешь с поста, и не проснешься.

А Владимир Семенович говорит «принять»!..

«И как он хочет, чтобы я это принял?» — подумал Кирилл и усмехнулся нечаянному еврейскому акценту своей мысли.

Ему офигенно повезло, что он встретил Владимира Семеновича. Сначала он ему не понравился — женственный, мягкий, «какой-то пидороватый» — так он подумал про него при первой встрече. А оказался умнейший мужик. Если ли бы не он, Кирилл стал бы жалким существом, себя не знающим. А теперь у него все проблемы скоро будут решены. Владимир Семенович говорит, что если человек осознал свои проблемы, значит, он уже проделал большую душевную работу.

Кирилл выпятил нижнюю губу и подумал — все это кажется таким бредом, такой туфтой! Когда не касается тебя лично...

«А потому что иметь проблемы — это нормально. Они, проблемки мои, — часть окружающего мира. По крайней мере так говорит мой психоаналитик, — продолжал рассуждать про себя Кирилл. — Мне охренительно трудно, а мой психоаналитик говорит, что это, наоборот, хорошо... Кто бы мог подумать — у меня психоаналитик!..» — и дальше совсем нецензурно, а смысловой нагрузки не несет.

Зато теперь Кирилл твердо знал свой диагноз — кризис среднего возраста. А что, нормально. Все как у всех. Небольшой катар желудка, хронический радикулит и кризис среднего возраста.

Кирилл достал из правого ящика стола ручку, из левого — лист бумаги и написал несколько слов, просто на всякий случай.

Он стоял, почти высунувшись в окно, и смотрел вниз. Кто-то бродил под окном, издалека доносилась музыка, но он ничего не видел и не слышал — с самого детства обладал способностью так глубоко уходить в себя, что ему стучали по лбу и говорили: «Тук-тук, отзовись, если ты здесь!»

И к приступам мрачной тоски можно было бы уже и привыкнуть — они с юности случались. Правда, прежде тоска была беспричинная: будто он музыкальный инструмент, который расстроился, устал. Он и научился управлять собой, как музыкальным инструментом, но в последнее время инструмент что-то не настраивается... Потому что сейчас на это есть причина, важная причина.

Кирилл мягко улыбнулся. Когда становится совсем нестерпимо, выход все же есть.

Он сел к столу, достал из ящика стола ампулу и мензурку... и уверенно — ведь это же был единственный выход, единственное спасение от боли — разбил ампулу, вылил в мензурку, выпил содержимое, затем протянул руку за стаканом и сделал глоток.

Прошло всего несколько минут, и внезапно резко погорячела рука, и затяжелела лопатка, и в груди будто разлилилась горячая вода, и тут же стрелой пронзила острая тоска — он уже был с ней знаком, такая тоска бывала по ночам, в тоскливый час между собакой и волком. Только эта оказалась еще острее, еще больнее. И тут мгновенно и страшно Кирилл понял, зачем ему нужно было в Комарово.

Вслед за пониманием пришло яростное, злое недоумение — он часто встречал в книгах фразу «И тут для него наступила темнота», или «Он увидел свет в конце туннеля», но какое право они имели писать такую туфту?! Ведь никто даже приблизительно не знает, как это бывает. А Кирилл теперь знает: просто сначала человек, сам не понимая почему, хочет в Комарово, а затем вот так — рука, лопатка, страшная тоска... наверное, он сейчас увидит маму... А что будет дальше, он пока еще не знает, — как и все остальные на земле.

...Лариса, хозяйка дома, изнемогающая от желания немедленно придушить гостей побольнее и навсегда, поднялась наверх и оторопела от возмущения, остановившись в дверях кабинета. Там Кирилла не было!

Уехал, бросил ее с этими ужасными гостями! Б. А. не проронил ни слова, а затем вообще куда-то исчез, наверняка сейчас этот старый зануда где-то спит. Аврора уже в третий раз читает стихи, Ира пьет и все никак не опьянеет достаточно, чтобы заткнуться и перестать говорить гадости... А что касается Тани с Кирочкой, то у Ларисы просто нет слов!.. И еще чужая девица в носках, как ее там, Катя...

Почему она должна слушать заунывные стишки, борясь с желанием выставить вон Таню с ее девчонкой? Лариса мечтательно нахмурилась: взять бы и ласково так сказать:

— Дорогая Таня и девочка! (именно так, не называя девчонку по имени). Поздно уже, идите вы в баню. К себе, отдыхать.

Неужели Кирилл все-таки уехал?! Какое счастье, теперь она может делать все, что душе угодно...

Лариса машинально отметила непривычный беспорядок на рабочем столе и подошла поближе. На столе лежала раздавленная ампула, и сначала Лариса очень аккуратно, по крошечке, собрала в руку нежные осколки и только затем заметила Кирилла. Она была так измучена своим раздражением, что почти не удивилась: устал человек, лег на пол и отдыхает, но почему все же на полу?..

Лариса тронула Кирилла за плечо, вздрогнула и резко, словно сглотнув камень, пригнула голову.

«А как же теперь...» — это было первое, о чем подумала Лариса, и только потом, изо всех сил закричала:

— Врача, скорее, врача!

...Спустя несколько минут кабинет был полон народу.

И тут произошла удивительная вещь — совершенно разные люди в один и тот же миг испытали совершенно одинаковое ощущение — что-то внутри мгновенно ухнуло вниз и мелькнула неприятная мысль. Почти все они тут же устыдились, как будто были ответственны перед кем-то за собственные мысли, тем более, это были даже не мысли, а нечто мимолетное, какая-то реакция организма, вроде слезы или вздоха.

«Как же я...», «Что же будет...», «А-ах...» — приблизительно такими были эти мысли.

И только у одного человека в этом кабинете первой реакцией было мгновенное облегчение — какую-то долю секунды. Ну а затем все испытали то, что положено — потрясение и ужас.

В центре внимания оказался не виновник неожиданного драматического события — ему уже ничем нельзя было помочь, — главным действующим лицом, вокруг которого закружилась общая нервная суета, стала Таня: взбежав наверх на Ларисин крик, она упала в обморок прямо в дверях кабинета.

Рита подтянула Таню на диван и деловито вывела из обморока, поочередно похлопывая по щекам, массируя кончики пальцев и наконец прислонила к спинке дивана как тряпичную куклу. Таня была так потрясена, что впервые в жизни забыла, что у нее вообще существуют эмоции.

Лариса выключила монитор компьютера, взяла со стола скомканный лист бумаги, аккуратно разгладила его и прочитала бесцветным, безо всякого выражения голосом: «Мнеплохояусталиябольшетакнемогу». Написано было именно так, слова лепились одно к другому, и она с трудом разобрала прыгающий почерк.

...Через сорок минут приехала «скорая помощь», и врачи констатировали смерть от инфаркта.

— Строфантин... Что это?.. — спросил Игорь врача, так боязливо взяв со стола разбитую ампулу, словно опасался, что она выпрыгнет из рук.

— А я и не знала, что он принимал лекарства... Эта его вечная страсть все скрывать, — растерянно пожав плечами, пробормотала Лариса.

— Я та́к всегда за молодой инфаркт переживаю, — сказала своему водителю доктор «скорой». — Самый возраст страшный — у них и дети еще невзрослые, и родители живы... Этому сорок три года было.

— Вот тебе, пожалуйста, дом роскошный, то-се... значит, бизнесмен. А у них нагрузки, нервы, разборки... Лучше уж на печи лежать...

— Ага, и яйца чесать, — неодобрительно проворчала доктор. Муж доктора как раз был из тех, кто лежал и чесал, а доктор из месяца в месяц хватала лишние дежурства. — Слушай-ка, ну и семейка! У него ведь серьезно было с сердцем. Первый раз вижу, чтобы муж принимал строфантин, а жена не знала...

Беседа четвертая

— Убили... Мы с тобой убили человека, можно даже сказать, замочили, — горестно сказала Ольга.

— Не бери дурных примеров и выражай свои мысли культурно, — ответила я. Я очень строго отношусь к чистоте речи. Считаю, мы, питерцы сами должны быть на высоте и держать Москву в рамках приличий. — А Кирилла можно и оживить. Пусть он отдохнет, немного подумает о смысле жизни и вернется к гостям.

— Кстати, о смысле жизни, — грозно произнесла Ольга. — Зачем ты развела это занудство? «Кризис среднего возраста, боязнь смерти...»

— Извини, забылась, — кротко отозвалась я. — Но мне кажется, что у него еще были проблемы с самоидентификацией, и кризис идентичности, и...

Ольга издала тихое шипение, и я поняла, что с самоидентификацией номер не пройдет.

Только я положила трубку на рычаг, раздался звонок.

— Ты соображаешь?! — сказала Ольга. — Как же они будут делить наследство, если он не умер?

Я понимала, что без смерти ничего не выйдет, но кое-что меня смущало... Человек умер, а они не особенно горюют.

— Вспомни Агату Кристи, — уверенно отозвалась Ольга. — К примеру, хозяин замка умер, а гости в столовой завтракают и не переживают нисколько. Если бы они переживали, они бы только кофе выпили, и все. Ну или, в крайнем случае, с булочкой. А они вообще копченую рыбу едят, омлет, кашу. После завтрака шляются по замку как ни в чем не бывало. Закон жанра — *ничего личного*.

Ольга, конечно, права — ничего личного.

— Заметь, что Б. А. все еще спит. Его пора будить, он же тоже наследник, — напомнила Ольга.

Но тут я была тверда. Пусть никто не переживает, с этим я еще могу согласиться. Пусть завтракают. Сырники, глазированные сырки «Рыжий Ап», бутерброды с докторской колбасой... Ах да, сейчас ночь... ну ничего, тогда они будут доедать террин, крем-суп, салат «Цезарь». Еще у них есть тарелка с семечками, курагой и орехами.

А вот Б. А. спит и будет спать дальше, всю ночь проспит. У него очень крепкий сон. Когда Аврора говорила ему, что неважно спала этой ночью, Б. А. всегда отвечал, что спал еще хуже, и вообще, совершенно измучен бессоницей. А на самом деле сон у него был как у младенца, и если он «с трудом сомкнул глаза», то разбудить его было невозможно. Ну что, Олечка, съела?!

Все люди иногда ссорятся, а уж если их связывает постель, как нас с Ольгой, то их ссоры могут принимать особо острый характер, вплоть до рукоприкладства. И если бы Ольга сейчас была рядом, она бы шлепнула меня по руке, а я бы в ответ ее ущипнула, потому что интеллигентный человек из Питера никогда не дерется, а только щиплется…

Жаль, что она в Москве…

— Конечно, пятерки за сочинения были у тебя, — с сомнением сказала Ольга, — но я тебя прошу — придерживайся интригующего стиля. Запиши.

Первое. «Все пропало. Столько усилий потрачено зря». Читатель не знает, что пропало.

Второе. «Необходимо выбраться из черной дыры, по крайней мере сделать попытку…» Читатель не знает, где эта черная дыра.

Третье. «В конце концов она решит все проблемы. Именно она, потому что она сильная, сильнее всех остальных». Читатель будет гадать, кто самая сильная,— на первый взгляд Кирочка, а вот и нет.

Потом, в крайнем случае, можно про это вообще забыть.

— И я тебя умоляю, не забудь, что в кабинете Кирилла бесшумно бродит некто в сером, — напоследок напомнила Ольга.

Не знаю, зачем Ольге понадобилась мышь в кабинете, но пусть будет, как она хочет. Я всегда откликаюсь на просьбы — со мной лучше лаской. Драка хорошо, а ласка лучше.

Дальше все происходило, как в кино начала века — все двигались немного слишком быстро или чересчур медленно, а если разговаривали, то фрагментарно и отрывисто, словно стесняясь друг друга. Но что же было делать гостям? Уйти домой? Какими словами можно было бы попрощаться: «Спасибо за чудесный вечер, до свидания» или «Сочувствую, что так вышло, всего вам хорошего»?

У гостей оставалась возможность быть полезными и милыми, к примеру, утешать Ларису. Но внезапная вдова не нуждалась ни в чьих утешениях, во всяком случае, внешне вела себя разумно и спокойно. Так что все молча расположились в гостиной и сидели по углам, не поднимая глаз, словно в очереди в приемной у врача.

— Лариса, у вас шок, выпейте хотя бы валерьянку, — проговорила Рита.

Непрерывно облизывая губы, она стояла над вдовой своего патрона с выражением срочно мобилизованного сержанта. Но Ларисе не требовались ни валерьянка, ни сама Рита с ее сочувствием, она взглядом хорошего организатора указала Рите на Таню.

В Тане уже давно, булькая вздохами и сдавленными всхлипами с постепенным повышением градуса, закипала истерика. Она несколько раз принималась рыдать в голос, но, поймав Ларисин взгляд, чуть брезгливый и как бы предупреждающий, спотыкалась на всхлипе и дальше уже тихонько плакала в платок, испуганно оглядываясь, словно делала что-то неуместное.

Мариша, нелепо выставив острые, такие жалкие сейчас, коленки, испуганным комком присела рядом с матерью. Напротив нее очень прямо, с непроницаемым лицом, сидела Кирочка. Погруженный в свои мысли Игорь был похож на заводную игрушку, у которой кончился завод, — ему в этом доме привычно было выполнять распоряжения, и, казалось, он совершенно потерялся, когда распоряжаться стало некому.

Органичней всех вела себя Ира — она просто пила.

— А Лариса с Таней сейчас поругаются, кому быть главной вдовой, — едко прошептала Ира на ухо Авроре.

Аврора посмотрела на нее с удовольствием — любые неординарные способности всегда вызывали у нее уважение — и прошептала в ответ:

— Знаете, я от одной рюмки могла потерять все — сумку, ключи, девичью честь... А вот вы, Ирочка, столько выпили, а сохраняете удивительную ясность ума!

— Как мы теперь будем жить... на что мы будем жить? — отчетливо произнесла Лариса в пространство, поглаживая по плечу прильнувшую к ней дочь.

— А что такое? Будем жить, как жили, — непонимающе отозвалась Мариша и, на секунду оторвавшись от матери, удивленно наморщила лобик. — А что, мы теперь не поедем в Америку? А как же моя машина? Папа обещал «BMW»... Так что, по-твоему, мне теперь на «жигулях» ездить? Мы же с тобой единственные папины наследники...

— Тебе даже не приходит в голову, что «жигулей» тоже может не быть?.. — раздраженно отозвалась Лариса.

— Почему?.. — Мариша затихла, о чем-то напряженно задумавшись. Рот ее некрасиво приоткрылся, подпухшие глаза потекли остатками краски, и, перестав быть хорошенькой, она вдруг стала такой, какой была бы, родись в соседнем поселке, — в меру глупенькой, в меру некрасивой, предназначенной для заурядной судьбы.

— Но ведь мы же богатые, — растерянно сказала она, — да, мама?..

Лариса никогда не обманывалась насчет способностей дочери к наукам, но твердо знала — Мариша при необходимости неплохо умела постоять за себя, и она отнюдь не такая глупышка, какой казалась сейчас всем остальным... А то, что девочке трудно примириться с «жигулями» вместо «BMW», так это ее, Ларисина, вина... Что же будет, что теперь будет...

Лариса слегка отодвинула от себя дочь и, взяв ее за плечи, принялась тихо объяснять, что теперь все изменится. После смерти Кирилла они смогут получать деньги только от переизданий. А сколько еще будут переиздавать, неизвестно...

— А я знаю одного человека, который изменил свое прошлое, — неожиданно громко произнесла Катя. — И этот человек думает, что никто об этом не знает. Но так не бывает, чтобы никто не знал...

В этот момент Аврорин взгляд случайно упал на Ирино застывшее от ужаса лицо. На мгновение Авроре показалось, что странное напряжение в гостиной совершенно не связано со смертью хозяина дома. Смерть Кирилла явно вызвала потрясение и растерянность, но не печаль.

— А как же моя квартира?! Папа обещал мне купить квартиру, — прошептала Мариша и вдруг громко и четко произнесла: — Мы не бедные. У нас — есть — миллион — долларов. Папа продал в Голливуд права на последнюю книгу. За миллион долларов. Вот.

Если бы в гостиной работал прибор по улавливанию мыслей, то его улов выглядел бы довольно однообразно.

«Все пропало. Столько усилий потрачено зря».

«Необходимо выбраться из черной дыры, по крайней мере сделать попытку...»

«В конце концов она решит все проблемы. Именно она, потому что она сильная, сильнее всех остальных».

«Это мой миллион», — а эта сладкая мысль высветилась бы столько раз, сколько людей было в гостиной, за исключением Авроры.

Мариша победительно огляделась вокруг и неожиданно злобно крикнула Кате:

— А ты! Прикалываешься над нами? Чужой человек, а сидишь тут...

Катя вскочила, уронив сумочку, и улыбнулась неловкой улыбкой, за которой человек прячет растерянность, обиду, боль, — все, кроме веселья.

Аврора подобрала с полу выпавший из Катиной сумки маленький синий томик в мягком переплете. Она вовсе не имела в виду, что заглядывает в чужие книжки, — это явно были стихи, а Аврора считала все сборники стихов на свете своей неоспоримой собственностью. Полистав синий томик, она разочарованно покачала головой. Какая ужасающая безвкусица! Бедная девочка, неужели она не знакома с настоящей поэзией? Надо непременно, сегодня же дать Кате список того, что необходимо прочесть в первую очередь...

Аврора очень жалела всех, кому выпало жить вдали от Эрмитажа. Представив себе Катино бедное провинциальное детство и совсем расстроившись, она машинально раскрыла спрятанную между страницами желтую картонную книжечку, оказавшуюся метрикой.

Катя просительно посмотрела на Игоря, но он сидел, не глядя в ее сторону. На Иру, Таню и Кирочку у нее не было никакой надежды, и Катя побрела к двери, как будто ее выгнали из класса, изо всех сил делая вид, что ничего стыдного не произошло.

— «Екатерина Кирилловна Ракитина», — прочитала Аврора вслух и подумала: «Хорошо бы меня звали так красиво! Будто в романе девятнадцатого века...»

— Отец — Кирилл Борисович Ракитин, мать... — продолжила было Аврора, но подняла голову под чьим-то тяжелым взглядом. — Ой! Так ведь девочка совсем не посторонняя! Она же дочь Кирилла! Это же замечательно!.. А то мне так ее было жаль...

Лариса закрыла лицо руками и замерла.

— У папы не было никакой дочери! Кроме меня! Не было, не было!..— в полной тишине отчаянно вскрикнула Мариша, скривившись, как обиженная первоклашка.

И так по-детски жалобно прозвенел ее голос, что Игорь взял ее за руку и принялся нашептывать что-то успокоительное.

— У нас с мамой будет миллион, — из-под его руки совершенно спокойным, твердым голосом произнесла Мариша и тут же принялась лепетать что-то жалобное в мобильный телефон с изящным бисерным шнурком.

...Аврору вдруг невыносимо сморил сон. Прикорнуть на часок в любом месте, когда захочется, было ее свойством. Однажды она заснула во главе стола на чьем-то скучном юбилее, и после этого ее уже больше никогда не сажали во главу стола на скучных юбилеях, а на менее почетных местах она могла сколько хотела болтать и смеяться.

Последнее, что услышала Аврора, проваливаясь в сон, были чьи-то слова: «...Ему все это нравилось... вот он и собрал здесь террариум из жен, любовниц и детей...»

Фигура в сером медленно поднималась по лестнице к кабинету. Очевидно, человек специально выбрал серый цвет, чтобы меньше бросаться в глаза. Дверная ручка повернулась очень осторожно, дверь открылась бесшумно и так же бесшумно закрылась. Тишина кабинета показалась мрачной и пугающей, как обычно кажется человеку, который оказывается там, где ему не положено быть.

Хозяин кабинета не предполагал, что после его смерти тут будут бродить фигуры в сером в поисках тайника, поэтому для сейфа он выбрал вполне тривиальное место: сейф не прятался под половицей или за фальшивой стеной, а всего лишь был вмонтирован в тумбу стола.

Даже самому неискушенному человеку было понятно, что кто-то уже успел побывать тут раньше, — сейф был открыт. Единственным его содержимым оказалась старая открытка с надписью «Привет из Сочи» с несколькими строками убористым почерком на обороте.

Неужели в кабинете нет никакого тайника кроме этого очевидного сейфа?.. Может быть, тайник находится на самых верхних полках стеллажа? Туда можно добраться, только встав на кресло. С трудом дотянувшаяся до верхней полки рука тщательно ощупала пространство за книгами. Ничего, только ком пыли — очевидно, Надя никогда не забиралась туда со своей метелкой.

И тут вдруг стало понятно, где надо искать.

После того как дверь за фигурой в сером бесшумно закрылась, кабинет остался в таком же идеальном порядке, как был прежде.

Зато следующий человек, точно с такими же мерами предосторожности посетивший кабинет, уже не был так аккуратен, и после его нервного копания по всем ящикам кабинет выглядел совершенно разгромленным. К тому же он уронил на себя несколько книг с полки и так испугался, что бросился в угол и замер, превратившись в тень. Зато ему неожиданно повезло — он нашел на полу открытку. Фигура в сером за ненадобностью бросила ее на пол, а ему — ему все было нужно.

И открытка с приветом из Сочи отправилась в карман.

Ну и для того, чтобы не повторяться: «фигура в неброской одежде бесшумно вошла...» и так далее, добавим, что следущий человек, тайком побывавший в кабинете, прихватил со стола фотографию, ту, на которой женщина была пожилой и неприятной. Почему он не взял ее фотографию, где она, молодая и очаровательная, напоминала разом всех актрис 50-х годов, — непонятно. Видимо, ему нужна была именно эта — с опустевшим лицом.

———

Гости разбрелись по дому, собираясь небольшими группками то в одной комнате, то в другой. В доме было несколько уютных закоулков, особенно на втором этаже, — там-то они и старались расположиться, избегая сходиться в гостиной. То одной, то другой небольшой компанией пили чай, тихо разговаривали и удивлялись, встречаясь с глазами с испуганной посторонней Катей, — дочерью Кирилла Борисовича Ракитина.

А Аврора все это проспала, а когда спустя час с небольшим проснулась, то первым ее чувством был ужас — не всхрапнула ли она случайно во сне при свидетелях. Затем она подумала о Кате. Наверняка бедняжка чувствует себя ужасно ненужной и заброшенной. Девочку необходимо подбодрить, и Аврора немедленно этим займется.

Аврора заглянула во все комнаты на первом и втором этажах, даже приоткрыла дверь в кабинет, мимолетно удивившись царившему там беспорядку: выдвинутые ящики, вываленные на пол бумаги и даже, кажется, включенный компьютер. У нее имелся горький опыт с невыключенными электроприборами, особенно неприятно было вспоминать о случае с утюгом... поэтому она подошла к столу и попыталась выключить компьютер. Это оказалось совсем нетрудно, — всего несколько раз нажала на разные кнопочки, и гудение прекратилось.

Дверь в небольшую комнатку рядом с кабинетом была приоткрыта, и после того как никто не ответил на стук и вежливое покашливание, Аврора вошла туда с самой сочувственной улыбкой.

Катя неподвижно лежала на полу в собственной рвоте.

— Она умерла, помогите! — срывающимся голосом закричала Аврора.

На ее крик испуганным бестолковым стадом примчались все, но два драматических события за одну ночь — многовато, и на объявление о Катиной смерти гости отреагировали с некоторой долей фатализма, удивленно качая головами и цокая языками. В общем, люди ко всему привыкают. Первым пришел в себя и начал действовать разумно Игорь. Именно он вызвал «скорую» и выгнал всех вниз, на первый этаж.

В комнате остались только Таня — ей хотелось быть в эпицентре событий, и казалось, что эпицентр находится именно здесь, — и Аврора, которая вдруг почувствовала себя не совсем чужой этой женщине, такой одинокой среди таких недобрых к ней людей.

Приехала та же «скорая». Водитель громко и нетактично рассуждал о том, что быть богатым не так хорошо, как кажется на первый взгляд, — вот, например, в этом доме люди мрут как мухи.

Аврора неодобрительно покосилась на водителя, заметила, что он неотрывно глядит на пол, и, проследив за его взглядом, подняла с пола небольшую, отделанную блестящей россыпью серебряную бабочку. Аврора не могла вспомнить, чья эта брошечка... Она ее видела, только вот на ком?..

Водитель ошибался. Катя не умерла. Она всего лишь отравилась, но отравилась так сильно, что действительно могла умереть, — так сказала доктор, проделав с девушкой все необходимые процедуры в ближайшей ванной.

С помощью Авроры и Тани доктор перетащила Катю в кабинет, на черный кожаный диван.

— Очень тяжелое отравление... А что, больше никто не отравился? Пусть последят за симптомами...

— Мне уже нехорошо — подтвердила Таня, — фигурально выражаясь, сегодняшний день вызвал у меня сотрясение мозга, сердца, печени и всех остальных органов...

— Хотите промыть желудок? — устало предложила доктор.

— Ну что вы, — дав понять взглядом, что ангелам не промывают желудок, Таня исчезла в коридоре.

— Что ты пила? — спросил у Кати доктор.

— Ничего... только пиво... очень горькое... голова болит... — пробормотала Катя с дивана.

— Только не нужно в больницу, — быстро проговорила Лариса (Аврора и не заметила, как она оказалась здесь, наверху), — давайте я подпишу, что там у вас полагается. Она останется здесь.

«Бедная девочка», — подумала Аврора, заметив, какой неприязненный взгляд Лариса бросила на Катю из коридора перед тем как уйти вместе с врачом вниз.

«...Бедная девочка, никому она не нужна, а ведь это родная дочь Кирилла, наследница... Никому не нужна?.. Наследница?.. Никому не нужна наследница... Наследница никому не нужна!.. О господи, нет! Не может быть!..»

Аврора кое-как примостилась рядом с Катей на узком диване и испуганно вздрогнула — прямо из-под нее неожиданно донесся звук незнакомой мелодии. Сунув под себя руку, Аврора вытащила мобильный телефон и, нажав наугад несколько кнопок, поднесла его к уху.

— Мариша, привет, — сказал мужской голос.

— Мама рядом, не могу говорить, — пропищала Аврора и пометавшись пальцами по кнопкам, для верности сунула телефон под себя. Ей нужно было подумать.

...Наследство. Миллион долларов...

Неужели сразу же после смерти Кирилла кто-то попытался быстро, как щенка, отравить его неожиданно появившуюся дочь?.. И этим кем-то могла быть только Лариса, все остальные не имеют к миллиону долларов никакого отношения...

Аврора взглянула на блестящую серебряную бабочку, до сих пор зажатую в ее руке, и тут же испугалась — неужели она действительно подозревает, что в доме произошло преступление? Нет, не может быть, это просто домыслы, вызванные потрясением! И все!

...А кстати, как в кабинете оказался Маришин телефон? Мариша считает себя главной наследницей и находится в паническом ужасе от появления законной дочери Кирилла Ракитина. Она хорошенькая, голубоглазая — от таких девушек можно ожидать всего...

«Ах как некрасиво, — мысленно пожурила себя Аврора, — некрасиво быть в гостях, лакомиться террином и салатом „Цезарь“ (по крайней мере две порции, а то и три, вкусно!) и при этом подозревать хозяев дома в покушении на убийство законной наследницы миллиона долларов!»

...Но какое все же странное совпадение...

И она помчалась на кухню — убедиться, что она все, абсолютно все придумала, и зеленый пузырек с травяным отваром преспокойно стоит на кухонном столе. Пузырек действительно стоял на кухонном столе, но был совершенно пуст.

Аврора поднялась к себе, в отведенную ей гостевую комнату на втором этаже. Вообще-то ей никто не отводил эту комнату, она выбрала ее сама, потому что там стоял книжный шкаф. В гостях Аврора всегда первым делом изучала содержимое книжных полок, и сейчас, стоя у шкафа, она водила пальцем по корешкам книг и брезгливо гримасничала.

Поэт не был здесь представлен, впрочем, поэзии здесь не было вообще. В шкаф, похоже, сваливали все, что подходило под понятие «печатное издание»: вот собрания сочинений еще советских лет, почему-то соседствовавшие с красочными лакированными корешками современных бульварных изданий, несколько толстых журналов и совсем уж странный выбор: «Справочник фельдшера», «Терапевтическая стоматология» и толстый зеленый том «Лекарственные травы».

Аврора взяла «Лекарственные травы» — просто любопытства ради — и открыла толстый зеленый том на алфавитном указателе.

«Digitalis purpurea, пурпуровая наперстянка, — через пару секунд читала она. Аврора легко ориетировалась в справочной литературе любого толка. — Стебли и цветы содержат сердечные гликозиды. Обладает многосторонним действием на организм. При передозировке, вследствие значительного содержания дигитоксина, крайне токсична, вплоть до летального исхода».

«И тогда мы скажем „Ага!“», — подумала Аврора. Она ничуть не преуменьшала драматичность ситуации, просто в самые серьезные мгновенья ей на ум почему-то приходили самые несерьезные цитаты.

Беседа пятая

— Разве же это Жуткое Преступление, Леденящее Кровь? Всего лишь покушение... — разочарованно протянула Ольга. — Не-ет... Нам нужно идти до конца. И почему ты хочешь отравить ее перорально? Может быть, кто-нибудь из гостей подкрался и незаметно поставил ей клизму с ядом?

В душе я была с ней согласна — получается, что мы и убить толком не можем...

— Ну хорошо. А знаешь ли ты какой-нибудь нетривиальный способ убийства? — спросила я.

Ольга оживилась.

— А как же! Например, один человек ударил другого куском сыра пармезан. Острым концом. И все, конец.

Пармезан мне не понравился. Если иметь в виду спагетти, то пармезан неплох, а так — совсем другое дело.

— По-твоему, раз убийство, так обязательно труп? Отравление тоже нормально. Доктор со «скорой» твердо сказала, что Катя могла умереть. У нее живот болел, голова... Ты что, никогда не отравлялась? Бессердечная ты.

Но Ольга не сдавалась.

— Гораздо лучше было заколоть кинжалом или метнуть стрелу. Еще хорошо бы подрезать стремена у лошади, — мечтательно сказала Ольга.

Я задумалась. По-моему, отравление — самый нестрашный вид преступления, и поэтому самый психологичный. Заколоть кинжалом не каждый решится, а вот отравить... это при некоторых обстоятельствах может каждый — подумаешь, на секунду потерять власть над собой и плеснуть яду, заранее купленного в аптеке. В отравлении есть некоторая неопределенность, изящество, недосказанность... Может получиться, а может, яд выпьет кто-нибудь другой... или желудок окажется крепкий... Помню, однажды я отравилась зелеными яблоками, а Ольга — нет. Игра случая.

Если, как я уже упоминала, люди спали в одной постели, то они обычно знают болевые точки друг друга. И поэтому я небрежно сказала:

— Где-то я слышала, что Автор и Произведение состоят в мистической связи. Если мы, белые и пушистые, отравим эту бедную Катю до смерти, то когда-нибудь потом вдруг обнаружим, что мы уже не белые и пушистые. Но если ты настаиваешь…

— Вирджиния Вульф сошла с ума, Агата Кристи устроила из своей смерти детектив, — мрачно подтвердила Ольга и поспешно согласилась: — Да, пожалуй, все-таки жалко травить ее до смерти, уж больно она молодая.

Как иногда легко прийти к консенсусу — пара быстрых ударов по болевым точкам, и все готово!

— Хорошо бы теперь отрезать их от мира. Снегом занести. Чтобы никто не мог выбраться, — размечталась Ольга.

— Разреши тебе напомнить, что дело происходит в Питере. В конце лета. Если хочешь, мы их тополиным пухом закидаем…— едко ответила я. — Или охранник на въезде в поселок потеряет ключи, и тогда они окажутся взаперти за своими заборами.

— Что, никак нельзя их снегом занести? Ну ладно…— разочарованно протянула Ольга.

Из-за того, что я одержала целый ряд побед, мне стало неловко. Ведь именно Ольга — Мозг нашего Дела, а я всего лишь Рука. Поэтому я предложила ей подвести итоги и наметить план действий.

— Но-очь, — слегка подвывая, заговорила Ольга. — Но-очь. До-ом, окруженый высоким забо-ором. Наследство — миллион до-олларов. В замкнутом пространстве: жена, приемная дочь, любовница, ее дочь, младший партнер, его жена, секретарша, Б. А. спит. Каждый из них считает, что имеет право на наследство. Еще есть законная наследница. И Преступление. Ну, что?

И сама себе ответила:

— Супер! Не хуже, чем сама знаешь у кого!

ГЛАВА ВТОРАЯ
Расследование

Беседа шестая

Случилось ужасное. Мы с Ольгой поссорились навсегда и не разговаривали с шести часов вечера.

Наши интересы в расследовании этого Дела разошлись. Меня интересовала психологическая сторона и еще разные старые сплетни. Я считала, что раз мы находимся в доме Кирилла Ракитина, то должны познакомиться с ним поближе и узнать историю его жизни, хотя бы в общих чертах.

Я просто уверена, что любые новые отношения начинаются с того, что люди обмениваются историями жизни. И я бы с удовольствием рассказала Кириллу Ракитину подробную историю моей жизни, и Ольгиной тоже, но он больше не появится, он же умер.

Ольга, напротив, очень волновалась, что Катю могут, как она выразилась, «дотравить до конца». Она чуть не плакала. Никогда бы не подумала, что подруга может принимать дела посторонних людей так близко к сердцу…

— Да не волнуйся ты! Аврора к ней все время заглядывает, проверяет, чтобы ее не дотравили.

Это не меня, а тебя совершенно не интересуют люди, ты в последнее время читаешь только детективы, вот и пиши тогда дальше сама… И еще ты подговорила меня сказать маме, что мы идем в Эрмитаж, а на самом деле мы поехали в «Детский мир» за колготками. Симпатичные были колготки, такие красненькие…

По-моему, я была с ней очень мила и уступчива, только добавила, что она у нее настоящий московский подход к Делу — суетливый, бессмысленный и необдуманный.

— Типичный Питер — нужно действовать быстро и решительно, так нет, ты хочешь подбавить психологических штучек! — презрительно сказала Ольга. — Могу себе представить, что ты напишешь. «Он был такой светлый мальчик, улыбка никогда не сходила с его лица, а потом, когда ему было три года, сдохла его любимая белая мышка, и он перестал улыбаться навсегда». Тьфу!

Есть люди уверенные в себе. А вот мне изредка, каждую минуту, требуется чужое одобрение, Ольгино. И я стала сомневаться: а может, она права, и не нужно вглядываться в людей, все равно ничего не изменить.

Но ведь как бывает — глядишь, к примеру, человек совсем никудышный, жадина или плакса или, наоборот, герой труда, и думаешь: «Почему он такой получился?» Считаю, что читателям любопытно узнать, откуда что берется в других людях, то есть в персонажах. Чтобы приглядеться к своим родственникам, знакомым и незнакомым и что-нибудь про них тоже понять. В этом и будет воспитательное значение нашей с Ольгой русской литературы, должно же оно в чем-нибудь быть.

И я написала «Историю семьи Ракитиных», потом отправила этот файл в корзину, чтобы Ольга не сердилась, а позже потихоньку вставила обратно. Считаю, что это как раз справедливо. Также считаю, что люди могут легко и без потерь прийти к консенсусу, если не будут слишком пристально вглядываться в то, что их раздражает.

Вы действительно хотите отправить файл «Семья Ракитиных» в корзину?
Да... то есть нет.

В семье Ракитиных было три человека. Кира Ракитина, Кирилл Ракитин (красиво, правда?) и Борис Аркадьевич Розин. Считается, что у каждого человека есть какое-то свое главное слово, которое характеризует его наиболее полно. К примеру, любовь или смысл, или деньги, еще что-нибудь, — от самого глобального до самого приземленного. Встречаются, например, люди, у которых главное слово «скидка» или «жилплощадь». У семьи, как и у отдельного человека, тоже может быть свое главное слово, и в семье Ракитиных таких главных слов было два — «актриса» и «секрет».

В этой семье всегда были тайны. Тайны, секреты, секретики. В семье часто и значительно звучали слова «Это наше семейное дело», «На людях мы об этом не говорим», «Это наш семейный секрет».

Кроме общих семейных секретов у каждого члена семьи имелись свои, отдельные.

Семья жила в квартире высокой культуры. Помните, были раньше такие доски, которые прикрепляли к дверям? Что имелось в виду — что там, за дверью, не пьют, не бьют женщин и вовремя выносят мусор? В общем, у Кирилла была квартира высокой культуры, и в ней жила семья высокой культуры. И главной в семье была женщина высокой культуры — совершенно безо всякой иронии.

Кира Ракитина служила актрисой на вторых ролях в театре оперетты. Танцевала, пела французские песенки, например «Mon papa, mon papa...». Игрой на сцене Кира себя не ограничивала, она помогала молодым актрисам, могла подсказать что-то для роли и вообще обожала учить — как одеваться, как правильно жить, как вести себя в любви и что делать, если вдруг бросили.

Кира была прелесть, и в театре ее обожали все — за очаровательное умное лицо, нервную пластику и независимое обаяние. Ей словно было безразлично, что ею восхищаются. Кира не была ни манерной, ни подчеркнуто грубоватой, она просто была — двигалась резко, говорила отрывисто, сигарету держала, как «беломорину», и выглядела при этом очаровательно женственной. Независимо от того, был ли ее собеседник мужчиной или женщиной, она всегда чуть кокетничала, создавая атмосферу волнующего флирта, — то нежной детской интонацией, то беспомощным пожатием плеч или внезапной рассеянностью: «Ой, с вами я, кажется, забыла о времени...»

Кира могла покорить стул. Да-да, Кира и с предметами флиртовала, не только с людьми, и на полном серьезе могла покорить стул, и еще один стул, и еще один, и они выстроились бы перед ней побежденной армией...

В театре Кира славилась тем, что никогда не повышала голос. Считалось, что Ракитину невозможно вывести из себя. В бесконечных театральных склоках она участия не принимала, высказывалась всегда подчеркнуто лояльно, мягко: «Я не совсем понимаю, я бы не хотела показаться навязчивой...» или «Может быть, мое мнение незначительно, но...»

Кира выходила из театра вся в чужих влюбленностях, симпатиях, флирте. А когда приближалась к дому, то звенела обидами, как елка, без меры увешанная игрушками. На каждой ветке по обиде и по слезе, а то и по две. Заранее начинала звенеть, и чем ближе у мужу и сыну, тем явственней.

И дома, с Б. А. и Кирюшей, она на такие глупости, как держать себя в руках, не тратилась. Еще чего, голос не повышать! Вот еще — посуду не швырять! Вот и первый семейный секрет: за дверью квартиры высокой культуры каждый день бушевали скандалы.

Кира придиралась к совершенной ерунде, и вывести ее из себя могла невымытая чашка, незастеленная постель, невыключенный свет — любая мелочь, начинающаяся с «не». Возможно, это вообще не заслуживало бы упоминания — ведь на подобного рода вещи раздражаются многие женщины. А также на неподходящее выражение лица мужа, а также сына, а также дождь за окном, или же она просто не утруждала себя обозначением причины.

Странность была в том, что все, что делала Кира — скандалила, кричала, оскорбляла, — она делала во имя любви. Все это невымытое, незастеленное и неаакуратное было поводом, а причина всегда была одна — они ее не любят. Или любят, но мало. Или любят достаточно, но не так, неправильно. Кира любовь мужа и сына все время взвешивала и прикидывала — не маловато ли, или, может, качества невысокого...

— Ах вот вы как ко мне относитесь! — вскрикивала она с порога. Б. А. с Кирюшей испуганно вздрагивали и преданно на нее смотрели: любим-любим! Но не тут-то было.

— Значит, вы не любите меня, не любите! — Кирин голос становился грубым, каркающим.

Кричала Кира страшно, помогая себе чем придется — руками потрясала, глазами вращала, зубами клацала, вещами бросалась. Но было не смешно, а страшно. Кирюше уж точно было страшно.

В гневе она могла оскорбить, ударить по больному, с вывертом. Говорила то, что обычно люди никогда не говорят друг другу, а если говорят, то только раз, перед тем как навсегда расстаться. А Кира могла сказать походя, перед ужином: «Ты неудачник», — мужу, или: «Ты ничтожество», — мужу или сыну, или «Я тебя презираю, ты жалкий человек, ты опять...» Что именно «опять», значения не имело.

Она вылетала на кухню, хлопнув дверью, (кухня была ее личным местом), и мгновенно бросалась обратно к ним с перекошенным от злобы лицом — докричать, доругаться.

И тем не менее через мгновение из кухни звучало:

— Боренька, Кирюша! Ну что вы там сидите? Против меня дружите? — и звала их из кухни певучим голосом козы из сказки: «Ваша мать пришла, сырников напекла».

Прощать Киру или не прощать — так вопрос не стоял. Они не обижались. На кого обижаться, на Киру?!

Так и жили — Кира скандалила, истерически кричала, ежедневно, а по выходным ежечасно проверяя своих мужчин на любовь с усердием сапера на минном поле.

А для всех они были счастливой семьей высокой культуры! Когда приходили гости, Кира мгновенно вытирала слезы и расцветала нежной лучезарной улыбкой.

При гостях Кира на первый план выдвигала Б. А., а сама становилась в точности такой, как со студентами, — невероятно обаятельной, подчеркнуто нежной: рядом со своим мужчиной нужно быть тихой, учила она студенток.

— Почему мама всегда кричит и плачет? Мы ее плохо любим? — спрашивал Кирюша.

— Просто в твоей маме бушует артистический темперамент, — объяснял Б. А, — она же актриса.

— Лучше бы она была не актриса, — вздыхал Кирюша.

Кирина жизнь, как однажды сказал Б. А.,
проходила под девизом «все для меня», и это
было самое жесткое определение, на которое он, с его мягким незлобивым отношением к жизни, был способен. А Кирюша думал,
что его мама — принцесса, заколдованная
принцесса. Фея Барабос коснулась ее волшебной палочкой и сделала такой... взрослый человек сказал бы «взрывной, истеричной, подозрительной»...

...Взрывная, истеричная, подозрительная...
Нет, пожалуй, это было несправедливо. Ничуть не была Кира подозрительной, ей и
повод-то был не важен, повод находился
легко — зимой зима, летом лето. Важно было
только одно — ее внутреннее состояние. Она
чутко прислушивалась к своим приливам-отливам и, как вампир, чувствующий, что
уже все, пора, учиняла скандал.

Истеричная... тоже неправда. Если разрешено кричать, кидаться на постель и плакать, почему бы нет? Особенно по утрам ей
нужно было покричать — накричится-наоскорбляет, стряхнет с себя скандал, как собака воду, и уйдет на работу, а на пороге театра
включает свое знаменитое обаяние. Она уже
давно во все стороны улыбается, а муж с сыном все еще приходят в себя, хотя могли бы
и привыкнуть за столько лет, но что-то никак не привыкали.

...Ребенком Кирилл очень жалел отца. Кира всегда нападала, а Б. А. всегда оправдывался. «Ты — номер двадцать два, — говорила она, — про тебя все забудут через пять минут после твоего ухода из театра».

Б. А. действительно был номером двадцать два — второй режиссер в театре второго сорта. И Кира, конечно же, была права — все помнят великих режиссеров, даже просто знаменитые остаются в памяти, а кто помнит имена вторых режиссеров в незнаменитых театрах? Театр, в котором служил Б. А., был из неглавных, непарадных, так себе был театр — второго сорта. И о Б. А. действительно забыли так прочно, словно он никогда не имел отношения к одному из ленинградских театров, а всю жизнь проработал, к примеру, в одном из каких-то НИИ.

В молодости у Б. А. совсем иные были планы по поводу признания, славы и того, как остаться в вечности, — никто же не выбирает професссию режиссера без таких амбиций. Но ведь режиссер — это не просто талант, режиссер — совсем особый человек, тот кто знает. А Б. А. всегда сомневался, знает ли он, а если знает, то правильно ли это знание.

Режиссеру по должности дано право казнить или миловать, дать роль или не дать. Склад личности у актера считается женским, зависимым, а режиссер — профессия сугубо мужская, режиссер — творец, он же бог, он же тиран, диктатор... или погрубее — хозяин своим собакам. Режиссер хочет что-то свое в искусстве сказать, а тут нате вам — актеры. Мешают. Ну, в Б. А. такого мужского не оказалось.

А женское начало режиссеру требуется — умение возбуждать в актерах страстную зависимость, любовь, ревность, чтобы улучить подходящий момент и рядом с режиссерским плащом ведь и свое пальтишко приткнуть, чужое перевесив, — возбудить такую любовь и затем владеть. Не было в Б. А. и такого женского.

Когда-то поставил он спектакль, имевший успех, а потом что-то случилось — то ли успех был случайным, то ли первая удача заворожила его так, что помешала следущему, то ли, как говорится, демон его был не сильный. Что-то проходное он пару раз поставил, но к тому времени как подрос Кирюша, фактически из второго режиссера превратился в прислугу за все: он и ассистент по работе с актерами, и за реквизитом приглядывает, и тишину за кулисами обеспечивает...

Для себя Б. А. определял это так: масштаба личности не хватило. Но по чужому масштабу личности он не тосковал, а мягко и нежно был доволен собой. Вторым тоже хорошо, жизнь его научила — вторым хорошо.

И не нужны ему медные трубы. И ущербности непризнанного, неоцененного в нем не было. Б. А. был всегда в точности на своем месте, что для театрального человека редкость.

К началу нашей истории Б. А. как персонаж в истории театра уже не существовал, сохранился только в памяти тех, с кем он работал, таких же, как он сам, стариков. Они помнили, как он умел поддержать актера, и пусть не гений, не Мастер, не Учитель, но зато — мягкий, нежный, не утверждался за счет других, понимал и жалел.

А Кира вечерами, в течение двадцати с лишним лет, кричала ему:

— Ты неудачник! Ты никто, понимаешь, никто! — а остыв, повторяла свою любимую фразу: «Это я все для вас!»

Что имела в виду Кира, из раза в раз повторяя «Это я все для вас» после каждого истерического всплеска? Может быть, ей казалось, что любовь есть не что иное, как умение, однажды вцепившись, зубами удерживать сфокусированный на себе интерес? Или, вероятно, таким способом она заставляла мужа и сына ни на минуту не забывать о себе, каждое мгновенье быть предметом их опасливого внимания, а значит, и любви? Тогда получалось, что все, что она делала, — оскорбляла, рыдала, вещами швырялась, — все для них самих, для их же блага.

А Кирюше она в хорошие минуты говорила так:

— Отец неудачник, так хоть ты станешь номером один, режиссером, писателем, будешь создавать свое, вместо того чтобы принимать чужое.

Обнимала Кирюшу и приговаривала: «Ты у меня самый умный, ты у меня лучше всех...» В хорошие, конечно, минуты.

Итак, Кира с ее слезами и криками была семейным секретом, вроде тихого алкоголика, которого скрывают от знакомых и соседей.

Секретом важным, но не единственным.

Бывают женщины понятные, как расставленная в их кухонных шкафах посуда, — чашка к чашке, блюдце к блюдцу. Хорошие женщины без внутренних глубин. И двери в их комнату чаще открыты, чем закрыты. А Кира двери к себе всегда закрывала, любила побыть одна, в окружении предметов, предметиков, штук и штучек: шкатулочки, сундучки, старые записочки и подобная птичья чепуха. Они сами по себе составляли некую тайну.

Кира обожала намекать Кирюше на что-то тайное в своем прошлом:

— Вырастешь, я тебе расскажу.

— Вырастешь, я тебе покажу.

— Вырастешь, кое-что узнаешь.

Так что Кира и сама была секретом для Кирюши — он словно орешек во рту перекатывал и не знал, раскусит или нет, а раскусить очень хотелось.

Кирюша Ракитин взял фамилию матери по понятным соображениям, Ракитин звучало красивей, чем Розин. Вернее, он ничего не брал. Он сначала был Розиным, а потом стал Ракитиным. После того как дворовый дружок Котька подозрительно поинтересовался, «не жидок ли его папаша». Почуяв, что Котька явно имеет в виду что-то обидное, Кирюша тогда сказал: «Не знаю». И еще Котька спросил, любят ли они фаршированную рыбу? Это был какой-то проверочный вопрос, вопрос-подозрение, которое нужно было от себя отвести, и Кирилл сказал, что нет, не любим.

«Жидок — это гадкое словечко, так говорят очень плохие мальчики. А ты — не еврей, ты русский, так и скажи во дворе», — твердо проговорила мама, а отец промолчал. После этого Кирюша больше вопросов не задавал, потому что она бы расстроилась, а расстраивать маму было немыслимо. Он не задал ни одного вопроса, когда его родители развелись, — он был тогда во втором классе. Учительница сначала путалась и называла его то Ракитин, то Розин, а потом привыкла.

Но на этот раз родители ему кое-что объяснили: развод означает лишь то, что у него будет другая фамилия. Маленький Кирюша и виду не подал, что ему было смертельно жаль папу, у которого даже фамилия оказалась плоха... Никто и не узнал, что вечерами он плакал от жалости к отцу, а потом вдруг устал жалеть, разозлился и сказал себе: «Я люблю только маму». И сам все понял, что же тут сложного? Папа, Борис Аркадьевич Розин, еврей, а он, Кирилл Ракитин, никто. Никто со стыдным изъяном — еще одна семейная тайна, обыкновенный семейный секрет.

Как все скрытое, неявное, этот секрет занимал его мысли неотступно... нет, не то чтобы неотступно — это было бы натяжкой, преувеличением, но все же крепко угнездился в его сознании, а может быть, сознание Кирилла было заранее приспособлено для хранения и перебирания секретов, фантазий и догадок, кто знает?

Кроме того, его просто-напросто обуревал детский страх — быть не таким как все означало быть плохим, а кто же захочет быть плохим?..

Страх и постоянное желание «этим не быть» переросли в постоянные поиски подтверждения, что «этим быть» хорошо. Кирилл рос, много читал, и даже правоверному еврею впору было бы похвалить Кирюшу за тщательность, с которой он выискивал в книгах любые рассуждения на тему еврейства и за скрупулезное подсчитывание великих людей еврейской нации.

Постепенно тайный изъян превратился в тайную же гордость. Кое-что Кирюша узнал из стыдливых книжных упоминаний, кое-что из фольклора. Особенно он радовался, услышав песенку: «...И отец моих идей, Карл Маркс, и тот еврей!», а уж еврейская бабка Ленина могла бы пользоваться его любовью не хуже родной, которой у него, кстати сказать, не было — ни с маминой стороны, ни с папиной.

Кирюша недоумевал: почему такое великое, самое сильное на свете государство не понимает — евреи очень талантливые люди! Кириллу казалось, что надо открыть глаза государству (и заодно Котьке, пусть не думает, что Б. А. хуже других), и с десяти примерно лет он собирал в маленькую тайную книжечку Имена.

Годам к пятнадцати Кирилл понял, что никогда ничего не докажет ни Котьке, ни государству, но привычка собирать Имена осталась. Сладкая мысль иметь тайну от всего мира, секрет от мамы, секрет от ребят так точно, без малейшего зазора, пришлась ему по душе, словно вся ситуация была специально создана для него.

— Левитан, — шептал Кирилл в Русском музее, — Альтман... Фальк...

— Дайте мне Ильфа... — просил он родителей и тихо добавлял: — и Петрова...

— Мои любимые писатели Эренбург, Кассиль, Лем, Азимов, Эйдельман, Вайнеры...

— Какие у мальчика разносторонние интересы! Надо же, и фантастика, и Эйдельман, — восхищались гости. — А стихи ты любишь?

— Люблю. Кушнера, Слуцкого, Самойлова... Джинсы, между прочим, придумал Леви Штраус... А в театр он пойдет на пьесу Гельмана. Кстати, Рецептер — его любимый актер. А еще Раневская, Бернес, Утесов, Райкин, Чарли Чаплин... Гердт, Гафт, Кобзон... Боб Дилан, Элтон Джон, Сталлоне... Вот какой замечательный был у Кирилла секрет!

Кроме общих семейных тайн, были тайны родительские, в которые Кирилл не был посвящен, и это было невыносимо обидно.

Лет в десять Кирюша в первый и последний раз поинтересовался — откуда, собственно говоря, происходит его папа, а значит, и он сам. И есть ли у него, кстати, хоть какие-нибудь его родственники, а если есть, то где? Б. А. же не Карлсон, который откуда-то прилетел к ним на улицу Восстания, дом номер 6, со двора налево, третий этаж, квартира 43. Б. А., как всегда, промолчал, изображая на лице какую-то виноватость, а мама всем своим видом продемонстрировала неуместность таких расспросов. Значит, было что-то в прошлом отца небезупречное, обреченно подумал Кирилл.

Секрет тщательно охранялся, и Кирилл все никак не мог подглядеть, подслушать... Он не был плохим гадким мальчиком, просто ему ужасно нужно было — пересекретить. Секрет удалось узнать случайно только через несколько лет, когда этот вопрос в принципе потерял первоначальное значение. Детское волнение «откуда я взялся» ушло, остался лишь спортивный интерес — переложить секрет из родительской стопки в свою. «Я знаю, что ты не знаешь, что я знаю» — таких побед у Кирилла уже накопилось много.

Небезупречное прошлое Б. А. оказалось не таинственными галерами или каторгой, как виделось увлекающемуся в то время французскими романами мальчику, а печально советским. Отца Б. А. не миновали ни репрессии, ни война, ни обвинения в космополитизме, ни дружба с опальными и высокопоставленными. Кира решила, что незачем отягощать память ребенка, и Ракитины никогда не вспоминали деда, да и самому Б. А. страха хватило навсегда.

Приблизительно тогда же Кириллу стало известно, что у Б. А. появилась любовница. Кириллу открылось нехитрое правило: люди считают, что их секретов никто не знает, потому что они их ловко прячут, но на самом деле все обстоит не так. Просто никто не хочет затруднять себя пристальным вниманием к чужим делам, не хочет знать чужих секретов. А если человек настроился во что бы то ни стало знать все, что происходит вокруг, он легко узнает — по внезапно охрипшему голосу во время телефонного разговора, по некоторым несостыковкам в привычном распорядке, по необычной нежности или необычному безразличию.

Кирилл хотел знать, очень хотел. Разве трудно было заметить, как при обычном вопросе: «Когда ты придешь?» — папина спина сутулилась и стремилась стать не спиной, а дымом, улететь, ускользнуть от маминого взгляда...

Но главное было не в том, что у отца появилась подруга, а в том, что мягкий и покорный Б. А. вдруг оказался человеком, самостоятельно принимающим решение — кого ему любить. Это был неожиданно открывшийся Кириллу секрет.

Тут же и мамин секрет открылся — при такой внешне безраздельной власти она оказалась совершенно беспомощной. Кирилл любил маму больше всего на свете, а поняв это, полюбил ее еще сильней.

Благодаря Кире любовь в их семье учитывалась и измерялась и вообще имела материальный статус, словно болталась подвешенным к потолку пластилиновым облаком, и каждый был властен, отщипнув кусок, прилепить его к другой стороне или слепить из любви фигурку, например фигу.

Кирилл любил маму, а мама любила Кирилла. Но это не была заезженная история об избыточной материнской любви, той, что в неизбывной заботе так сильно привязывает к себе, словно мама так сильно подоткнула сыночку одеяло, что без нее ему не выбраться из уютной постели. И не такой Кира была мамой — классической мамой, находящейся в неразрывной связке со своим сыном, что и после смерти облаком витает над ним, следя, оценивая и отпуская замечания.

У них с мамой был свой собственный вариант любовных отношений, свой собственный секрет.

Мама любила Кирилла как мужчину. Нетнет, совсем не то, что вы подумали, безо всяких гадостей, просто Кира все отношения с сыном разыгрывала в точности как любовную связь. А в любви один, как известно, любит, а другой позволяет себя любить, и не было никаких сомнений, кто из них позволял себя любить.

Это была истинная любовь, со всеми положенными атрибутами: постоянное качание на любовных качелях «любит — не любит», нежность и сладкая любовная истома. Кира кокетничала и требовала поклонения. Недополучив восхищения, она обижалась и то приближала Кирилла к себе, а то за какие-то провинности удаляла. Часто и просто так, без причины, удаляла, как и полагается в любви, ради сохранения нежности — чтобы любящего держать в тонусе. И как люди по утрам смотрят в окно, чтобы узнать, какая погода, так Кирилл привык каждый день проверять — как мама сегодня, в каких с ним отношениях.

Никто не знал, когда муж стал ненужным товаром в Кириной любовной бухгалтерии, но к тому времени, когда Кирилл был уже подростком, его роман с мамой был в самом разгаре — у них была лю-бовь. И только одна крошечная странность была заметна со стороны: ну что же это такое, взрослый уже парень, а виснет на матери, как маленький, — то за руку возьмет, то к плечу прижмется.

Ну а по части личных секретов Кирилл родителям не уступал, а даже обошел их.

Бедный, бедный Кирилл Ракитин! Ему и так-то было непросто, но если бы его «не просто» остановилось хотя бы на тайном стыде за принадлежность к еврейской нации и тайной же гордости! Но не таков был

Кирилл, чтобы не закрутить все в совсем уж изощренно запутанный клубок!

Мама велела Кириллу быть лучше других, и обмануть ее ожидания было немыслимо. Кирилл и сам был уверен, что его преимущества — ум, прекрасная память, тайные и явные интересы, умение проникнуть в суть — вот они, на ладони, но одновременно ему очень хотелось быть как все. Среди ребят в ходу были совсем иные приоритеты, а он не обладал ни ростом, ни силой, ни умением или желанием подраться, поэтому Кирилл над этим работал, старательно изживая в себе то, что, как ему казалось, принадлежало «этой» породе, отцовской, — мягкость, женственную нежность, интеллектуальность. Из квартиры высокой культуры выходил мамин мальчик высокой культуры, за порогом дома в меру своих сил превращавший себя в другого человека. Он привык думать на грубом подростковом сленге — если бы мама услышала, она бы не поверила, что ее Кирюша на такое способен!.. Это стало его личным секретом, любимым секретом, и привычка думать как бы на двух уровнях, на внешнем уровне грубо, а на внутреннем — литературно, изысканно даже, осталась у Кирилла навсегда.

Ну и совсем маленький секрет — незначительный на фоне остальных. Кирилл вовсе не был гадким мальчиком, просто это был самый сильный кайф — чтобы родители не догадались об его истинных мыслях.

Например, ему, мальчику из театральной семьи, полагалось театр понимать и любить, а он театр презирал.

Как любой театральный ребенок, в детстве Кирилл довольно много времени провел за кулисами. Так много, что успел составить свое мнение: в театре фальшиво все, и те чувства, что изображают, и те чувства, что испытывают вне сцены. Актер только что умирал на сцене, зрители еще рыдают, а он за кулисами уже водочки тяпнул и ищет закусить. Или актриса расцеловалась с кем-то и тут же вслед подпустила злобную гадость. Актеры и актрисы казались Кириллу людьми фальшивыми и даже опасными — наверняка в жизни они обманывают так же легко, как изображают несуществующие чувства на сцене.

К недоверию добавлялась слегка брезгливая жалость. Зависть, ревность, интриги из-за ролей — одного этого, казалось бы, хватало, но беднягам-актерам необходимо было ежеминутно доказывать самое недоказуемое на свете — что каждый из них талантлив, талантливее, чем кто-то другой.

Так что к театру у него навсегда осталось презрительное отношение — не мужское это дело. Он, Кирилл, будет что-то значить в настоящей жизни, где занимаются созиданием, а не играют. И у взрослого Кирилла слово «театр» всегда звучало как ругательное, например, «ты мне тут кончай театр разводить».

Романом Б. А., тем, много лет назад, начавшимся, конечно же, была Аврора.

С тех пор как двадцать три года назад Аврора навсегда рассталась с Б. А., она еще два раза выходила замуж официально и три-четыре раза неофициально.

Но она никого больше не любила и ни за что на свете не желала думать иначе. Потому что на самом деле Аврора считала себя разочарованной в любви, а таким людям необходимо как можно больше любви — просто для того, чтобы не потерять жизнерадостности. Так что все ее замужества и романы были «просто так».

«Это все было просто так, — сказала она Б. А., — на самом деле тут не о чем и говорить, — я всего-то два раза выходила замуж официально и три-четыре раза неофициально».

Но зато она больше никому не позволяла себя мучить. А если не позволять себя мучить, то никому и в голову не придет это делать.

В той давней истории Б. А. всласть наигрался с ней и в большую любовь, и в «осенний марафон». Между ними было все, что положено, в полном соответствии с жанром. Любить — не любить, честно — нечестно, видеть — не видеть, навсегда — сейчас — никогда... Он приходил и уходил, обижал и обижался, уверял, что прямо сейчас решит уйти к ней навсегда, или нет — лучше они не будут видеться никогда!.. Или нет, он твердо решил — лучше всего будет все оставить как было, и он станет приходить к ней два раза в неделю. Все были дела обычные, как у всех: «Я без тебя не могу, но как же жена?.. Что, вот так прямо и сказать: твой муж, дорогая Кира, оказывается, уже не твой муж...»

— Говори что хочешь. А можешь ничего не говорить. Лично я не стремлюсь немедленно образовать семью — ячейку общества.

— Я хочу, чтобы у нас все было навсегда...

— Я сама не навсегда, так о чем разговор? Мужчины самые сентиментальные существа на свете.

— Я без тебя не могу, но...

И кто же не слышал таких слов? Но от этого они не становились менее грустными...

Аврора кривила душой — она очень сильно хотела иметь семью, обязательный вечерний чай и вечернее чтение стихов под абажуром. Б. А. очень хотел быть с Авророй, но... ведь его развод с Кирой был формальностью, ради Кирилла, и его семья продолжала оставаться семьей. Главным аргументом Б. А. был Кирилл: такой еще маленький в свои шестнадцать лет, казавшийся еще беззащитнее с этими его усами и басом, чем в пять лет, чем в десять... Неужели мальчик останется без отца?

Аврора страдала и злилась на себя за то, что страдает. Злилась и на Б. А. — больше всего он тогда хотел жалости к себе, и чем больше боли приносил ей, тем настойчивей требовал сочувствия и понимания. Он столько раз произнес слово «понимать» в разных вариантах: «Пойми, ты не понимаешь, понимаешь не до конца», — что с тех пор при словах «ты меня не понимаешь» ее бросало в дрожь. И это все были дела обычные, как у всех, но Аврора интересовалась не всеми, а собой, и долгие годы после того, как они расстались, лелеяла уютно горестную мысль о том, что он предал их любовь.

Теперь, по прошествии стольких лет и мужей, старые слова «предательство», «никогда», «навсегда» и тому подобная чепуха уже не имели для нее ни цвета, ни запаха, но этот его взгляд искоса напоминал ей, что тщательно замаскированный приличиями эгоизм всегда помогает Б. А. выжить.

Хотя вообще-то Б. А. был очень хороший человек, каких не часто встретишь. Как у любого, даже очень хорошего человека, у него вполне могли не сложиться отношения со взрослым сыном, и разве можно было его за это осуждать? Но Аврора-то видела Б. А. насквозь!..

Б. А. обожал сына. К тому же Кирилл был очень удобным для своих родителей ребенком. Подолгу играл один под беседы взрослых и, не испытывая нужды в слушателях, сам для себя сочинял то ли сказки, то ли длинные путаные истории, в которых странные придуманные события соседствовали с обыденными вещами. Эти обыденные вещи приобретали в его рассказах необычные свойства, например, стулья, шагая четырьмя ногами, вдруг уходили из дома, настольная лампа становилась чудовищем, а у оживших карандашей вырастали головы сказочных животных.

В первом классе он впервые предъявил публике свои фантазии — написал пьесу, которую предложил поставить на елке, но вместо ожидаемой славы родителей вызвали в школу, чтобы побеседовать о странностях мальчика. Сочинения Кирилл писал плохо, путано, но всегда сочинял что-то для себя, хотя уже никогда никому не показывал своих сочинений.

…Чужая душа потемки, но даже Б. А., любивший заглянуть в самые дальние закоулки собственного душевного сада, не признавался себе, что ссора с сыном вовсе не была вызвана тем, что Кирилл своими писаниями развращает, оглупляет народ. На самом деле и ссоры-то никакой не было, и на оглупление народа ему было наплевать. Пусть уж народ сам как-нибудь разберется!..

Он был не нужен сыну, вот и вся причина. Мальчик всегда ощущал себя как неотъемлемую часть матери, и даже временные охлаждения между Б. А. и Кирой приводили к тому, что у Кирилла моментально пропадала потребность в отце.

Безразличие Кирилла было невыносимо обидным. Сын вышел из его жизни, как из остановившегося трамвая... но бороться за любовь взрослого сына было невозможно, да и с кем бороться — с Кирой, с самим Кириллом?..

Б. А. придумал ссору, придумал причину, нежно и тоненько заштриховал в душе больные места. В этом умении он за годы жизни с Кирой поднаторел. Все лучше, чем выворачивать себя больными швами наизнанку.

... А Ракитины много лет жили врозь, в одной квартире, но врозь. Сначала развестись с Кирой было никак нельзя — чтобы не травмировать Кирилла. То есть разойтись, ведь формально они были разведены давным-давно, но их связывал сын, Кирилл, — ребенок ли, взрослый, не имело значения.

Б. А. годами не видел Аврору. Изредка, не чаще двух-трех раз в год, он бродил по залам Русского музея, где Аврора служила экскурсоводом, и ему удавалось случайно встретить ее с группой. Тогда он прятался за чужие спины и — вот уж совершенный верх глупости! — забывал замирать от любви, так особенно она говорила. Как, скажите на милость, она умудрялась среди своих нелепостей высказать неожиданно глубокую мысль, словно выпустить лебедя из стайки утят — не иначе как случайно!.. Аврора вела себя живенько: делала своим экскурсантам большие глаза, подскакивала, жестикулировала. И частенько сильно привирала, добавляя забавные несуществующие подробности о художниках и картинах. Почему ее до сих пор не выгнали с работы за вранье? Ведь если бы экскурсанты были людьми искусства, они легко заметили бы ее придумки. Но среди экскурсантов таких не попадалось, зато прежде далекое от них искусство подходило к ним теперь совсем близко и плескалось у их ног, словно море. На ее экскурсии — послушать Аврорино вдохновенное вранье — была отдельная запись.

Аврора выходила замуж, снова оставалась одна, и снова выходила замуж, и снова оставалась одна, но расстаться с Кирой было все равно нельзя — из-за Кирилла. Последние годы Б. А. совсем не виделся с сыном, но и тогда уйти от жены все равно было нельзя, чтобы не травмировать сорокалетнего культового писателя... Пойди пойми после этого людей, если человек себя-то понять не в силах.

Полгода назад, после Кириной смерти, Аврора опять появилась, как именно, он не понял. Может быть, он сам пришел к Авроре, потому что больше ему некуда было идти... Б. А. на нее накричал, Аврора обиделась, они всласть поссорились, и это опять была любовь — они просто достали ее оттуда, где она лежала, аккуратно свернутая и проложенная папиросной бумагой, развернули и стали любоваться.

И вот они опять вместе, теперь уж навсегда... если применительно к Авроре можно говорить о каком-то глупом «навсегда».

Больше всего на свете Б. А. хотел любви, то есть каждый день поучать Аврору, поругивать Аврору, следить за ее здоровьем.

— Ты надела шапку? Сегодня ветер, — звонил Б. А. в точности в ту минуту, когда она уходила в Русский музей.

— Ты еще спроси, сходила ли я перед уходом в туалет, — кокетливо раздражалась Аврора.

У Б. А. к Авроре имелось множество очень серьезных претензий. Почему, например, им в их возрасте не оставить наконец все эти глупые свидания и не жить вместе?

Все его претензии были совершенно справедливы, по делу и предъявлялись только ради ее же блага. Например, Б. А. страшно раздражала Аврорина страсть к воспоминаниям, и он брюзгливо бормотал про себя: «Опять тебя не было вечером дома! А я звонил весь вечер, волновался, как ты дошла по своим дворам, особенно по третьему двору...» С вечной привычкой отслеживать свое внутреннее состояние Б. А. замечал в этих страхах странную двойственность. С одной стороны, он боялся, что на Аврору нападут и изнасилуют, — будто его любимая была юная дева. С другой стороны, он понимал, что у нее скорее отнимут сумку, нежели честь. Потому что она... что? Не юная дева, вот что. Успокаивал себя тем, что Аврора могла бы заговорить любого злоумышленника...

— Где ты была? — выговаривал он, — ты опять вспоминала?! Вспоминальщица!..

...Поэт был совершенной нереальностью, а Б. А. был ужасно несовершенной реальностью, о чем Аврора без устали ему и сообщала.

Во-первых, у него была противная стариковская привычка задремывать, пока она зачитывала ему вслух особенно интересные места из статей, посвященных Поэту.

— Настоящий джентльмен никогда не засыпает первым, — ворчливо говорила Аврора, подкравшись к креслу, на котором дремал

Б. А., и легонько шлепая его свернутой в трубочку газетой.

— Я и не заметил, как задремал... — растерянно говорил Б. А., теребя пальцами ухо.

Во-вторых, он постоянно крутил ухо! Прежде он всегда что-то проделывал с волосами, приглаживал, накручивал на палец, а когда волос не осталось, он приобрел привычку крутить ухо!

Далее. В ответ на ее упреки Б. А., склонив голову, смотрел на Аврору этаким значительным взглядом, словно снова хотел сказать: «Ты меня не понимаешь». Или требовал: «Пожалей меня». И ему ни за что не придет в голову, что этот его трогательный взгляд вовсе не трогает ее, а наоборот — напоминает, как он ее мучил. И тогда Аврора ужасно раздражалась, глядя на его красивый тонкий профиль и неприятно слабенький, неволевой подбородок мешочком, будто нарисованный рукой карикатуриста.

«Почему я так привязана к этому старому брюзге? — иногда думала Аврора, будто рассматривая себя со стороны и слегка при этом любуясь своим благодушием. — Ведь, честно говоря, Б. А. просто ужасный старый ворчун!»

Большую часть времени он был недоволен. Недоволен всем, что показывали по телевизору, пели по радио и печатали в прессе. Он отказывался ходить с ней всюду, кроме филармонических концертов. Его политические предпочтения были невнятны и, в сущности, сводились к тому, что все, что делается, делается к худшему. Он давно уже не читал ничего, кроме Бунина, Лескова и Чехова. Он любил притворяться печальным пожилым человеком, рядом с которым даже улитка показалась бы полной жизни и надежд. Кроме того, Аврора была не дурочка и в душе подозревала, что он без достаточного пиетета относится к самому Поэту...

...Но почему-то она была привязана к этому старому ворчуну, а сам ворчун полагал, что Авроре без него просто не выжить. Каким тайным способом, каким волшебным словом Аврора умудрялась справляться с современной реальностью? Потому что современная реальность вся была решительно против того, чтобы Аврора могла с ней совладать, и даже всячески подталкивала ее к тому, чтобы она сдалась и эмигрировала куда-нибудь, например к кузену в Америку. Сам кузен настойчиво склонял Аврору к эмиграции и в последнем телефонном разговоре даже процитировал Поэта:

— «Земля кругла, рекомендую США!» — и, увлекшись поэтическими аргументами, добавил: — Ты уже скоро станешь старая, и кто тогда будет за тобой ухаживать, Пушкин?

Заокеанский кузен был прав — не считая Б. А. и бессчетного количества друзей и знакомых, Аврора была совершенно одна. Ее единственный племяник ориентировался в современной реальности тоже не слишком хорошо, хотя и лучше Авроры. Не часто, но и не редко, в месяц раза два, он навещал тетушку с очередной дамой, банкой растворимого кофе, корзиночками из «Севера» и гаечным ключом. Корзиночки были хороши, а вот от его суеты с гаечным ключом толку было немного.

А сама Аврора ведь даже водопроводчика вызвать не может! Не появись Б. А. в ее жизни, сидеть ей в ее мемориальной квартирке без света и тепла и слушать музыку протекающего крана... И как только она жила без него двадцать три года?

Беседа седьмая

Ольга перезвонила ночью.

— Про-чи-тала, — раздался многозначительный шепот из-под одеяла. — Ой, он проснулся...

Я слушала ее разговор с Пусей, и не потому что я подслушивала, — зачем мне подслушивать, если я и так все про них знаю (меня давно занимает вопрос: догадываются ли мужья, что подруги их жен знают про них все, абсолютно все?),— просто они ссорились, и Ольга пыталась включить меня в ссору, чтобы я приводила аргументы в пользу ее новой куртки.

Она считала, что новая куртка необходима, чтобы пойти в ней на день рождения к родственникам. Возражения Пуси были следующие:

— Родственники старые и не заметят новой куртки;

— может быть, они даже не увидят, что это Ольга.

И Пуся предлагал Ольге вместо новой куртки завернуться в телефонные счета за разговоры с городом на Неве — он как раз сегодня достал кипу из почтового ящика. И этот ночной звонок — последняя капля насчет новой куртки.

— Вообще-то я звоню, чтобы сказать — хороша твоя Аврора, — громким голосом сказала Ольга, поняв, что с новой курткой ничего не получится.

Я давно заметила — в желании посклочничать человек творит чудеса и даже иной раз рискует собственной одеждой.

— Аврора твоя семью разбила, крепкую советскую семью. В прах разметала семейный очаг.

— А вот и нет, вот и нет! Кто мешал Ракитиным потом помириться и жить счастливо? Можно разбить только ту семью, где к этому есть основания...

— Поняла, не дура, — примирительно проговорила Ольга.— Вообще-то очень поэтично со стороны Б. А. любить Аврору двадцать три года.

Я была уверена, что Ольга растрогается.

— Но только знаешь, мне кажется, что Б. А. для Авроры морально староват. А как ты смотришь, если он в какой-то момент тряхнет стариной? Ну, например, подкрадется к Авроре и бросится на нее в любовном экстазе…

— Ты… ты… ты с ума сошла!..

— Ну должна же между ними произойти хоть какая-нибудь любовная сцена. Подумай хорошенько над моей версией.

В любом деле нам необходим еще кто-нибудь. Если это любовь, то без предмета любви не обойдешься, если это ведение хозяйства, необходим помощник по хозяйству, если это Произведение, — соавтор, и так далее. У человека, расследующего преступление, непременно должен быть наперсник — надо же с кем-то обсуждать версии, догадки, улики, мотивы…

Наперсник или помощник в расследовании должен обладать следующими качествами: не быть столь же сообразительным, как сам детектив, и даже демонстрировать некоторую туповатость — это наводит на идеи самого детектива. Также он должен быть вне подозрений и хоть чуть-чуть полезен, например иметь доступ к информации, на кухню и в спальню, — иначе говоря, знать о жизни людей, в доме которых произошло преступление, то, чего не знает сам детектив.

Единственный человек, который не может иметь никаких претензий на наследство, единственный, кто не связан с Кириллом ни родственными, ни денежными отношениями, это Рита. Это один важный довод в ее пользу. К тому же секретарша всегда знает о жизни хозяев больше остальных — и это еще один важный довод, еще одно очко в пользу Риты.

Но, с другой стороны, тут существует и сложность. Полное отстутствие мотива — очень серьезный мотив, и это важный довод не в ее пользу. Поэтому Риту тоже можно подозревать, на всякий случай.

«Лучше всего, если бы в доме оказался человек совсем посторонний, но знающий всю подноготную хозяев и гостей», — размечталась Аврора. Это мог быть кто угодно, к примеру, ее собственный племянник, если бы он не уехал и оказался неожиданно возникшим из прошлого старым другом юности.

Аврора вздохнула и сказала вслух:

— Ничего не поделаешь, будем работать с тем, что есть. Если вам подали кофе, не пытайтесь найти в нем пиво. — Эта была одна из ее любимейших цитат, она годилась в тех случаях, когда что-нибудь шло не так, как хотелось Авроре.

———

Аврора нашла Риту в гостиной — она заворачивала в фольгу остатки буженины и красной рыбы, перекладывая салаты в банки, аккуратно ставила маленькие салатницы в средние, а затем в большие и придирчиво осматривала остатки еды на тарелках.

— Хочу взять с собой рыбу для кошек, — приветливо улыбнувшись, объяснила она Авроре, — у меня две кошечки, сиамская и ангорская.

Аврора всегда завидовала таким уютным женщинам. Пока другие красуются на авансцене жизни, они делают простые очевидные вещи, необходимые для того, чтобы жизнь продолжалось: перекладывают салаты в банки и кормят кошек. Себя она к таким женщинам не относила.

— Нельзя ли мне стать вашей кошкой? А своей собственной кошкой мне бы не хотелось быть — я бы вечно забывала себя покормить... — светски улыбнулась Аврора.

— Просто я живу одна, и кроме кошек, никому не нужна, — улыбнулась Рита, не так светски, но вполне мило.

Аврора порадовалась правильному выбору наперсницы — типичная старая дева с кошками — и рассеянно кивнула:

— Да-да, вы никому не нужны. Кроме меня. А мне вы нужны для раскрытия преступления.

— Какое преступление? Что вы несете? — невежливо отозвалась Рита и тут же испугалась: — Ой, простите...

— Я? Я несу свет, истину и справедливость, — отчеканила Аврора. Оглянувшись по сторонам, она приблизила губы к Ритиному уху: — Кто-то в этом доме покушался на человеческую жизнь...

И не долго думая Аврора вывалила на Риту все свои догадки и размышления, для пущей убедительности процитировав страничку из книги «Лекарственные растения».

Рита молчала. Все это время она находилась в имидже деловой женщины, внимательной и суховатой, а сейчас из деловой женщины с вытаращенными от злорадного любопытного глазами выглянула «блондинка», и казалось, она вот-вот с присвистом скажет: «Ни-чего-о себе!..»

Проницательно посмотрев на Риту, Аврора быстро нанесла неожиданный удар:

— А ведь у вас, милочка, есть мотив! И очень сильный мотив!

В мгновенном паническом испуге Рита уронила на Аврору кусок красной рыбы, смутившись, бросилась тереть жирное пятно салфеткой и из деловой женщины окончательно стала жалкой «блондинкой в жутких розочках».

— Какой мотив? Я, честное слово, не представляю... — растерянно проговорила она.

Аврора довольно откинулась в кресле. Она и сама начинала мгновенно краснеть, пугаться и неубедительно оправдываться, когда ее обвиняли, пусть даже в том, чего она никогда не делала. Например, не далее чем вчера соседи с нижнего этажа обвинили ее в том, что у них с потолка капает вода. Аврора ужасно покраснела и стала оправдываться, хотя перелившаяся через край ванны вода никак не могла прокапать вниз, потому что Аврора прочитала всего лишь пару глав и тут же вспомнила...

Итак, естественная реакция Риты — растерянность, испуг, недоумение — убедила Аврору больше, чем оскорбленное удивление или ответная агрессия. Рита могла бы, к примеру, злобно окрыситься, в духе «вы что, с ума сошли!».

И Аврора примирительно потрепала Риту по плечу:

— Ну-ну, девочка, это я так шучу. А что, не смешно?.. Скажите мне, вы случайно не дедушка Кирилла? И не тайная внучка? Нет?.. Ну, тогда вы вне подозрений.

— Нет, все-таки этого не может быть, — протянула Рита через некоторое время.

— Прекраснодушная вы моя! — Аврора значительно подняла вверх палец. — Напоминаю вам, что речь идет о миллионе долларов! Миллион долларов! Гораздо меньшие суммы заставляли людей терять человеческий облик. На одну нашу сотрудницу напали в подъезде и отняли сетку с творогом и сметаной. Правда, творог был с рынка, но все равно... А тут миллион!

Рита задумчиво глядела мимо Авроры. Она испытывала странное горестное чувство — сейчас, когда все заняты наследством, оказалось, что она единственная горюет по Кириллу. Конечно, Кирилл был нелегким человеком и, прежде всего, никогда не позволял людям забывать, что он для них делал и чем они ему обязаны. Может быть, поэтому его никто не любил? Но с ней самой все обстояло иначе. Она никогда не пользовалась ничем, не принимая помощи ни от него, ни от Ларисы. Ни театрального билетика, никаких подарков, ничего. Только зарплата. Зато она сохранила чувство собственного достоинства и могла позволить себе хорошо к нему относиться...

Миллион долларов — это звучало для нее совершенно нереально. К тому же ей казалось, что обычный человек, не преступник, не способен на... ну, словом на то, чтобы хладнокровно отравить молодую девушку...

— С чего вы взяли, что хладнокровно? Не исключено, что преступник сомневался и переживал, — словно читая ее мысли, сказала Аврора. — Мне тут случайно попалась на глаза книга Айзенка «Личность преступника».

(Авроре постоянно попадалось на глаза то, что никогда не попадалось никому другому, — игрушечные мобильные телефоны и другие самые неожиданные вещи.)

— Оказывается, человечество вовсе не делится на тех, кто может совершить преступление, и тех, кто не может. Все зависит от конкретных жизненных обстоятельств...

Рита восхищенно посмотрела на Аврору — и как же она все это помнит!

— Ну что вы, я каждый день что-нибудь забываю... — скромно ответила Аврора, — вчера, например, забыла выключить воду в ванной... да... хорошо, что соседи снизу пришли и напомнили...

...Аврора была не столь наивна, чтобы надеяться найти улики или рассуждать об алиби. То, что отравление было неудачным, лишь подтверждало, по ее убеждению, что это было именно преступление. Никто из присутствующих не имел опыта убийства, и Катю отравили под влиянием эмоций, спонтанно, тем, что было под рукой.

И в такой суете ни у кого из присутствующих в доме не могло быть стопроцентного алиби. Каждый имел возможность совершить преступление. Раз так — бесполезно анализировать алиби или искать улики, не нужно рисовать себе картину преступления, представляя, как преступник недрогнувшей рукой плеснул невинной жертве яд в чай или в пиво.

Лучше она займется составлением психологических портретов и выяснением тайных мотивов.

Аврора поуютней устроилась в кресле, подтянув под себя ноги в цветастых носках и обхватив коленки руками.

— Итак, милочка, мы начинаем. Информация ваша, маленькие серые клеточки мои, — сказала она. — Два события: покушение на наследницу и перевернутый вверх дном кабинет, несомненно, напрямую связаны между собой. Совершенно очевидно, что в кабинете искали завещание, номер счета в швейцарском банке или рукопись нового романа. Тому, кто все это искал, и мешает Катя. Поняли? — торжествующе спросила Аврора. — Как говорится, кто шляпку спер, тот и тетку пришил.

— А что, из кабинета пропала какая-то шляпка? — удивилась Рита. — Правда, я никогда не была в кабинете, он никого туда не пускал...

— Деточка... — Аврора на секунду засомневалась, правильно ли она выбрала себе наперсницу. Почему, собственно говоря, люди не читают книг? Целыми днями, с утра до вечера. Иначе им приходится объяснять очевидные вещи.

— Существуют, так сказать, азы профессии, дорогая. Ищите тех, кому это выгодно. Кому? Первая Лариса. Лариса наследница мужа, и только ей мешает неизвестно откуда возникшая законная дочь Кирилла.

— Потом Игорь? — с видом отличницы спросила Рита.

Аврора кивнула.

«У каждого что-нибудь да есть». — Она не помнила, откуда эта цитата. — Особенно что-нибудь да есть у младшего партнера. А у Мариши — невинные голубые глаза.

Рита нерешительно добавила:

— Таня и Кирочка, они не имеют отношения к наследству... Сплетничать нехорошо, но... вы заметили, как Кирочка похожа на Кирилла?.. Они как две капли воды...

Аврора не заметила, она никогда не замечала не нужных ей вещей. Неделю назад она даже не заметила, что улеглась спать на новый диван. Днем, пока она была в Русском, Б. А. с грузчиками привезли новый диван и забрали старый. А вечером Б. А. позвонил и спросил — как тебе, удобно?

— Что спрашивать глупости? — возмутилась Аврора. — Почему мне должно быть неудобно, если я лежу на этом диване уже лет двадцать! Пружина слева, как всегда, торчит и колется.

Сейчас она старалась изо всех сил, но так и не смогла припомнить Кирочкиного лица.

Неужели здесь, в доме, возникла такая волнующая интрига: три девушки, то ли дочери, то ли нет?

— Есть небольшой нюанс, Рита. Важный. Смотрите, сами не станьте чудовищем и внимательно следите за мной, чтобы я тоже не стала.

На секунду Рите показалось, что они с Авророй сидят на лавочке в сумасшедшем доме... — она все же была не какая-нибудь фантазерка, а исключительно разумная женщина. Чудовища — это уже чересчур!

— Что это вы от меня отодвинулись? — подозрительно покосилась на нее Аврора. — Это не я, а Ницше сказал: «Имея дело с чудовищами, человек может и сам стать чудовищем». Он имел в виду, что нам с вами придется всех подозревать, но при этом мы не должны потерять веру в человечество.

...Аврора вытащила из кармана Маришин мобильный телефон и, потыкав пальцами в кнопки, что-то пошептала и просительно добавила:

— Приезжай...

Ее собеседник ответил решительным отказом — неразборчиво прозвучало что-то про «конференцию, тезисы, доклад».

— Ты можешь дать мне гарантии, что преступник не потеряет голову, как загнанный в ловушку зверь, и не попробует еще раз добраться до девочки? Что, нет? Вот то-то и оно. А что, если убийца не остановится и захочет довести дело до конца? Может быть, мне организовать дежурство около девочки?..

— Лучше организуй дежурство вокруг себя, — серьезно предложил собеседник. — На тебя могут напасть в любую минуту. Все-таки у тебя в сумке культурные ценности — бантик, который тебе завязал Поэт, и записка, которую он написал твоей старшей двоюродной сестре.

Беседа восьмая

— Ну и кто у нас преступник? — беспокойно спросила Ольга.

— Лариса?.. — предположила я. — Сначала ей могло показаться, что миллион — это очень много, а потом, когда поняла, что по крайней мере половину этой суммы придется отдать, решила что вдруг ей на что-нибудь не хватит...

— Преступником обычно является не тот, у кого есть явный мотив. Нужно искать тайный мотив. Бывает, что преступником оказывается садовник или шофер. Есть у них садовник или шофер?

— Нет.

— Нередко бывает и так: кто-то из прислуги — тайный родственник хозяев. И претендует на наследство: на бумаги, документы, акции, сертификаты.

Я представила себе сумбатошную домработницу Надю в качестве отравительницы, претендующей на сертификаты, и вздохнула.

— Давай зайдем с другой стороны, с психологической, — предложила я. — Психологические типы наших персонажей такие: Ира — любительница джина, Таня — кривляка, Мариша — глупышка, Кирочка — черный ящик, Игорь — безответная овечка...

— Придумала! — вдруг вскричала Ольга. — Аврора будет расследовать не сразу все преступление, а по версиям. Все равно ей не справиться иначе. Первая версия будет называться «Игорь». Только вот что. Аврора должна все время находить в доме кого-то мертвого.

— ??? — наверное, мне послышалось.

— Ну пусть живого, но чуть-чуть мертвого. Например, приходит она в гостиную, а там Ира дремлет. А Авроре кажется, что она труп.

— Хорошо, я согласна на все, даже на Ирин труп в гостиной. А ты за это должна будешь согласиться с тем, что у каждого преступления есть своя человеческая биография, и разрешишь мне написать эти биографии.

— Больше не могу говорить, — деловым тоном сказала Ольга. — Мне необходимо свериться со справочной литературой...

И я услышала шелест переворачиваемых страниц и Ольгино бормотанье: «Так... Агата Кристи, том четвертый...»

ВЕРСИЯ ПЕРВАЯ
Игорь

Посмотрев на симпатичный, весь в цветастых подушках диванчик в углу, Аврора на секунду задумалась, а не прикорнуть ли ей тут? Совсем ненадолго. Она присела на диванчик, на секунду примерилась к подушке и закрыла глаза. Но ситуация в доме требовала ее контроля: необходимо, чтобы внизу оставался хотя бы один человек в здравом уме; к тому же у нее были некоторые соображения, нуждавшиеся в проверке, и Аврора, с сожалением расставшись с подушкой, открыла свою сумку.

Она сунула под язык таблетку валидола, которым иногда пользовалась, не от болей в сердце, а для придания себе бодрости, достала цветастые шерстяные носочки — Аврора всегда брала их с собой вместо тапочек, собираясь ночевать в гостях, — и закрыла сумку. Решив, что она уже, можно сказать, осталась в этом доме ночевать, сняла туфли, натянула шерстяные носочки и отправилась вниз.

Аврора хотела найти Иру — просто поболтать. И, может быть, из этой болтовни узнать, на что теперь, после смерти Кира Крутого, может рассчитывать Игорь. Мотива для устранения наследницы у него быть не может, Катя ему не помеха, но если удастся понять, что именно Игорь искал в кабинете (а это наверняка был он, потому что в кабинете всегда роется младший партнер — ищет бумаги, документы, акции и сертификаты), то это может оказаться очень полезным для расследования. Чем меньше останется тайн, тем проще будет найти преступника.

Заодно Аврора рассчитывала узнать про Ларисину семейную жизнь — не потому, что она старая сплетница, а исключительно из интересов расследования. Злая и пьющая Ира была самым подходящим объектом для получения информации.

Размышления Авроры прервал Маришин возглас:

— Тетя Авро-ора, можно?

Аврора даже не успела сказать, что разрешение войти получают, находясь за дверью, а не уже засунув голову в комнату, — Мариша бросилась к ней так, словно ближе Авроры у нее не было никого на свете.

— Только никаких теть! — нервно предупредила Аврора.

— Ну тетя Авро-ора!

— Ты — липучка — рубль штучка, — ответила Аврора. Не так давно она горячо увлеклась детским фольклором и даже собралась принять участие в составлении сборника, но потом как-то остыла.

— Зна-аете, тетя Авро-ора, — протянула Мариша, — я думаю, наверное, пиво было несвежее! Вот эта Катя и отравилась!

— Да?.. — рассеянно спросила Аврора.

Мариша начала разговор с отравления, будто опрадывалась в чем-то. Почему?..

У девочки такие правдивые глазки, правдивые, но какие-то ускользающие, русалочий взгляд. Нежная избалованная девочка с уклончивым взглядом голубых глаз не может иметь отношения к преступлению. Невозможно представить, как она своей нежной ручкой наливает яд...

— Точно она пивом отравилась! — настаивала Мариша. Она произвела впечатление паучка, крепко уцепившегося нежными невесомыми лапками: не отдерешь, не причинив вреда...

Но опыт человечества утверждает, что юные блондинки часто оказываются не такими невинными, как пытаются сообщить миру их голубые глазки...

— А как она одета?! И вообще она просто фу, такая невоспитанная! Мы сидели с Кирочкой, а она подошла и встала над нами. Стоит, и молчит, и смотрит! А потом уселась вообще без приглашения... — и Мариша возмущенно надула губки. Глаза ее смотрели одновременно зло и просительно, и вся она была словно тощенькая кошечка, не вполне уверенная, как ей поступить, — спрятать коготки или дать волю злости и всласть царапнуть.

Аврора сделала мелкий шажок к двери, затем еще один, прикидывая, что лучше — неожиданно сбежать из комнаты или позволить Марише тащиться за ней следом и говорить, говорить...

— До свидания, Мариша, всего тебе хорошего, — пробормотала Аврора и слегка подтолкнула Маришу к двери.

— Ой! Тетя Аврор-ора, вы только не уезжайте от нас!.. — донеслось с лестницы.

Аврора закрыла дверь и для верности подперла ее собой.

— Теперича, когда мы этого надоедалу сплавили... — пробормотала она.

Да-да, Аврора обращалась сама к себе, но она же не виновата, что слишком много читала и все прочитанное вырывалось из нее без ее на то разрешения! А что касается Бегемота, так он вообще был одним из любимейших персонажей, ну, не из первого десятка, так из второго точно. И вот она все цитировала и цитировала, но ведь большую часть времени Аврора проводила в музее, где многие занимались тем, что читали книжки. А если иногда, за пределами своего круга, она и приводила людей в некоторое недоумение, то ведь этим людям было безразлично, что именно она говорит, — они все равно считали, что несет она полную ерунду.

Аврора принялась ходить по комнате, что-то бормоча себе под нос. Иногда она как бы репетировала свое предполагаемое поведение в различных ситуациях, а иногда, как сейчас, просто проговаривала свои мысли вслух. К тому же вслух ей гораздо лучше думалось.

...Аврора собиралась пойти к Ире — поболтать.

«Топографический кретинизм» — именно так красиво называлось точное, никогда не дающее сбоя, умение Авроры отправиться не в ту сторону. Как бы старательно Аврора ни приглядывалась к местности, сторона непременно оказывалась «не та».

И сейчас, выйдя из своей комнаты, она повернула не на главную лестницу, а на маленькую, ступеньки которой вели в длинный темный коридор, что-то вроде черного хода, в конце которого находилось хозяйственное помещение, где Надя хранила ведра, швабры и другие хозяйственные предметы.

Аврора хорошо помнила любовь в лицо и, как опытный в прошлом участник любовных сцен, прежде чем осознать, что кто-то шепчется внизу, по каким-то косвенным признакам — вздохам, разлитому в воздухе напряжению — сразу же поняла, что там происходит, и, как цапля, замерла на одной ноге. И только затем услышала голос, вернее, шепот, доносившийся снизу. Разобрать, мужской это шепот или женский, не удалось.

Аврора уже повернулась, чтобы подняться обратно, но наверху, в комнате, ее ждал лишь диванчик, и в этом смысле Аврора себе не доверяла — если она приляжет, то легко может и задремать. А спать было никак нельзя. Поэтому ей пришлось прокрасться вниз на один пролет, до площадки, и спрятаться за большой пальмой.

Что было делать Авроре в таком ужасном положении: позади диванчик, впереди влюбленные?.. Отступать некуда, наступать неловко... Оставалось только попытаться разглядеть, кто же воркует там, внизу, и она стала очень внимательно смотреть вниз. На нижней площадке висело большое зеркало в золоченой раме. Аврора поморщилась. Она любила старые вещи, и новые, совсем новые, как в магазине «Икея», тоже любила, и даже назло Б. А. симпатизировала стилю «хайтек», но не любила вещи, которые только притворялись старыми. Если это зеркало старинное, то вешать его на черном ходу безвкусно, а если новодел, тоже безвкусно.

Мужчина, стоя лицом к зеркалу, обнимал женщину. Женщина была почти не видна за мужской фигурой. Поерзав за пальмой, Аврора попыталась заглянуть в зеркало сбоку, но в зеркале отражалась лишь мужская тень.

С мужской тенью не было никаких проблем — она, несомненно, была Игорем, впрочем, других фигурантов в этом любовном деле и быть не могло: в доме не было мужчин, кроме Игоря и Б. А., но у Б. А. не могло быть в этом доме никаких «люблю», Аврора была уверена в нем, насколько она вообще могла быть уверена в мужчинах.

Оставался только Игорь.

Выходит, ее предубеждение против него вполне оправдалось. Игорь, на ее вкус, обладал чересчур ярко выраженным задом, а Аврора не доверяла мужчинам с излишними округлостями, подозревая их в тайном, но постоянном желании завести роман на стороне. Худощавым и угловатым она тоже не доверяла, потому что мужчины вообще не пользовались ее доверием в смысле романов на стороне.

...Но кто же женщина?

Разглядеть не удавалось, поэтому Аврора попыталась пойти от противного и представить себе, кого из присутствующих в доме женщин мог выбрать Игорь.

Поразмыслив, Аврора решила, что ею могла быть любая. Ну, пожалуй, кроме Ларисы и Риты. Рита была слишком высокой, а Лариса слишком упитанной, они ни за что не поместились бы за спиной Игоря. Оставалось лишь выбрать среди остальных — Тани, Мариши и даже Кирочки — в тихом омуте... Услышав звук поцелуя, Аврора высунулась из-под пальмового листа, и до нее долетел обрывок фразы:

— Да, люблю...

Аврора у себя под пальмой вдруг обидчиво выпятила нижнюю губу — ужасно несправедливо, что это не она там стоит, вздыхает и целуется. Не то чтобы ей нравился Игорь... Игорь, несомненно, был красив и обаятелен, но на нем лежал совсем непобедительный отсвет Ириной нелюбви и было что-то такое неуверенное в глазах.

Но не следует быть такой придирчивой — вот неизвестной пока женщине, например, Игорь нравится.

Ей стало грустно от чужой любви. Любить можно в любом возрасте, а вот вздыхать и целоваться на лестнице — уже нет. А жаль, так жаль...

Между тем на лестнице уже не целовались, а о чем-то беседовали, и Аврора закрыла глаза, чтобы лучше слышать.

— Я сделала это для тебя, — произнесла женщина так тихо, что Аврора с трудом расслышала, — ты представляешь, как мне было страшно?.. Я для тебя...

— Это все уже в прошлом, — перебил ее Игорь — Я сейчас думаю... Это огромные деньги, просто огромные... да что там деньги — это будущее...

Они еще немного повздыхали и исчезли, а Аврора все стояла под пальмой, задумавшись, что же такое страшное сделала женщина для Игоря?

«При чем здесь огромные деньги — лихорадочно соображала она, — и какое отношение имеет Игорь к миллиону долларов — наследству Кирилла? И, наконец, главное — кто была эта женщина?»

———

...Аврора нашла Иру в небольшой угловой комнате на первом этаже. Очень уютная комната, как будто созданная для интимных бесед, подумала Аврора, усаживаясь на маленький диванчик рядом с Ирой. На столике перед Ирой стояла все та же бутылка джина и полупустой стакан.

Но жена Игоря неожиданно оказалась трезвой, печальной и молчаливой.

— Вы подумайте, что творится! Бедная девочка могла умереть, — бросила пробный камень Аврора, но Ира никак на это не отреагировала, а, немного помолчав, ответила, что неожиданная смерть Кирилла — большое потрясение для нее, ведь они с Игорем знакомы с Кириллом с юности.

— А знаете, ведь это все могло быть моим, — грустно сказала Ира, поведя рукой. Сейчас, когда ее не портила злость, от нее просто нельзя было глаз отвести — такая она была хорошенькая! Печальная обиженная кукла. — Я могла выйти замуж за Кирилла. А вышла за Игоря.

Аврора, как магнит, притягивала к себе разные любовные истории. Особенным успехом она почему-то пользовалась в городском транспорте, — случайные попутчицы в троллейбусе, которым она ездила в Русский музей, то и дело стремились поведать ей свои истории любви. И в другой ситуации Аврора с радостью выслушала бы Иру, но сейчас ее нисколько не интересовало прошлое.

Беседа девятая

Зато прошлое неожиданно очень заинтересовало Ольгу.

— Ты уверена? — с сомнением спросила она. — Пышная красавица Ира и мелкий невзрачный Кирилл? Тем более, он тогда еще не был знаменитым писателем...

— А я знаю, почему Кирилл привлекал женщин, очень сильно привлекал, — искушала я Ольгу. — Хочешь скажу? Однажды Кирилл с Игорем почти что сняли девушек на улице, и...

— Я тебя предупреждаю, держись в рамках приличий, — строго заметила Ольга. — Боюсь, что на тебя дурно влияет твой кот. Он у тебя вообще сексуально разнузданное существо: в марте уходит лоснящимся толстяком, а в августе приходит в совершенном изнеможении.

— Мы с котом всегда держимся в рамках. А вот ты элементарно технически безграмотна... Кто спрашивал меня, почему телефонный мастер называл розетку «мамой», а штекер «папой»?

— Не хочу об этом говорить, — прошептала Ольга.

— Если человек собирается подложить в каждую комнату по трупу, то при такой повышенной кровожадности ему не стоит делать вид, что он очень застенчивый и стеснительный, и прятаться в ванной, как только речь заходит о сексуальных проблемах, — проговорила я с некоторым ехидством.

— Э-э... мне пора, — тут же попрощалась Ольга и ненатуральным голосом добавила: — Как дела? (Якобы внезапно пришел Пуся. Но меня не обманешь — никакой Пуся даже и не думал приходить.)

— Игорь назло тебе окажется голубым, а Лариса розовой, — заявила я. Иногда почему-то хочется обидеть человека, с которым столько времени провел в постели...

— Ой, — пискнула Ольга.

— Как тебе удалось выйти замуж со всеми вытекающими отсюда последствиями? — удивилась я и сама же ответила: — Наверное, Пуся что-то подсыпал тебе в чай.

— Ну хорошо, я согласна на одну эротическую сцену, — сдалась Ольга и прошептала: — Пусть Б. А. придвинется к Авроре и возьмет ее за руку. Для приличных пожилых людей это очень хорошая эротическая сцена.

В театральный (речь, конечно, шла не об актерском факультете) Кирилл поступать на-отрез отказался, выдержал жутчайший скандал, целую неделю жил под угрозой немедленного разрыва отношений навсегда и все-таки не уступил — поступил в университет, на исторический.

Считается, что юность — самое прекрасное время, но в студенческие годы Кирилл более чем когда-либо чувствовал себя одиноким, не таким, как другие. Сам он нисколько не страдал от своей замкнутости, но переживал от витавшей в воздухе идеи, что, будучи студентом, положено запоем общаться и дружить, а если это не так, значит, и с тобой что-то не так, и получается, что если человека не интересуют компании, то в глазах остальных это считается некоей странностью.

Кириллу все же хотелось по мере сил соответствовать идее правильной студенческой жизни, и его, как сказали бы сейчас, менеджером по связям с общественностью был Игорь.

Игорь, единственный школьный друг, учился на факультете журналистики и был тем самым ручейком, по которому лодочка Кирилла вплывала в необязательные компании, где завязывались такие же ни к чему не обязывающие романы.

У Игоря тоже была своя особенность — чрезвычайно легкий на завязывание знакомств, он был неотзывчив на серьезные дружеские связи, но к Кириллу был по-своему привязан. Интерес его к приятелю поддерживался двумя вещами: во-первых, после десяти общих школьных лет, когда между людьми вроде бы не остается ничего недосказанного, Кирилл по-прежнему оставался для него вещью в себе. У них даже шутка была — если ты уверен, что это Кирилл, то не знаешь, о чем он думает, а если ты знаешь его мысли, возникает сомнение, Кирилл ли это; во-вторых, Кирилл завораживал его своими историями, каждую ситуацию умудрялся вывернуть наизнанку, и рядом с ним Игорь чувствовал себя Алисой: отчасти той, которой только что предложили отпить из чудесной бутылочки, и другой, которая уже вовсю разгуливает по Стране Чудес.

И, наконец, Кирилл был для Игоря не просто приятелем — он был частью целого, и очень заманчивого целого.

Родители Кирилла были не похожи на всех остальных родителей. Немногочисленные приятели никогда не звонили ему с вопросом: «У тебя хата пустая?», а если приходили, то не закрывались в его комнате, как зверьки в клетке, злобно мечтающие о свободе, а наоборот, старались прийти в то время, когда старшие Ракитины были дома.

Кира была непременной участницей и центром всех отношений, которые завязывал

Кирилл. Она и Игоря «забрала», как всегда «забирала» всех. Она создавала атмосферу... если бы Игорь мог сформулировать свои ощущения, он назвал бы это атмосферой причастности к творчеству, к творчеству жизни.

И дело было даже не в завлекательных, небрежно рассказываемых ею историях. Все дело было в Кире.

Кира просто жила, как творила. Улыбка на Кирином лице то вспыхивала, то гасла, и Игорь точно знал — так она улыбается только ему. И вообще все было только для него — Кирины глаза, выражающие особенное к нему внимание, Кирины гримаски специально для него...

А у Б. А. всегда был наготове анекдот, и он так тепло Игоря расспрашивал — рассказывай, говорил, о том о сем и обо всем.

Какие же Ракитины были чудными, необыкновенными!.. Так что Кирилл на фоне своих родителей выглядел бледновато.

В их отношениях явственно присутствовал некий обмен. Ну и что здесь плохого? Любые отношения — это обмен, а в данном случае было очевидно, чем именно менялись.

Игорь знакомил Кирилла с девочками, и вся эта часть жизни была на нем всегда и в тот весенний вечер в частности.

Глупо было бы думать, что Игорю и Кириллу всегда хотелось только одного — сидеть за столом со взрослыми и внимать Кириным рассказам. Мальчишкам было по двадцать лет, и больше всего на свете им хотелось... как бы правильно выразиться... любви? Нет... Секса? Тоже нет, секс все же предполагает некоторую изощренность, хотя бы осмысленный выбор партнера. Мальчишкам, Кириллу, Игорю и кому-то третьему, чье имя теперь забылось, хотелось трахаться, уж извините. И больше ни о чем они в тот весенний вечер не могли думать, и это чистая правда.

Игорь рылся в записной книжке. У него имелась своя система записи: Галя — н., что означало «не дает», Дина — д., 30 («дает за тридцать рублей»), Катька — б. (понятно, что это означало: не за деньги, но всем).

И Таню, и Ларису, и Иру в дом Ракитиных привел именно Игорь.

Кирилл не терпел театр, и актриса не казалась ему, как всем нормальным людям, воплощением женственности, сексуальности и тайны. Актрисы были хорошо знакомыми существами неприятной ему породы. Но так уж случилось, что его первая любовь (сам он никогда бы не назвал Таню так ужасно, пошло, но как нам еще ее назвать, если до Тани Кирилл вообще любил только маму?

Пусть будет первая любовь), так вот, его первая любовь была актрисой.

Тот теплый апрельский вечер был задуман всеми участниками как проходящая сцена в жизненном спектакле с проходящими же персонажами, каких в юности бывает бессчетное множество. Все эти девочки и мальчики, что вызванивали друг друга, приглашали в гости, знакомились и вступали в безликие интимные отношения, забылись навсегда, как забылись теплые апрельские вечера. Ну, а в тот вечер судьба, прикинув что-то в небесной бухгалтерии, явно решила не разбрасываться, а сэкономить свои усилия и создать из данных случайных парочек кое-что монументальное, например семью или что-то вроде того — как пойдет.

Итак, в тот вечер культурных посиделок с Кирой и Б. А. не предполагалось, они были на даче, в Комарово, и Кирилл с Игорем и с кем-то третьим хотели использовать пустую квартиру по назначению. Сегодня там собирались веселиться, а при мальчишеской удаче — и ночевать три пары. Неизвестно, совпадали ли планы мальчиков — разойтись по комнатам — с намерениями девушек, но было очень много вина, слишком много для трех пар.

Таню Кирилл с Игорем встретили на улице. Игорь напомнил ей о знакомстве в какой-то компании, у Тани оказался свободный вечер, чудесным образом совпавший со свободной квартирой! Повезло!.. Самым пикантным во всем этом было то, что Таня никогда не встречалась с Игорем ни в какой компании, но Игорь был так хорош собой, так безобиден на вид и так убедительно ее клеил, что она притворилась, что встречалась. Таня сыграла хорошо, как и полагалось актрисе.

Вторая девушка, Ира, была не менее случайной — она была выужена из записной книжки. Подруга подруги Игоря, Ира случайно скучала в этот вечер дома и согласилась познакомиться с классными ребятами. Она захватила с собой Ларису, подругу, представив ее как «Лариска-актриска». Сама Лариса на этом не настаивала, особенную свою профессию не подчеркивала, а мальчикам ее профессия была глубоко безразлична. Главное, что их третий компаньон на Ларису запал.

Таня же была актрисой с большой буквы, с такой большой, какую она только могла начертать в своем воображении. Вообще-то она была еще студенткой последнего курса театрального, но уже представлялась актрисой. Да ей и называться актрисой не было необходимости: Кирилл как на нее посмотрел, так его передёрнуло от отвращения — все

ненавистные ему повадки налицо. Навидал-
ся он таких! Она и необычная, она и нервная, и глазки закатывает, и лицом все время
какую-то гадкую томность изображает!..

Но ее Кириллу и не предлагали. Игорю самому нравилась Таня — нежная узкобедрая
фигурка, пушистые светлые волосы над высоким лбом — чистый ангел.

Интересно, а ангелы знакомятся на улицах? Наверное, да, но при этом они непременно должны притворяться, что как раз
сейчас их осенила печаль, и, бессильно улыбнувшись, уступить: может быть, им не по-
вредит немного развеяться...

Кириллу предназначалась Ира. Ира, хоть
и не актриса, тоже была красивой (Игорь,
кстати, никогда не обидел бы друга, выделив
ему из списочного состава дурнушку), но
если Таня была ангелом, то Ира была Кармен — черноволосая, яркая, веселая.

Если уж совсем честно, то Игорь вызвал
Кирилла на кухню и спросил: «Тебе какую?»
Не то чтобы он с детских лет привык усту-
пать Кириллу — девчонку, очередь в столовой, место у окна, — просто у Игоря было чу-
десное качество — не спорить по пустякам.
Игорю ужасно нравилась Таня, — собственно, как и Ира, да и все остальные девушки на
свете. И вообще, бывают такие счастливые
натуры, которым все хорошо. А вот Кириллу

никогда не было все хорошо, ему хотелось исполнения конкретных желаний. Таня Кириллу не понравилась — она была блеклым ангелом, скучным и напыщенным. Ему хотелось Кармен.

Вечер складывался удачно, и мальчики непременно разошлись бы по комнатам со своим девочками. Тане понравился Игорь, да и кому бы он не понравился: высокий, уже чуть-чуть склонный к уютной полноте, трогательно неловкий, Игорь двигался мягко, вкрадчиво даже, словно скользил, мягкой огромностью напоминая доброго бурого мишку из сказок.

А Ире очень понравился Кирилл. Кирилл вообще пользовался... ну, не то чтобы «большим успехом у женщин», но, как говорил Б. А., «мой сын имеет свой успех у своих женщин».

«Свои женщины» доставались Кириллу легко, легче чем Игорю, и это было загадкой — такой мелкий, на вид почти подросток, чем же Кирилл так привлекал женщин?

Бедные мужчины! У многих из них столько разных переживаний по поводу своего неправильного роста, неправильной ширины плеч, направильных интимных свойств, и даже самые умные из них не подозревают, что дело обстоит значительно проще. Как в драке побеждает не тот, кто сильней, а тот, в ком больше драки, так и в любви, и поэтому женщины любят не красавцев, а любых — маленьких, хромых, некрасивых, если только в них есть сексуальный манок. А у Кирилла был, и еще какой.

В сексуально ответственный момент, когда девушкой решался вопрос «дать или не дать», он умел четко сконцентрировать в себе желание и включить особенное, светящееся обаяние. От матери ли передалось ему это умение, или от полного к девушкам душевного равнодушия, или просто от природы — неизвестно, но ему никто и никогда не отказал, а многие смогли бы этим похвастаться?..

Ну и, конечно, к счастью для тех, кто, как и Кирилл, не представляет собой тип мачо, далеко не всем девушкам нравятся брутальные мужчины. И тем, кто не мачо, хватает своих девушек — таких, которые предпочитают мужественности нежное обаяние и душевную тонкость. А в Кирилле, кроме обаяния и непременной душевной тонкости, чувствовалась еще некая уклончивость, и это тоже привлекало некой надеждой, что от меня мол, этот колобок не уйдет. Ну и, наконец, иногда в Кирилле неожиданно проглядывало что-то жесткое, жестокое даже, и девушкам было любопытно до этих глубин добраться. Так что он мог выбрать любую, и выбрал лучшую, Иру.

Судьба в этот вечер расшалилась и ни за что не хотела позволить мальчишкам развести девушек по комнатам. Если бы во всем Комарово не отключили электричество, если бы Кира не отказалась провести вечер при свечах, если бы Кира не захотела вернуться в город, считая, что Кирилл томится один, то все могло сложиться по-другому. Но матери так мало знают про своих мальчиков, и Кира Ракитина не была исключением.

Бедная Кира думала осчастливить Кирилла своим появлением, но представьте себе его состяние — физическое, не душевное, когда они с Ирой уединились в родительской спальне и он уже успел ощутить, какая у нее нежная кожа там, где никто не видит, и его рука, и ее нога, и он уже... и тут мерзко зазвенел звонок!.. Счастье еще, что Кирилла никогда не оставляла мысль о маме, и он вставил на всякий случай ключ в замок — уловка, хорошо знакомая всем бедным любовникам, — и юным, и не совсем юным.

Звонок в дверь зазвонил так склочно и требовательно, что... — каждому понятно, что произошло с Кириллом и каково было его настроение и физическое самочувствие...

У Тани с Игорем отношения развивались не столь стремительно, как у Кирилла с Ирой, — ангелы никогда не отдаются просто так, без слов любви, поступков-доказательств и разных других вещей. Но все, что ни делается, к лучшему, — зато Игорь не был зол на весь свет за то, что ему обломали кайф.

Как шли дела у третьей пары, неизвестно. Через много лет Лариса уверяла, что между ней и тем третьим, чьего имени никто не помнил, ничего не было, и вообще она не такого воспитания, чтобы позволять в первый же вечер...

Лариса с третьим сразу ушли, а оставшиеся пары тактично выпили с родителями чаю. Игорь, на этот раз вполсилы, насладился Кирой, и они с Ирой тоже сбежали.

А Таня зачем-то осталась — потом никто не мог вспомнить зачем, ну уж, во всяком случае, не для того, чтобы помыть посуду. Вряд ли она хотела поближе познакомиться с Кирой Ракитиной — она Киру не знала, не такая уж та была известная актриса, чтобы ее знать. И вряд ли ее заинтересовал Б. А. — он уже был к тому времени никакой режиссер. Но все равно это был интересный дом: актриса и режиссер, и, наверное, ей хотелось посмотреть, каковы они в домашней обстановке...

А Кира в домашней обстановке в тот вечер была как никогда нехороша. Она так была взвинчена тем, что гости сбежали, так обижена разлитым в воздухе чужим желани-ем, что впервые в жизни не сдержалась и вскрикнула при постороннем человеке, Та-не, — для начала пробным криком, а затем и вполне настоящим («Что происходит в мо-ем доме без меня?! Кто позволил приводить в мой дом б...ей!» и еще что-то грозное на тему «Кто ел моей большой ложкой»).

Таня повела себя в этой ситуации гениаль-но: ушелестела пушинкой куда-то, а потом высунула носик, словно ничего и не было. Так что один из главных семейных секретов ей открылся сразу.

— Посуду вымой, — велела ей Кира. — Тща-тельней... вилки прочищай между зубчи-ками!..

Таня осталась ночевать на диване в гости-ной, а вечером пришла опять, как домой. И прожила неделю. Завелась в доме, как мышь. Она не была по-провинциальному цепкой, не старалась сделаться полезной, не кидалась готовить... нет, вскакивала, ко-нечно, и так мило, ненавязчиво мыла по-суду, пока Кира дымила сигареткой и рас-суждала.

Таня просто полюбила Киру Ракитину с первого взгляда, и Кира ее полюбила: такая нежная девочка, преданная.

— Врунья, актрисуля, — шипел Кирилл. Он не верил, что Тане так полюбилась мама, и не верил маме, что ей так полюбилась Таня.

Таня была робкая, нежная, беззащитная, возвышенная. Только каким-то образом эта тихая, робкая всегда оказывалась в центре внимания. Сама рассказывала историю, которая произошла с ней еще в детстве. Однажды она проснулась и вышла к гостям, которые ели, пили и смеялись, и страшно обиделась: «Как?! Без я?»

Кириллу казалось странным, что Кира так сошлась с этой, совсем не обладавшей столичным лоском девицей. Таня высказывалась провинциально велеречиво, совершенно серьезно могла заявить: «Нам, актрисам, трудно жить на свете», или еще более напыщенно: «Я актриса, у меня другая нервная система».

— Тьфу! — отвечала на это Кира, и Таня — она же все-таки была чуткая, восприимчивая, — поняла, приутихла.

А Кирилл нервничал, не понимая, что происходит, — неужели мама его больше не любит?

В общем, в результате того вечера Кирилл заполучил в свой дом Таню — противную, лживую, бездарную актрисулю, а Игорь женился на Ире.

Что же было с Ирой и Игорем после того, как родители так жестоко обошлись с Кириллом, уже почти устроившимся в Ирином теле?

Случилось так, что все нежные невидимые местечки Ириного тела в этот вечер достались Игорю, причем достались вполне незатейливо — в подъезде. В том самом, где жили Ракитины. И так Ира оказалась хороша в этом подъезде, на широком подоконнике, что теперь Игорь уже ни за что не согласился бы предоставить Кириллу право выбора.

...Игорь с Ирой пригласили Кирилла с Таней на свадьбу спустя полгода после того вечера — только их, больше никого. Так решила невеста. Лариса очень хотела дружить с новой семьей, но Ира была против. Такая уж она была, Ира, — с Ларисой они вроде бы давно дружили, но у них были какие-то сложные девичьи счеты — кто с кем и кто лучше одет.

— Я теперь замужем, мне некогда с тобой болтаться, — сказала Ира и с удовольствием рассталась с Ларисой.

Кирилл не был подлым и, тем более, ему не так уж и нравилась Ира, но через пару месяцев после свадьбы Игоря он уже спал с его женой. Все дело было в том, что к этому времени у него уже сложились прочные отношения с Таней, а прочные отношения с одной женщиной оказались для него невозможны, просто противны всей его природе.

И если бы его спросили, зачем он это делает, если бы ему сказали, что Игорю, узнай он, было бы больно, что это предательство по отношению к единственному другу и тому подобное, Кирилл удивился бы — все это было ни при чем.

Что же здесь было «при чем»? Напряжение, лавирование между партнерами, запутывание следов и элемент игры? Да, а также организация встреч, умение сохранить все в тайне, приятное чувство от того, что Игорь не знает, что Ира и он только что были вместе. Что Таня знает, что у него кто-то есть, но не знает, кто именно, — вот что было важно, а вовсе не подлость натуры.

Эта интимная комбинация продолжалась недолго — пока у Кирилла была Таня. Не стало Тани, не стало и Иры.

Через много лет, когда Кирилл уже был женат на Ларисе, все опять повторилось, и продолжалось много лет, но не как постоянная связь, а как внезапная игра, — несколько раз в год.

А на вопрос, что привлекало Иру в Кирилле, невысоком, узкоплечем, ростом по плечо ей, тем более когда он еще не был знаменитым писателем, Ира ответила бы так:

— При чем здесь «по плечо»? Он был хорошим любовником.

На самом деле секс с Кириллом был каким-то очень домашним, полусонным, усталым, но она непременно сказала бы так, что именно имея в виду под этим, — загадка, но Ира была женщиной искушенной, и вряд ли она вложила в эти слова чисто технический смысл.

Возможно, ей нравилось иметь свою тайну, закопанный в саду секретик. А может быть, она воображала, что она его муза?..

* * *

Но Аврору нисколько не интересовало прошлое. Ее интересовало настоящее и будущее — как смерть Кира Крутого скажется на положении Игоря. Нужно добывать факты.

Жаль, конечно, что она не может провести беседу в виде допроса. Было бы так удобно сразу получить ответ на все: и что Игорь, если это был он, искал в кабинете? Претендует ли он на миллион долларов? И если да, то как он рассчитывает его получить? Кто такая женщина, с которой он целовался на лестнице? И не он ли отравил Катю?

Аврора осторожно вернула Иру к тому, что произошло сегодня вечером, и попыталась начать издалека.

— Хорошо, что у Ларисы есть собственное дело. Это заставит ее собраться, немного отвлечет... Но Игорь? Что же теперь, когда Кира Крутого больше нет, будет делать Игорь?

— Отвлечет? — холодно отозвалась Ира, — я бы сказала наоборот — смерть Кирилла немного отвлечет Ларису от этого дурацкого клуба... Хотя ей скоро придется забыть о роли светской дамы...

«Вот черт, я ей про Фому, а она мне про Ерему! — раздраженно подумала Аврора. — Но почему Ира избегает разговоров о будущем Игоря?»

— Ну, с Ларисой все будет в порядке, она будет дальше вести свой бизнес, зарабатывать деньги...

— Зарабатывать деньги! Не смешите меня! — фыркнула Ира.

Бизнес должен приносить доход, так уж принято. А так называемый «Ларисин бизнес» в действительности никакой не бизнес, а всего лишь показатель ее положения в обществе, причем требующий вложений, и немалых.

— Ларисе уже завтра потребуются живые деньги — аренда и все остальное, а кто же ей теперь даст? Ресторану нужны деньги каждый день. Мариша тоже требует вложений, и немалых. А теперь еще и эта неизвестно откуда взявшаяся дочь. Не исключено, что Ларисе придется продать дом и поделиться с этой девицей, — с надеждой заметила Ира.

«Неудачница я, ничего у меня не получится», — горестно подумала Аврора, когда Ира, словно не слыша ее вопросов, принялась рассказывать о нравах дам, которых Лариса мечтала видеть у себя в клубе.

— Вы представляете, эти новые Ларисины подруги ездят в «Невский Палас», и им нужно обязательно с парадного входа подъехать. А так как там всегда полно машин, то они специальному человеку платят, чтобы он место держал...

— Ирочка, вы, наверное, переволновались и что-то путаете, — Аврора, вдруг потеряв нить рассказа и с трудом шевеля губами, устало проговорила: — Какая разница, с какого входа подъехать? И зачем им в «Невский Палас»? На конференции? Благотворительностью заниматься?

— К парикмахеру. Как будто их мужьям не все равно, как они выглядят! У каждого из них есть любовница. Мне Лариса рассказывала. Раньше, когда мы еще дружили... — сказала Ира, и ее красивое лицо жалко скривилось.

— Лариса вас обидела, — оживившись, проговорила Аврора. — Дорогая моя, вам очень, ну просто очень обидно...

Ира молчала. Ничего не разъедает душу так болезненно, как треснувшая старая дружба со своей долгой историей. А ведь они с Ларисой так долго были рядом...

Ира вовсе не стремилась попасть в Ларисин клуб. Что бы ни говорила Лариска-актриска (как хорошо, что Кирилл избегает публичной жизни, как хорошо, что она, Лариса, жена частного лица Кирилла Ракитина, а не писателя Кира Крутого), все было враньем.

Вранье, вранье, вранье! Да и какая публичная жизнь была у нее, у захудалой актерки! Но все-таки актерство у нее в крови, и страсть к успеху никогда не исчезнет. Тем более что блистать в качестве хозяйки ресторана — совсем другое дело, нежели выходить на сцену «в остальных ролях»!

Ира не была злой, не была завистливой! Она даже радовалась, что у Ларисы появилась новая жизнь, что Лариса так к этой новой жизни подходит, так наслаждается и так хорошо все умеет, словно всю жизнь распоряжалась, была важной, значительной, — словом, хозяйкой.

Поначалу Ира и не заметила, что Лариса стала предпочитать ей своих новых знакомых. Не то чтобы Лариса решила не пускать ее в свою новую жизнь, в этот клуб, который она пыталась создать, — просто Ира ей там не была нужна.

Не нужна... Раньше Лариса каждое утро звонила, чтобы поинтересоваться, как дела, потом стала звонить через день, и вдруг оказалось, что раз в неделю вежливо звонит чужой человек, со своими отдельными, чужими интересами.

Разве расскажешь, как она ждала Ларисиного звонка — приглашения на открытие клуба? Открытие должно было состояться в субботу.

В понедельник Ира легла спать в хорошем настроении — завтра будет новый день и завтра Лариса позвонит. Во вторник Лариса тоже не позвонила — ну ладно, еще рано, хотя могла бы и заранее сказать. В среду Ира не отходила от телефона и не расставалась с мобильным, даже в туалет с трубкой ходила. Выкурила пачку сигарет и с каждой минутой унизительного ожидания все больше превращалась в жалкое, размазанное по стенке существо. В четверг утром она сказала себе, что Лариса для нее больше не существует. А вечером позвонила сама и ненатуральным голосом спросила: «Как дела, что делаешь в субботу?» Лариса не пригласила. Ира повесила трубку и заплакала.

В субботу утром раздался звонок: Лариса все-таки пригласила ее, сказала небрежно: «Приходи, если хочешь». Ира решила: не пойдет ни за что, но тем не менее пошла.

Вечером в ресторане Лариса ни разу к ней не подсела, не заговорила. Ира никого не знала и сидела как дура... Эта выстраданная вечеринка превратилась в пять часов позора, когда она улыбалась всем без разбора и пыталась с кем-то завязать разговор, а ее подчеркнуто не принимали, замолкали, и она так и сидела за столиком с жалкой приклеенной улыбкой.

Ире казалось, что все самое интересное происходит там, у Ларисы, а она недостаточно хороша, не достойна... И внутри нее надувался воздушный шар обиды и ревности. Шар рос и распирал ее так, что ей становилось физически больно.

И домой к Кириллу Ира не хотела приходить, потому что вдруг стала замечать то, чего не видела прежде: как Игорь перед ним лебезит, унижается. Все это было несправедливо и приводило к убеждению, что жизнь ей чего-то недодала — всего недодала!

Она начала раздражаться на Игоря и уже не могла остановиться. Каждое лыко шло в строку, и даже в интимной жизни он стал ее выводить из себя, а потом... лучше не думать, что произошло потом. В этом тоже Лариса виновата. Все, все из-за Ларисы, и ее давшая трещину семейная жизнь — тоже...

— Мне нисколько не обидно, мне все равно! Я себя никому не навязываю, — холодно передернула плечами Ира, но на ее лице читалось самое что ни на есть настоящее страдание.

Аврора всегда считала себя просто хорошенькой, потому что никто никогда не говорил ей, что она красива. К красивым женщинам она всегда испытывала жалость, считая, что вместе с красотой они вытаскивают несчастливый билет. Все ее знакомые красотки были от рождения уверены, что им все уже дано, дело сделано, и развивать свои мозги, чувственность или душевные качества — только понапрасну тратить время.

«Вот и эта красавица, Ира, умом и сообразительностью не отличается от всех красавиц на свете!» — мысленно вздохнула Аврора.

Боже мой, так страдать из-за того, что Лариса больше с ней не играет!

Нужно быть выше таких мелочей, вот, например, как она, Аврора. Недавно одна ее коллега внезапно к ней охладела. Недавно, Аврора точно и не помнит, когда именно, — пять дней назад. Но у Авроры есть в жизни иные интересы, чем ломать голову: «Почему, за что». Тем более, что она не спала несколько ночей и все проанализировала. Вышло, что Аврора ни в чем не виновата. Хотя, конечно, интересно, — почему вдруг коллега стала к ней так холодна?..

— Теперь все изменится...— задумчиво проговорила Ира.

— Изменится... — эхом отозвалась Аврора.

Совсем недавно Авроре попалась на глаза тоненькая брошюрка «Психология для всех». Автор брошюрки оказался толковым человеком и коротенько рассказал Авроре, как она может добиться от собеседника практически всего, что ей в данный момент требуется.

Нужно всего лишь повторить за собеседником последнюю фразу или слово, и тогда собеседник пойдет за Авророй, как маленькая покорная овечка. Ира пошла.

— Конечно, изменится! — подхватила она. — Кир Крутой — это фикция, брэнд, понимаете? На самом деле Кир Крутой — это они оба!

— Оба?..

— Ну да... они были соавторами, совершенно равноценными, ну или почти равноценными. А гонорары делили несправедливо! Игорь такой мягкотелый, что это уже просто равносильно идиотизму, он совсем не умеет постоять за себя, за свои права... А теперь все изменится! И Лариса нервничает, потому что знает, что не ей достанется миллион...

— Миллион? — раздался голос Игоря. — У кого из вас, девушки, есть миллион, может быть, у тебя?

«Надо же, такой крупный мужчина, а умеет подкрадываться неслышно, как кот», — недовольно подумала Аврора.

Игорь опустился в кресло. Рядом с креслом стоял торшер с абажуром из мятой бумаги. Модные Ларисины вещи словно не принимали его, такого крупного: кресло было ему маловато, и Игорь выпирал из него, как тесто из кастрюли, а треугольный абажур оказался почти что над ним, и на голове Игоря будто появился белый колпак.

Игорь закурил, выбрался из кресла, чуть не свалив торшер, подошел к окну и застыл там в неловкой позе. Резко повернулся, не докурив, бросил сигарету в пепельницу, локтем задел стоящую на столике лампу. Лампа упала. Игорь махнул рукой и тут же опять вытащил из пачки сигарету. На Иру он смотрел, словно на разбитую лампу, — виновато и искательно, как будто зная, что ему сейчас попадет, и уже заранее извиняясь.

Авроре стало его жаль, но она догадывалась, в чем дело.

— Игорь, вы нервничаете... Дорогой мой, у вас проблемы с авторскими правами?

Она ничего не понимала в авторских правах, но у нее было множество знакомых, которые рассказывали, что с их авторскими правами все время что-то случается, — права то ли не отдают, то ли не берут, то ли еще что-то... Вот она и спросила, есть ли проблемы?

Всегда можно вот так взять и прямо спросить друг друга: «Какие у вас проблемы?» Но люди стесняются, не спрашивают и остаются при своих — страдают в одиночку. И, собственно, почему бы людям не спрашивать напрямую о том, что их интересует? Аврора вот спросила и получила внятный ответ.

— Есть проблемы, — мрачно подтвердил Игорь, — с авторскими правами всегда проблемы.

— Ну, я же и говорю, — подхватила Аврора.

Ира подошла к Игорю, потерлась носом о его плечо и очень тихо и беспомощно спросила:

— Погоди, Игорек... ты хочешь сказать, что?..

— А что, по-твоему, я могу сделать? Убить ее? — сорвался Игорь.

Изящно взмахнув руками, Аврора воскликнула:

— Мои дорогие! Семейная сцена — я вас покидаю! А вы, Игорь, только не расстраивайтесь, так не бывает, чтобы не было выхода...

За дверью Аврора остановилась поправить сползший носок. Она не собиралась подслушивать, просто остановилась поправить сползший носок.

— Все, это катастрофа... — внятно произнес Игорь. — Я — никто.

— Никто? Как это никто? Не понимаю! Объясни, почему ты никто... — жалко забормотала Ира.

— Ирка, мы прорвемся. Еще не все потеряно, у меня еще есть шанс...

«...Так не бывает, чтобы не было выхода, — подумал Игорь, опять усаживаясь под белый колпак и прикрывая глаза. — ...Или все-таки бывает?»

...Как же они все оказались не подготовлены к новой жизни! Считать, что он, Игорь, один оказался идиотом, было бы невыносимо, поэтому Игорь любил думать именно так: «все». И подтверждения этому находились ...

Вот, к примеру, двое его приятелей сколько-то лет назад сидели-сидели за пивом и кое-что придумали. Придумав, наскребли по карманам мелочь и начали бизнес. Шло время, и их общий бизнес раскручивался, расширялся, углублялся и акционировался. А один из этих двух приятелей вдруг оказался не совладельцем, а наемным служащим той самой компании, которую он сам же и создавал. Совершенно случайно выяснил, когда ему сказали: «А ты, дружок, не очень тут выступай, а то — ключи от „мерседеса“ на стол, и до свидания». Так что не один Игорь не разобрался...

Даже в мире капитала, где, казалось бы, люди должны быть с пеленок знакомы со словами «авторские права, патент» и готовы к борьбе за свои юридические права, тоже случается такое. Игорь особенно любил историю Эда Фишмана — человека, который придумал знаменитое шоу «Поле чудес». «Полем чудес» наслаждалась вся Америка и Европа, а Эд Фишман не получил ничего, даже законного гонорара и даже не имел оснований требовать этого через суд. Так что, когда

Ира упрекала Игоря в том, что он даже не занял бы первого места на конкурсе мудаков, он с полным основанием отвечал: «Зато занял бы второе, после Эда Фишмана. Или даже третье, после того парня, которому сказали „ключи от «мерседеса» на стол“. А третье место — уже не так плохо...»

У них с Кириллом сначала была вроде бы такая игра — сидели и придумывали, как покорить мир. Кто же мог предположить, что придуманное в обыденной обстановке, за скудно накрытым столом, когда-нибудь прольется золотым дождем? Кто тогда думал, что между друзьями все должно быть юридически оформлено, кто серьезно относился к словам «контракт, договор, соглашение»? Во всяком случае, не Игорь.

— Так уж вышло, так уж сложилось... — говорил он себе и Ире.

Только вот вопрос: так вышло случайно или Кирилл заранее все продумал? Это мучило Игоря много лет, он не знал ответа и теперь уже никогда не узнает.

Они с Кириллом не обсуждали, как будут делить гонорары, потому что сомневались, а будут ли вообще гонорары.

Но первый гонорар нужно было разделить, и дело было даже не в том, кому сколько, а в чем-то другом, трудно определимом, —

неуверенном самолюбии, затаенной обиде, смешанной с восхищением.

— Ты считаешь, сколько тебе положено? — смущаясь, спросил Кирилл.

— Десять процентов нормально будет? — смущаясь, ответил Игорь.

— Двадцать лучше, чем десять.

— Насколько лучше? На десять? — засмеялся Игорь.

Ему в то время даже в голову не пришло, что Кир Крутой — это только Кирилл. А его, Игоря, имени нигде нет. Но кто же тогда, в начале девяностых, думал о том, чтобы зарегистрировать право на имя? Какое право, какое имя? Псевдоним?.. Во всяком случае, не Игорь... И даже если бы он понял, что Киром Крутым должны быть они оба, он бы никогда не смог этого предложить...

Только когда пришел настоящий успех, Игорь сообразил — если что случится, ну, к примеру, они с Кириллом поссорятся, — он не имеет права ни на что, даже на переиздания! Просто — до свидания, Игорек, всего тебе хорошего. А о смерти Игорь никогда не думал. Не думал, что произойдет, если Кирилл умрет... Да кто вообще думает о смерти?! В их возрасте?!

Его неуклюжая попытка поговорить с Кириллом вызвала смешливое недоумение — разве Кир Крутой — это ты? Тогда пиши сам.

Придумай себе другой псевдоним. А может, тебя не устраивает процент — считаешь, несправедливо?.. Кирилл не был жадным. Ему было важно играть в свои игры — знать, что он человек-секрет, един в двух лицах, Кирилл Ракитин и Кир Крутой, и что Кир Крутой принадлежит только ему, — уж это Игорь за столько лет понял.

Смешно, но он тогда чуть не расплакался от обиды, как маленький. Раз Кириллу его игры дороже дружбы и справедливости, раз он считает, что Кир Крутой — это только он, пусть все остается, как было. От повышения процента Игорь отказался.

Он понимал, что это несправедливо: в последнее время рукописи Кирилла становились все более путаными, он увязал в своем придуманном мире, как в вате... Игорь давно уже научился обходиться с его текстами как умелая хозяйка с тестом — раскатывал, выкручивал, лепил — и получал изделие.

А уж что касается этого чертова миллиона долларов — тут уж точно все права были его, Игоря!..

Игорь никогда не объяснял Ире ситуацию с псевдонимом, не хотел обсуждать с ней самое больное. Выглядеть в ее глазах идиотом? Нет, спасибо, лучше уж в своих собственных — по крайней мере уютно и привычно. К тому же ему вполне хватало ее упреков по поводу несправедливой дележки гонораров.

И вот сейчас Ире даже в голову не пришло, что со смертью Кирилла он теряет все.

...Спустя несколько секунд Игорь открыл глаза и вылез из-под колпака.

— Кир Крутой — это Кирилл, понимаешь? — медленно произнес он. — Только он, а не мы вместе...

— Неужели все достанется чужой девице? — Ирин голос звучал очень низко, ниже, чем обычно.

— Я не смог с первого раза... Нужно еще...

Их разговор занял ровно столько времени, чтобы Аврора успела подтянуть свой цветастый шерстяной носок, — ведь она ни в коем случае не собиралась подслушивать!

— Тетя Авро-ора!

Мариша напала на нее в буквальном смысле из-за угла — проходя по коридору, она увидела стоящую за дверью маленькой гостиной Аврору и тут же принялась лепетать, будто и не прерывала своего рассказа.

— Игорь всегда со мной играл, разговаривал, щекотал! Он мне как родственник, как дядя или тетя, понимаете? А если эта Катя теперь папина дочь, это не значит, что и Игорь теперь тоже ее! Он даже сидеть рядом с ней не захотел! Потому что она противная! Хотя и принес ей пиво...

— Погоди! — суховато прервала ее Аврора голосом следователя из старого телевизионного фильма. — С этого места, пожалуйста, поподробней. Сосредоточься!

Мариша примолкла и уставилась ничего не выражающим взглядом куда-то в угол. В школьные годы Мариша была завзятой двоечницей, и заданный строгим голосом вопрос погружал ее в оцепенение, а уж приказ сосредоточиться окончательно вводил в ступор.

— Деточка!.. А Игорь из чего пил?..— повторила Аврора сладким голосом Снегурочки, едва удерживаясь от желания пнуть Маришу ногой.

— Не помню... Зачем мне запоминать? — удрученно сказала Мариша. — А-а, знаю, знаю! Я еще подумала — чего это он пиво пьет, он же любит хорошие вина... Да, точно, и в руках у него был такой же бокал, как у Кати.

Нервно щелкнув пальцами, Аврора спросила с видимой небрежностью:

— А на столе около Кати... ты ничего необычного не заметила?

— А вот и заметила! — торжествующе подскочила Мариша. — Она перед собой положила свою дурацкую сумку! Прямо на стол! Представляете, сумку на стол?! Как будто боялась, что ее украдут. Сумку нужно небрежно бросать на пол. Я же говорю, невоспитанная, фу!

Порасспросив у Мариши еще несколько минут, Аврора велела ей подождать на кухне. Или в гостиной. Или у себя в комнате. Аврора будет знать, где она, и придет к ней, и они, как две подружки, все обсудят: Катю, Маришину будущую машину, Маришину внешность и Маришину личную жизнь.

Забежав в проходную комнату, Аврора ловко избавилась от приставучки, выйдя в другую дверь. У нее было ощущение, что за ней тянется липкая лента, на которую в любое мгновение может прилипнуть Мариша.

Она не одинока, вспомнила Аврора. Наперсник, помощник — вот кто ей теперь нужен! Можно подводить итоги по версии «Игорь». И Аврора направилась к Рите, на веранду.

— Знаете, милочка, я несколько растеряна, — смущаясь, призналась Аврора. — Чувствую себя глупым подслеповатым кротом, погребенным под горой бесполезных сведений... Мы с вами должны разложить все по полочкам. Помните андерсеновского крота — у него все лежало в кладовке.

— Крота не помню, а вот кошки меня дома ждут, — грустно сказала Рита. — Одна из моих кошек очень обидчивая, чуть что не по ней, посмотрит презрительно и уйдет жить на сервант. Или может лужу прямо посреди комнаты сделать, если ей покажется, что я ее сегодня мало любила. А ведь я ее уже почти сутки не любила...

Аврора удивленно вздохнула: какие кошки, какие серванты, какие лужи!..

Ей бы хотелось исключить Игоря из подозреваемых. Она только начала ему симпатизировать. Он милый, любит Иру... но в его поведении обнаруживается двуличие: любит Иру, а целует другую женщину. А если человек нечестен в любви, то есть основания подозревать нечестность и во всем остальном.

Тем более что он в отчаянном положении — заметался, как попавший в капкан заяц, и готов на все...

У Игоря есть мотив преступления, и очень сильный мотив. С исчезновением Кира Крутого Игорь потерял все, а внезапное появление наследницы полностью смешало его планы. Авроре не нужно было разбираться в авторском праве, чтобы понять, — чем больше достанется одному, то есть Кате, тем меньше другому, то есть Игорю.

Аврора придвинула к дивану, на котором полулежала Рита, кресло и два стула.

— Вы не могли бы пересесть на этот стул, дорогая?

Рита удивилась, но послушно переместилась с дивана на стул. Аврора уселась на ее место, но тут же вскочила и пересела в кресло, непрестанно что-то бормоча себе под нос.

— А теперь сядьте на этот стул... извините, что я вас гоняю, но такое уж у нас с вами получается Безумное Чаепитие... теперь садитесь в кресло...

Наконец Аврора встала, приосанилась, словно став выше ростом, и заговорила.

— Итак, деточка, слушайте внимательно. Игорь имел мотив для совершения преступления. В нашем случае этого уже достаточно для подозрений, но, как я только что поняла, он имел еще и замечательную возможность отравить Катю.

Девочки — Мариша, Кирочка и Катя — сидели за угловым столиком в гостиной, позже к ним присоединился Игорь. И здесь у нас с вами есть ряд очевидных противоречий. С одной стороны, к Катиному бокалу никто не прикасался — она сидела рядом с Кирочкой и пила свое пиво. С другой стороны, в бокале оказался яд. Следите за моей мыслью!..

— Мне пересесть? — с готовностью приподнялась Рита.

— Сидите на месте! — отмахнулась Аврора. — Итак, Мариша пила вино из специального винного бокала, похожего на бочонок,

Кирочка из такого же бокала пила апельсиновый сок, а Катя пила пиво из высокого бокала. Но таких бокалов на столе было два.

Рита почтительно кивнула. Сейчас она полностью находилась в имидже деловой женщины — внимательно слушала и запоминала.

— Фраза Игоря: «А не выпить ли и мне пивка», — была замечена Маришей, потому что звучала из его уст странно и неестественно. Следите за моими рассуждениями. Игорь со своим бокалом куда-то вышел. И тогда мы скажем «Ага!» — привычно процитировала Аврора.

Рита все еще не понимала. Но она же не виновата, что не знает «Винни-Пуха» наизусть!

— У него была возможность пойти на кухню и налить в свой бокал яд, — утомленно пояснила Аврора. — Затем Игорь вернулся и сел рядом с Маришей. Через несколько минут он попросил Катю сходить вместе с ним в гостиную за подносом с закусками и якобы случайно столкнул локтем Катину сумку. Затем он поднял сумку и положил ее на стол, где она и лежала прежде. Но — теперь будьте особенно внимательны! — он положил ее напротив своего бокала. Своего, а не Катиного! Вернувшись, Игорь сел рядом с Маришей, а Катя машинально села около своей сумки. Но не своего бокала! Вот так она и выпила пиво, в котором был яд.

Игорь считал, что находится в полной безопасности. Зная Маришину небрежность и невнимательность, он не мог предположить, что Мариша заметит что-нибудь, но Мариша заметила. Она была так взволнована всем происходящим, так ревновала — ей казалось, что Катя отнимает у нее все: и наследство, и возможность считаться дочерью Кирилла, и даже давние теплые отношения с Игорем.

— Итак, Мариша заметила! — Аврора слегка поклонилась отошла к дивану и, усевшись, скромно потупила голову.

Она ожидала рукоплесканий или хотя бы сдержанной похвалы, но Рита внезапно сменила имидж — из деловой женщины появилась любопытная блондинка в жутких розочках и, округлив глаза, вздохнула:

— Жаль, что не удалось узнать, кто та женщина, с которой он целовался...

Аврора забилась в уголок дивана. Она ничем не напоминала сейчас человека, у которого только что возникла версия сложного, даже изысканного совершения преступления, а была похожа на маленькую нахохлившуюся птичку.

Она вдруг почувствовала себя такой ужасно одинокой, что ей захотелось разбудить Б.А.

Жаль Игоря — как несправедливо, что он не имеет права на плоды своего труда... Но как же все-таки это могло случиться?

Беседа десятая

— Вот и я говорю, как это могло случиться... Взрослый человек, кормилец Иры, а оказался такой бессмысленной неосмотрительной овечкой, — сказала Ольга. — Мне очень жаль Игоря. Я его понимаю как никто. Меня тоже все время волнует этот вопрос — как бороться за свои права. Уметь говорить в бутике твердым голосом: «Спасибо, я подумаю». Или, к примеру, сказать водопроводчику: «Боюсь, что на ваших условиях ничего не получится». И не ждать звонка от мастера по ремонту телевизора, не нервничать, а жить, сознавая свою ценность.

— И у меня, и у меня, — подхватила я, — стоит такой же вопрос!

Ольга никак не могла успокоиться.

— Ну почему он не мог твердо сказать: пусть Кир Крутой — это ты, но я должен иметь какие-то права... не мог... Вот и я такая: только вчера купила в бутике не нужную мне помаду, потому что продавщица на меня смотрела таким взглядом... Весь мир делится на волков и овечек, а мы с Игорем — как раз Бедные Овечки.

Я подумала и сказала:

— А ведь в душе каждая овечка переживает, что она не волк. И тебе я советую в следующий раз просто сказать «нет».

— Ну а Игорь не мог просто сказать «нет», — запальчиво возразила Ольга. — У овечек всегда так складываются обстоятельства, что они не могут сказать нет. А у волков всегда так, что они могут.

— Получается, что единственное решение вопроса: родился овечкой — не переживай, — ответила я и тут же подумала: «При чем тут обстоятельства?»

Когда я повесила трубку, мне в голову пришла очень неприятная мысль: с Игорем Кирилл был волком, а с Кирой — овечкой. Получается, что существует некая шкала «волчатости» и «овечкости». И поэтому на каждого волка найдется другой волк, еще волчатей. И еще — каждая овечка стремится при любом удобном случае стать волком.

Как же так?.. Не может быть, но похоже, что я открыла закон жизни.

Ольга вскоре перезвонила — все-таки хотела узнать, как вышло, что Игорь оказался бесправной овечкой.

В начале девяностых бывший блестящий мальчик Кирилл Ракитин представлял собой убедительную иллюстрацию к краху советской идеи о престижности гуманитарного образования — в глазах других людей, но не своих собственных.

По окончании исторического факультета жизнь его потихоньку двигалась по тихой университетской тропинке: археологические экспедиции летом, преподавание в университете зимой, неспешное поступление в аспирантуру, сдача кандидатского минимума, утверждение темы, написание первой главы, затем второй... Шли годы, Кирилл все так же ездил в экспедиции и занимался своей диссертацией.

Мысль о возможности иметь собственное дело (да и о каком «деле» могла, собственно, идти речь?) вызывала у него отвращение. Почти такое же отвращение вызывала у него мысль и о том, как именно занимаются бизнесом его знакомые: суетятся, звонят, договариваются, кидают тех, кто затем кинет их, не спят ночами, переживая из-за какой-то поставки, недопоставки, черного и белого нала и тому подобной отнюдь не вечной материи.

Только вот деньги...

Кириллу была ненавистна распространенная в университетском кругу идея о бедности как особой экзистенциальной ценности. Бедность являлась синонимом интеллигентности. Быть богатым было неприлично.

Эту идейку, не новую, не сложную, во многом удобную, Кирилла ненавидел.

При этом в душе тишайшего хорошенького большелобого аспиранта вовсе не змеились клубки зависти. Кирилл не заглядывался на иномарки, не заходился зубовным скрежетом, слушая рассказы о заграничных путешествиях. Он совершенно точно знал — у него будет все это.

Он пока не думал, как именно придет к нему достаток, но короткие отношения с историей говорили ему: поставки-недопоставки — хорошо, конечно, но из ста этих, с поставками-недопоставками, всего один-два кем-то действительно станут, а остальную мелкую рыбешку унесут воды так называемого бизнеса куда-то далеко-далеко, но не к успеху.

Интеллект — вот что главное, и у него будет все, и это все не поместится в огромные красноклетчатые авоськи, это будет особенное все, и прежде всего слава. А почему бы и нет? Шлиман, например, знал, что он найдет Трою. Знал и нашел. И он найдет свою Трою. Кирилл размышлял об этом любовно и подробно, словно листая любимую, много раз читанную книжку. Эта спокойная, без нервов, уверенность была его секретом, а без секрета ему и жить было бы неинтересно.

Игорь, друг школьных и институтских времен, вписался в постперестроечную жизнь без блеска, но все же удачней Кирилла.

После окончания журфака он несколько лет работал редактором на «Ленфильме». Эта работа на «Ленфильме» давала Ире приятную возможность ходить на просмотры в Дом кино, но не позволяла пренебречь зарплатой и бросить ненавистную школу, куда она носила себя три раза в неделю обучать детей немецкому языку.

На свете не было ничего, что Ира ненавидела бы сильнее, чем фильм «Доживем до понедельника», вечный школьный запах тряпки и мела, классный журнал, школьные ступеньки и толстую директрису... Другие учительницы (если можно сказать «другие» — это все же подразумевает, что Ира была одной из них, но это, конечно же, было не так) боялись к Ире подходить — такой ненавистью веяло от этой красавицы. Конечно, такая красота была создана для иной жизни, а главное, Ира сама знала, что она создана для иной жизни.

Она уже почти сходила с ума от этой ненависти к школе, к Игорю, который не мог, хотя должен был, — ведь другие могли... И тут-то их жизнь повернулась самым чудесным образом.

В конце восьмидесятых расцвело так называемое кооперативное кино — кино, где крутились огромные деньги, кино, которое делалось наспех, — вместо года фильм снимали за месяц. Кооперативное кино было такого низкого качества, что позже в среде кинокритиков стало именем нарицательным для обозначения «отстойной» продукции. Но тогда этого кино снималось очень много, так много, что наемные пташки вроде Игоря, которые, хоть сами и не делали деньги, а лишь крутились около, вытащили счастливый билет. Они работали одновременно на нескольких проектах, перебегая из павильона в павильон, с одной студии на другую, — и всюду, по зернышку поклевывая, зарабатывали в общем приличные деньги.

Игорь с Ирой успели почувствовать вкус к хорошей жизни, но не так, чтобы, привыкнув, воспринимать ее как данность, а ровно настолько, чтобы каждое утро просыпаться и радоваться. Они как раз и были из тех, кто первыми съездили за границу, купили квартиру, первую иномарку.

В то время Игорь почти совсем потерял из виду Кирилла, как нередко бывает, когда один бултыхается в вязком «ничего не происходит» или тонет в неудачах, а у другого дела идут сначала неплохо, а затем и вовсе прекрасно.

Правда, «прекрасно» Игоря длилось не очень долго. Через несколько лет благоденствие в одночастье рухнуло, и наемные пташки оказались на улице и без всякой надежды на работу — и это в стране, где главным искусством является кино!

У Игоря остались новая квартира, не очень старая иномарка и Ира — женщина с запросами, культурными и не очень.

...В девять часов утра, когда Кирилл рассказывал первому курсу о Древней Руси, Игорь еще спал.

В двенадцать часов утра, когда Кирилл переходил к Великой Французской революции на втором курсе, Игорь еще спал.

В два часа дня, когда Кирилл, рассказав про все революции на свете, спускался по университетским ступенькам, Игорь открывал глаза. Пробуждение его, как правило, бывало безрадостным, с мыслью: «Кто виноват и что делать?».

Хотя что-то говорило ему, что нужно пережить свою черную полосу, — это что-то и привело Игоря к тому, что он потихоньку восстановил отношения со старым приятелем, как нередко бывает, когда процветание дает сбой.

Их первый, как теперь сказали бы, совместный проект осуществился случайно, через родителей Кирилла, сохранивших кое-какие связи в мире театра и кино. Предложение звучало неожиданно: требовалось слепить книжку из мексиканского сериала, одного из тех, где на экране тянулись словно

подслушанные в сумасшедшем доме плак-
сивые шизофренические диалоги:

— Он приехал.

— Кто?

— Он.

— Приехал?!

— Да, приехал...

— Неужели?..

— Да! Приехал!..

Роль Кирилла была технической: он запи-
сывал диалоги с видеокассеты. Видеокассета
была такого дурного качества, что звук пла-
вал и не совпадал с изображением. Игорю
отводилась роль творческая — он добавлял
к диалогам текст, тоже примитивный.

Это было нетрудно и не требовало никакого особенного литературного таланта,
кроме элементарного навыка складывания
слов в предложения. Сцена, в которой героиня входила, садилась в кресло, так и опи-
сывалась:

«Она вошла, покраснев, и бросилась
в кресло.

— Он приехал, — задумчиво сказала она.

— Кто? — удивился он».

И так далее, и тому подобная чепуха, которая вышла потом под глянцевой обложкой,
на которой была изображена сцена из сериала, и без фамилий авторов.

———

За эту чепуху на удивление прилично заплатили, и, добыв еще один подобный заказ, соавторы обрадованно предвкушали аванс. Особенно радовался Игорь — у него же была Ира.

Главным в этом их занятии был Игорь. Именно у него обнаружилась замечательная легкость в переводе сценария в некое подобие текста. А Кирилл казался тут даже не второстепенным, а просто ненужным, лишним. Он только мешал и путался под ногами,

Во-первых, он для чего-то стремился добавить в сюжет дополнительные сцены. Зачем?!

Отданные ему на откуп мексиканские любовники вдруг, по его прихоти, пускались в странные путешествия во времени и истории и норовили перебежать в какой-то другой, подозрительно близкий к фантастике, жанр.

«Нам этого не заказывали!» — сердился Игорь, и Кирилл, виновато морщась, поглядывал на него с видом человека, понимающего, что его пнули за дело и скоро пнут еще раз.

Спустя некоторое время Игорь совсем уже было решил с Кириллом расстаться и дальше выступать на этом квазилитературном поприще в одиночестве, и тут-то Кирилл Ракитин и сделал первый шаг к тому, чтобы стать Киром Крутым.

— Это просто, нужно только понять. И я понял, — сказал Кирилл Ракитин. — Не нужно писать для людей, которые читают. Нужно писать для людей, которые не читают, стать их единственным автором. Чтобы легкая мыслишка «а не почитать ли на сон грядущий» мгновенно ассоциировалось с твоим именем. С моим именем.

— При чем тут ты? — удивился Игорь.

— Потому что автором этих людей буду я.

— Тоже мне, открыл Америку! На этом построена вся развлекательная литературка, — разочарованно фыркнул Игорь, и немного свысока предложил ответную идею: написать что-то вроде мужского женского романа. Нужно было только выработать специальные приемы: немного того, немного сего. Если нет хорошего сюжета, можно использовать хороший антураж. Если вдруг случился хороший сюжет, то, наоборот, сэкономить на антураже. И приправлять все любовной историей — он богатый плюс она бедная-некрасивая, или он немолодой-некрасивый плюс она юная-богатая... или еще как-нибудь, только не слишком слюняво — нет проблем.

— Нет, это мелко, — уверенно заявил Кирилл.

Идея, бесспорно, была вполне тривиальной. Прошедшее должно напоминать сегодняшнее — это известный всем секрет успеха. Книга ведь не что иное как товар в корзине потребления, — и это еще один известный всем секрет успеха. Правильный потребитель, не листая, покупает книгу своего, правильного автора так же, как, привыкнув к определенному набору продуктов, не задумываясь кидает в корзину сыры и йогурты знакомой марки.

— Разве я похож на полусумасшедшего мечтателя, изобретателя вечного двигателя или колеса? — спросил Кирилл.

Игорь пожал плечами — вроде нет, но кто тебя знает...

Бесспорно, идея книги-сериала не была нова. Многие писатели, особенно детективщики, успешно эту идею использовали: сериал про Шерлока Холмса, сериал про комиссара Мегре. Ну и, конечно, современные персонажи: Перри Мэйсон, Ниро Вульф. Ах да, еще Эркюль Пуаро.

— И вообще, почему ты, а не я?..— спросил Игорь не без иронии.

— Как минимум потому, что у меня уже есть несколько готовых рукописей.

Казалось бы, ну и что? Что значит «есть несколько готовых рукописей»? У графоманов тоже всегда наготове несколько рукописей. Сколько людей сидят и строчат, и счастливо замирают, занеся ручку над чистым листом бумаги, — еще одна строчка, и они поразят мир... но почему-то Игорь посмотрел на Кирилла с интересом.

— Весь вопрос в том, какие струнки в душе читателя следует задеть, чтобы сделаться привычным продуктом потребления, — веско произнес Кирилл, почему-то став вдруг почти главным.

— Все должно быть просто, даже примитивно, — сказал Игорь. Всякая умственная муть вообще не нужна...ха-ха-ха... а то читатель обидится и книжку выбросит, ха-ха-ха...

— Научись уважать читателя, который будет читать только меня, и все будет о'кей, — проговорил Кирилл, и из нелепого, неудачного подмастерья окончательно превратился в главного.

К совместному проекту литературной деятельности Кирилл подошел как к решению математической задачи.

— Итак, нам нужно подсадить на себя читательскую массу. Ниша фантастических романов с историческим душком пока пуста, и мы с этой нишей подходим друг другу... Известно, что в литературе имеется всего пара десятков сюжетов, и все они пересказываются на разный манер.

Кирилл говорил так, как будто он давно об этом думал, говорил, словно читал лекцию первому курсу, — внятно и раздумчиво, выделяя голосом главное.

— Главное для меня (Игорь отметил, что он уже говорит «для меня», а не «для нас», но не возразил) — придумать свою идею... такую, знаешь, оригинальную и липучую... создать Героя, а уж сочинить сюжет — пара пустяков...

Теперь уже пришла очередь Игоря смотреть на своего партнера растерянно, чуть даже виновато.

— Далее — что мы имеем, — увлеченно продолжал Кирилл. — Придумать идею и Героя — это сделаю я. Беспроигрышная идейка: исторический приоритет, первенство, превосходство — все это работает неплохо... Интерес к своей истории, гордость, национальная идея... Русская история — это кровь и альковные страсти... Тем более что все могло пойти иначе. Иногда ход истории зависит от таких мелочей... Известен пример с шелковыми чулками Екатерины: если бы у нее не спустился чулок, русская история могла пойти по другому пути...

— Ты, конечно, суперски знаешь историю, — завороженный его уверенностью, сказал Игорь, неожиданно поймав себя на каких-то новых, почти льстивых интонациях, и с этого момента между ними начались иные отношения. Правда, Игорь тогда не мог предположить, до какой степени они будут иными.

— Разработать сюжетные ходы, — это то-же я. Придумать стиль и язык — это тоже я.

— А я? — спросил Игорь. Прозвучало это по-детски обиженно, но довольно робко, по-тому что самое главное, что Кирилл произ-нес совершенно между делом, среди всех своих рассуждений, — это то, что у него уже имелось несколько готовых рукописей. Ка-кой же он все-таки странный, никогда ни словом не обмолвился...

И, наконец, самая большая странность за-ключалась в том, что Игорь начал относить-ся к несущему бред старому приятелю так ува-жительно, словно Кирилл уже почти что зна-менитый писатель! С чего бы ему вообще верить во весь этот велеречивый бред? Игорь отнюдь не был прожектером, он был трез-вым, практичным, скептическим, не склон-ным увлекаться и т. д. Чем-то его Кирилл за-ворожил, но чем?..

Оказалось, что Кирилл обладает прилич-ным литературным языком, даже с некото-рой изысканной игрой в разную стилисти-ку. Игоря, его первого читателя, не оставля-ло странное чувство (он мог бы сказать «дежа вю», но он в то время еще не знал тако-го выражения), что он уже когда-то это чи-тал. Стиль Кирилла напоминал даже не кого-то конкретно, а просто все на свете.

Странным было и то, что отдельные куски текстов были написаны разным стилем, — Кирилл сказал, что ему это было не трудно, а забавно, — так он развлекался.

Но хороший язык, литературное чутье и даже неизвестно откуда взявшееся умение имитировать стили еще не делает книгу книгой. Истории Кирилла, местами удачные, но чаще разорванные, туманные, соскальзывающие в пограничное сознание, были утомительны даже для дружеского, очень дружеского прочтения и решительно не годились для постороннего глаза. Сумбур вместо текста. О чем Игорь, возвращая рукописи несколько дней спустя, и сказал, с удивлением поймав себя на том, что оттенок льстивости в его голосе сохранился. Чем-то эти тексты его заворожили.

— Тем лучше для тебя, — спокойно ответил Кирилл. — Ты редактор, вот и работай. Ну кто-то же должен меня редактировать.

И с этим Игорь не мог не согласиться — действительно, раз есть рукописи, кто-то же должен их редактировать.

Пока Игорь мучился над рукописями, Кириллу пришла в голову суперидея.

На самом деле он использовал свою старую заготовку. С юности увлекаясь генеалогией дома Романовых, Кирилл придумывал мир, где не случилось некое переломное событие: например, не убили царевича Алексея, Петр не велел боярам сбривать бороды и вообще построил Питер не на болоте, а на Черном море... Кирилл тогда застрял на петровской эпохе, а вскоре увлекся чем-то другим, но продолжать это можно было бесконечно: Распутин с князем Юсуповым прониклись любовью друг к другу, Кирова не застрелили в Петрограде, а Троцкому удалось организовать восстание в Индии, и Индия стала российской колонией...

Кирилл придумал Героя, который направлял ход истории по иному пути и неожиданно возрождался в разные эпохи то в русском богатыре, то в нелепом коллежском асессоре, то в солдате Красной Армии, то в мальчике из Уржума. Впоследствии Кирилл совсем разошелся, и однажды Герой принял обличье фрейлины царского двора, а в одном из романов, не чинясь, возродился в драчливом щенке лабрадора.

Кстати, вампиров и монстров, которых не мог простить ему Б. А., у него, в сущности, и не было. Только раз возник этот несчастный бухгалтер в синих нарукавниках и с клыком, всего один раз. И еще где-то затесался монстр, всего один! Б. А. очень устраивал этот один раз — каждому удобно уцепиться за что-нибудь, соответствующее своей личной конструкции.

———

Кирилл писал, не заботясь о разделении текста на абзацы и главы и даже о совпадении имен персонажей. На протяжении повествования персонаж, особенно если он был второстепенным, из светловолосого толстяка мог превратиться в высокого сутулого брюнета. И чем более знаменитым становился Кир Крутой, тем более запутанно и небрежно творил Кирилл и тем меньше ему хотелось разбираться в собственных многофигурных композициях.

Почти сразу же выяснилась одна любопытная деталь. При почти изысканном, временами даже подчеркнуто литературном стиле, у Кирилла происходил какой-то загадочный сбой, когда заходила речь о человеческих отношениях... Его словно одолевала какая-то слепота... Особенно сильный писательский ступор находил на Кирилла при описании любовных сцен — он называл это «добавить любвишки».

Разве мог Игорь доверить писателю Киру Крутому даже крошечный кусочек любовной истории, если тот допускал такие, к примеру, ляпсусы:

«Жена полковника, в отличие от него, была стройной пышноволосой блондинкой». Или: «Увидев ее, у служанки выступили слезы». Или: «Один его торс был лучше, чем все остальные лица» — что-то в таком духе.

Итак, Игорю достались любовные линии. И еще — в историях Кира Крутого иногда, на его взгляд, было многовато злых сил и недостаточно добрых, и он просил Кирилла «добавить позитива».

Можно ли было сказать, что Кирилл с Игорем вместе стали профессиональным писателем Киром Крутым? Очевидно, сами они так не считали.

Кирилл создал свой мир: смерчи, вихри, торнадо, которые уносили читателя в фантастические дали... На долю Игоря оставалось немного — всего лишь протоптать тропинки в созданном Кириллом мире, обжиться в нем. Игорь прокладывал в этом мире дороги, осушал болота, строил города. Он правил текст, переставлял главы и переписывал целые абзацы, следил за логикой развития событий.

Кирилл придумал псевдоним: «Кир Крутой», легко извинив себя за некоторую подростковую пошлость. Не было ни доли сомнений в том, что Кир Крутой — это он, он один. А уж как они разделят деньги — это их внутреннее дело.

Странной Кирилл был личностью, какой-то двуслойной, как бисквит с кремом, — словно у него имелось два уровня сознания. Казалось бы, раз человек создает свой особый мир, ему бы и жить, как положено писателю, в том мире, но оказалось, что Кирилл прекраснейшим образом ориентируется в мире современном, а именно в материальном устройстве жизни. Он был способен с математической выверенностью расписать пошаговую стратегию действий: сначала мы сделаем так, потом этак, а потом крутанемся на месте и два раза подпрыгнем.

Историк Кирилл Ракитин стал менеджером писателя Кира Крутого и при помощи Игоря направлял его деятельность не так небрежно и комковато, как это часто бывает с писателями, а по всем законам бизнеса.

Первую книгу они «слепили из того, что было». Затем написали еще несколько, после чего подробно расписали пять сюжетов и, воспользовавшись старыми связями Игоря и родителей Кирилла, предложили все произведения Кира Крутого сразу всем издателям и критикам. Вернее, Игорь предложил.

Через два года Кир Крутой стал первым и единственным представителем сериальной полуисторической-полуфантастической литературы — и ни в коем случае не бульварной, а вполне достойной.

Кира Крутого читали продавщицы, аспиранты и профессора, и даже домохозяйка на пляже в Турции заставляла своего мальчишку присесть рядом с собой: читай, дурачок, хоть про нашу историю чего-нибудь узнаешь, — и мальчишка, нехотя раскрывая книгу, впадал в нее, как ручеек в огромную реку — реку знаний или фантазии. Но какая, собственно, разница — мама довольна, и ребенок читает, впервые в жизни без понуканий. А что же ему читать — Гарина-Михайловского, «Детство Тёмы»?

Читатель читал, а Кир Крутой писал. Писал несколько вещей одновременно, потому что у правильного писателя суп всегда должен кипеть в нескольких кастрюльках.

Игорь был министром по внешним сношениям при короле, купил большую квартиру и новую иномарку, а уж как довольна была Ира...

Беседа одиннадцатая

— Нам нужно было использовать кого-нибудь помоложе! — недовольно сказала Ольга. — Аврора никуда не продвинулась в своем расследовании! Игорь остался в списке подозреваемых... а список большой!..

— Послушай, — нерешительно спросила я, — а ты что, правда считаешь, что любой из них мог совершить преступление?

— Вот только не говори мне, что в людях не просыпается желание получить миллион, если они имеют на него право! Ты бы хотела миллион? — Эта неприятная манера москвичей отвечать на вопрос сначала наскоком, а потом другим вопросом!..

— Я бы очень хотела иметь миллион и не вижу в этом ничего зазорного, — строго ответила я. — Тебе известно, что когда-то существовала специальная гуманистическая теория, прославлявшая деньги как средство создания прекрасного?

Но Ольга не сдавалась.

— А вот если бы тебе надо было кого-то отравить, как бы ты это сделала? — спросила она и ни к селу ни к городу добавила: — Кто вчера, будучи пешеходом, перебежал улицу в неположенном месте, а затем, будучи водителем, пересек сплошную двойную? Что, не ты?! Я понимаю, что ты никогда бы не смогла отравить человека, но все-таки... А?

— Очень просто. Налила бы кофе, а в кофе плеснула бы яду. И подала.

— А если в доме много людей, а ты прекрасно знаешь, как это бывает, — у всех есть такая манера схватить чужую чашку...

— Ну, в таком случае я бы выбрала момент, чтобы мы с ним были вдвоем.

— Тогда тебя посадят, моя дорогая, — удовлетворенно сказала Ольга.

— За что это? — удивилась я.

— Вот люди — сначала отравят кого-нибудь, а потом удивляются за что? За то, что ты отравила человека. — Ольга говорила со мной как с существом недоразвитым во всех отношениях. — Если вы были вдвоем, и ты подала кофе, и человек отравился, то тебя обязательно посадят...

— Ах, ты в этом смысле...— догадалась я.

ВЕРСИЯ ВТОРАЯ
Лариса

Аврора заглянула к Кате, убедилась, что она спит, и направилась на кухню. В кухне всегда можно встретить кого-нибудь за чашкой чая, к тому же близость еды располагает к неформальному общению. Еда, особенно вкусная, лишает способности к самообороне. Сама Аврора в душе рассчитывала на салат «Цезарь».

Лариса с Маришей сидели за большим стеклянным столом. Вместе они напоминали хорошо отлаженный механизм: Мариша на автопилоте брала сухарики из вазы, а Лариса на таком же автопилоте сметала со стола крошки вслед каждому движению Маришиной руки.

— Это она по привычке, папа требовал идеальной чистоты в любое время суток, — пояснила Мариша.

Аврора скорчила удивленную гримаску: зачем, например, чистота, когда спишь?..

— Скажите, у вас с Кириллом был удачный брак? — спросила она и тут же заявила: — Вообще-то удачный брак зависит только от женщины!

— Разве? — удивилась Лариса. «Думай, думай, Лариса, сейчас главное — понять...» — так Лариса сказала самой себе, а вслух рассеянно произнесла: — По-моему, от мужчины тоже кое-что зависит...

Она и сама не понимала, почему разрешает Авроре, которую в разговорах с Кириллом всегда называла «любовница твоего отца», шнырять по ее дому и позволяет ей приставать с бестактными вопросами и странными утверждениями.

— У вас такие красивые волосы, и вообще, вы очень-очень привлекательная женщина, — вдруг проговорила Аврора и, поймав изумленный Ларисин взгляд, пояснила: — Понимаете, я должна время от времени слышать что-нибудь приятное, хотя бы несколько раз в день. А за последний час я еще ничего не слышала. Но я не в обиде: такие драматические события и все такое... Вот я и подумала — если я вам скажу что-нибудь хорошее, то и вы вынуждены будете ответить мне тем же.

Аврора так требовательно смотрела на Ларису, что той пришлось признать, что «у вас тоже красивые волосы». Смутившись от удовольствия, Аврора застенчиво тряхнула седым хвостиком, стянутым черной аптекарской резинкой.

— Если бы я знала, что такое случится, я бы заранее выспалась... А так я, как дура, прошлой ночью читала Кьеркегора, — зевнула Аврора.

— Это еще кто? — изумилась Мариша, нырнув в холодильник

— Это шведский...— начала Аврора.

— Шведский стол?.. Мама, а почему вишневого йогурта нет? И где мой шоколадный сырок?

Аврора поинтересовалась, что читает дитя, считающее, что Кьеркегор — это шведский стол.

— Вот и я говорю... Она уже большая девочка, давно встречается с мужчинами повзрослому... — расстроенно сказала Лариса и перевела взгляд на дочь: — А что, если кто-нибудь захочет с тобой еще и поговорить?.. Что ты вообще читала, ну скажи, что?!

— Гарри Поттера, — обиженно ответила Мариша.

В кухню вошла Рита, а за ней, как на буксире, тянулись Таня и Кирочка.

Входя, Кирочка бросила на Маришу гордый взгляд: «Я с тобой не вожусь!» Какой же она еще ребенок, подумала Аврора.

Рита достала из холодильника простую еду: сыр, йогурты, гречневую кашу — и мягко подтолкнула стоявшую у стола неподвижно, как солдатик в карауле, Кирочку — садись.

Бывают люди, словно созданные для удобства других людей, например Рита. Она явно не считала зазорным услужить, поэтому все у нее получалось приятно и достойно.

— Бедный, бедный Кирилл, — трагически вздохнула Таня, — он умер, а мы тут сидим... разговариваем...

«Ну вот, „взяла зал“», — подумала Лариса. Она не любила вспоминать о своем актерском прошлом, но иногда в голове всплывали привычные театральные выражения.

...Что бы ответила Лариса на вопрос Авроры, удачный ли у них с Кириллом был брак? Пожалуй, слово «удачный» больше всего подходило к их браку. Если не вспоминать кое о чем. И не считать Таню... и эту ее Кирочку.

Эта Кирочка тут вообще никто. Никто, никто, никто!

Если закопать в дальнем уголке сада коробочку с какой-нибудь гадостью и годами обходить это место, о коробочке легко забыть. Но иногда вдруг накатывает беспричинная тоска и, только прислушавшись к себе, понимаешь, что причина в ней, в той самой коробочке. Вот она, гадость, лежит себе и ждет своего часа. Ларисиной «коробочкой с гадостью» была Таня.

Таня — она ведь даже не бывшая жена Кирилла, а всего лишь... кто? Да никто! Любой нормальный человек так бы и сказал — Лариса жена, а Таня никто!

И вот теперь Кирилл умер, а Таня с Кирочкой сидят у нее на кухне. Едят. Сыр, йогурты, гречневая каша... Почему Кирочка так противно крошит хлеб? И кстати, почему Таня приучила всех называть девчонку Кирочкой? Лариса же не требует называть себя Ларисочкой!..

— Я просто убита...— хорошо поставленным голосом продолжала Таня. — Считайте, что я умерла вместе с Кириллом... Это не я сижу здесь, разговариваю с вами...

— Наворачиваю гречневую кашу, — добавила Мариша. Все это время она что-то нашептывала в мобильный телефон. Нет, эта девочка вовсе не так глупа.

— Ах, боже мой, боже мой... — прижав руки к груди, Таня нерешительно привстала — то ли собираясь броситься Ларисе на грудь, то ли налить себе еще чаю, и, обведя всех отчаянным взглядом, выбежала из кухни. За ней, бросив на Маришу еще один «детсадовский» взгляд, быстро вышла Кирочка.

«В театре это называется уход. Что с нее взять, с актриски...» — подумала Лариса. Себя она уже давно к актрисам не причисляла.

———

Аврора несколько раз провела рукой по лбу и, громко вздохнув, небрежно проронила:

— Лариса, дайте мне травяной отвар, который заваривает ваша домработница... Очень голова болит.

— А отвара нет, — мгновенно отозвалась Лариса, — наверное, его вылили случайно.

Стеклянный стол — мебель очень холодная, неуютная, но весьма удобная для человека, который раследует преступление. Люди, кто похуже, кто получше, но все же кое-как научилось справляться со своими лицами и руками — большая часть из них не оскаливает зубы и не размахивает в ярости руками, а вот с ногами беда! Недаром ораторы и лекторы, как правило, предпочитают выступать, стоя за кафедрой, где не видно ног. Сквозь прозрачную столешницу Аврора увидела, как резко дернулась Ларисина левая нога, а правая раздраженно пристукнула каблуком.

— Может быть, нурофен? — спросила Лариса. — Или лучше анальгин, по старинке?

— Какая у вас красивая кухня... удобная, симпатичная... чудная такая кухонька... — не отвечая, пробормотала Аврора. — Можно я посмотрю, как у вас тут все устроено?

То и дело оборачиваясь и мило улыбаясь, Аврора шныряла по кухне, открывала дверцы шкафов, выдвигала ящики, и не прошло и нескольких минут, как аккуратная Ларисина кухня выглядела так, словно нерадивые сыщики провели в ней неловкий поверхностный обыск.

Так и не обнаружив нигде зеленого пузырька, Аврора вдруг ужасно устала от своего расследования, и ей захотелось поставить Ларису на место. Такое желание — поставить людей на место — возникало у нее нечасто, не чаще двух-трех раз в день, и, как правило, Аврора ему не сопротивлялась.

— А в доме кое-что пропало, — со значением произнесла она. — Кое-что очень важное... и знаете, милочка, на вашем месте я бы временно запретила вашей прислуге варить зелье. Пока мы все еще живы.

Аврора вовсе не собиралась так бездарно открывать свои карты, но ей вдруг захотелось выглядеть значительной и опасной, и, надо признать, ей это удалось.

Лариса улыбнулась натянутой улыбкой, словно пытаясь скрасить странности в поведении гостьи. Но вместо того чтобы задать совершенно естественный вопрос: «Что вы ищете в моих шкафах, дорогая Аврора?» — Лариса сделала непроизвольное движение, словно желая заслонить собой открытые ящики. Ее глаза так беспокойно метались по кухне, словно Ларисе не терпелось выставить Аврору и самой заняться содержимым открытых шкафов и выдвинутых ящиков.

В такой ситуации отступить вовсе не означало поступиться чувством собственного достоинства, и Аврора, еще немного покружив вокруг них, удалилась.

А Лариса принялась метаться по кухне. Невероятно, но она никак не может вспомнить... От мысли, что она должна найти это во что бы то ни стало, найти, пока это не попалось на глаза кому-то другому, ее бросило в жар.

Необходимо успокоиться и попробовать повторить действия, которые она совершала недавно. Лариса вышла из кухни и постояла в коридоре, прислушалась, не идет ли кто-нибудь, и снова зашла на кухню. Она остановилась у стола, опять панически испугалась, что не сможет ничего вспомнить, и... тут же вспомнила, куда она это засунула, — на верхнюю полку шкафа! Слава богу, что Аврора не смогла туда дотянуться!

Облегченно вздохнув, Лариса кое-как засунула свою находку в карман брюк и чертыхнулась — облегающая одежда не предназначалась для того, чтобы спрятать даже такую мелочь! Она взяла с полочки журнал, которым прикрыла оттопыренный карман, и отправилась наверх.

Лариса прошла мимо закрытого кабинета Кирилла, подошла к спальне и, как всегда, на долю секунды приостановилась у двери.

С недавних пор она старалась не заходить в спальню без особой надобности.

В спальне была не обычная кровать, к которой просто подходишь и просто ложишься, а модная, с широкими, черного цвета ступенями. Сначала нужно было подняться на ступени и только потом попасть на свое ложе. На практике это оказалось неестественным и неприятным — словно укладываешься спать на лестнице или на полке шкафа.

А в последнее время при виде этих чертовых полок и этой чертовой кровати у нее мелькала одна и та же мысль — как будто всходишь на Голгофу. Не то чтобы она много знала про Голгофу и про то, как на нее всходят, но это выражение подходило к тому, что она чувствовала, — как будто попадаешь куда-то, где будешь страдать.

Неужели с этим покончено, подумала Лариса и тут же устыдилась своих мыслей.

Она спрятала свою добычу в постели между двумя подушками, облегченно вздохнула и тут внезапно поняла, почему она позволяет Авроре бродить по всему дому, рыться в шкафах и задавать бестактные вопросы... Аврора была ей сейчас необходима. Рядом с ней все казалось ненастоящим, игрушечным. Даже смерть...

Лариса машинально вправила ногтем выбившуюся из вышитой на покрывале розы ниточку. Домработница Надя считала, что

Лариса слишком уж придирчивая хозяйка, и, когда была сердита, называла ее придурошной, а в минуты благорасположения — придурошной чистюлей.

Авроре было стыдно, ужасно стыдно... Она ведь не была сыщиком и не имела профессиональной привычки подозревать приличных людей! И уверенности в том, что Лариса отравительница, у нее не было, и никаких улик у нее не было...

Бедная женщина потеряла мужа, ее жалеть нужно, а не подозревать...

Но у невиновных, как и у преступников, не существует стандартного поведения: и те и другие могут нервничать, но могут и оставаться очень спокойными. Лариса явно знает, где пузырек, и мотив к совершению преступления у нее сильный, самый очевидный — появление родной дочери Кирилла прежде всего ущемляет именно ее, Ларисины, интересы.

Но Авроре почему-то все равно было стыдно, стыдно и жаль Ларису... Она решила вернуться на кухню, чтобы загладить свою вину.

Приближаясь к кухне, Аврора услышала возбужденный голос домработницы Нади:

— Я и сама здесь больше не останусь! То у вас хозяин умер, то девчонка отравилась! —

кричала Надя. — Тем более, я окна только что помыла! Давайте за окна платите отдельно! Не останусь ни за что! Считаю, вы вообще должны мне зарплату повысить!

— Вы уволены, — спокойно сказала Лариса. — И не думайте, что за мытье окон вы получите отдельно. Это входило в ваши обязанности, за которые вы получали зарплату.

Заметив в дверях кухни Аврору, она добавила:

— Идите, Надя, мы позже все обсудим.

Аврора тут же забыла, что она решила жалеть, а не подозревать Ларису. Почему она увольняет домработницу? Хочет убрать свидетеля? Почему она отказывается заплатить Наде за мытье окон? Неужели у нее так плохо с деньгами?

Хмуро склонившись над листом бумаги, Лариса что-то записывала. Поднимала голову, шевеля губами, глядела вдаль, что-то вычеркивала, вновь записывала и наконец в сердцах отшвырнула от себя карандаш.

— Я не знаю, что мне делать, — жалобно произнесла она. — Мне нужны деньги.

— Для вашего клуба? Но, может быть, можно и так? Давайте я вам помогу, я умею обходиться без денег, — ласково сказала Аврора. — Скажите, дорогая, какова программа вашего клуба? Какие у него приоритеты?

— Клуб создан для того, чтобы женщины одного круга собирались вместе, — почему-то послушно, словно ее вызвали к доске, ответила Лариса.

— Что значит «одного круга»?

— С одинаковым доходом.

— Отлично! У меня уже появилась идея! — обрадовалась Аврора. — Люди не должны объединяться по доходу! Надо по интересам — музыка, живопись, поэзия... А это не стоит никаких денег. Я могу бесплатно прочитать у вас в клубе лекцию, даже цикл лекций!

— Боюсь, это не совсем то... — усмехнулась Лариса, — думаю, им это будет скучно...

— Скучно? — удивилась Аврора. — Ну тогда вот что: пусть они выучатся работать на компьютере, и тогда уже можно устраиваться на любую работу. Я тоже скоро научусь! Модем, сканер, клавиатура... — казалось, она физически наслаждалась этими чудными словами.

Лариса вздохнула.

— Вот видите, дорогая, все замечательно устраивается! Да, и еще: у Додина новый спектакль, очень хороший! Устройте культпоход...

Лариса опять вздохнула. Ее соседки, жены банкиров, были большие театралки и раз в месяц летали в Милан, в «Ла Скала».

— Еще можно поехать во Францию на велосипедах, у меня так знакомые ездили, — не унималась Аврора.

— Откуда на велосипедах, прямо из Токсово? — спросила Лариса, прикидывая, когда же наконец Аврора захочет спать, и не предложить ли ей успокоительные капли.

— Ну почему из Токсово?.. Они ездили из Германии, но это все равно, автостопом можно добраться куда угодно.

Лариса представила банкирских жен, голосующих на дороге с велосипедами на плечах, засмеялась и тут же, словно застыдившись неуместности своего смеха, серьезно ответила:

— Понимаете, клуб не может прервать свое существование на пару месяцев, а потом вновь возникнуть — за это время он перестанет быть модным, и мне придется все начинать сначала. Так что деньги нужны срочно.

В ее голосе прозвучало такое отчаяние, что Аврора вздохнула, но не о тщете Ларисиного бедного маленького желания, а о своей молодости — ей самой уже давно ничего так страстно не хотелось. Кроме, пожалуй, нескольких вещей: посмотреть новый спектакль у Додина, раскритиковать в печати только что вышедшие воспоминания о Поэте (совершенно неверная трактовка некоторых событий), научиться работать на компьютере (модем, сканер, клавиатура!), посетить выставку одного потрясающего фотографа и съездить в Брюссель — посмотреть картину Магритта в Королевском музее (если добираться автостопом, то получится совсем недорого).

Нет, все же зря она подозревала Ларису! Да, она вынуждена будет отдать половину законной дочери своего мужа. Да, она находится в отчаянной ситуации — ей срочно нужны деньги! Да, она спрятала пузырек из-под яда! Но ведь это еще не основание подозревать ее.

Необходимо еще кое-что, а именно техническая возможность совершить преступление, а вот этого как раз и не было. Так что Лариса невиновна, ура.

Предположим, Лариса спрятала пузырек из-под яда! Допустим даже, что она отравила законную наследницу, — в конце концов, в жизни всякое может случиться. Тем более, у Ларисы есть уважительная причина — она еще и привыкнуть не успела к законной дочери своего мужа, как сразу же нужно отдать ей полмиллиона долларов!

Существование клуба, который составляет весь смысл ее жизни, под угрозой. Самая отчаянная для человека ситуация, когда ему срочно нужны деньги...

У людей такие разнообразные смыслы жизни! Раньше они казались Авроре странными, потому что были не такими, как у нее. Но постепенно Аврора привыкла.

Смыслом жизни одной ее знакомой были ее сложные и мучительные отношения с секретаршей мужа, при том, что эта самая секретарша даже не являлась его любовницей. Смыслом жизни другой ее знакомой было страстное желание, чтобы ее внучок исправил тройку по русскому на четверку. Аврора звала знакомую на вечер воспоминаний о Поэте, а она — нет, мне с внуком надо русским заниматься. Каково?!.

Так что на этом фоне ей уже ничто не казалось странным. Но вот что было для Авроры удивительным. Хотя она вовсе не была склонна считать, что в ее время люди были получше, а небо поголубее, и вообще ненавидела слова «в мое время», она не понимала одного: в ее время, как бы жена ни была холодна к мужу, она все же хоть немного переживала, если ее муж внезапно уходил из жизни.

А вот Ларису, судя по всему, значительно больше занимали вопросы смысла жизни и наследства. Неужели она совсем не любила Кирилла? Почему? Нет, это не важно для расследования, а просто любопытно.

Беседа двенадцатая

— Интересно, неужели она совсем не любила Кирилла? Но почему? — удивилась Ольга.

— Сексуальная жизнь Ларисы протекала по пути в гастроном, — загадочно ответила я, чтобы еще немного раскрепостить Ольгу в сексуальном смысле.

— Аврора не справляется, — помолчав, сказала Ольга. — Не лучше ли было взять в качестве сыщика Риту? Она моложе, хорошо ориентируется в современной жизни.

— Мне, как, впрочем, и любому человеку, исключительно обидно, когда я слышу: «Вот видишь, а я же тебе говорила, что Аврора никуда не годный сыщик!» Я ведь и сама переживаю, сомневаюсь и ни в чем не уверена. А нападки могут вызвать с моей стороны только агрессию под каким-нибудь благовидным предлогом вроде сексуального воспитания Ольги.

Сексуальная жизнь Ларисы протекала по пути в гастроном. Да-да, именно это я и хочу сказать, потому что главным делом в ее жизни было хозяйство, и Лариса всегда была в какой-то из точек этого своего хозяйства, а секс всегда был по пути, — даже если по пути ко сну.

Кирилл с Ларисой не любили друг друга. Звучит очень завлекательно, но никаких секретов вроде взаимной страстной ненависти или подсыпания друг другу крысиного яда между ними не водилось. Ну не любили, а что, разве все браки основаны на любви? И страсти? И романтике?

Если Кирилл и ненавидел что-то, то это был театр. Театр его преследовал, не отпускал. Лариса тоже была актрисой. Актриса она была неплохая, но не на первых ролях, и не на вторых, а из тех, о которых в программке пишут: в остальных ролях. Из тех, кто слышит шуршание разворачиваемых в зале конфетных фантиков гораздо чаще, чем восхищенные вздохи и аплодисменты.

Лариса была умная актриса. Количество женских ролей в репертуаре родного театра уже давно было поделено ею на количество претенденток, собственные шансы прикинуты и взвешены, а крошечная актерская зарплата на год вперед распределена до копейки.

Ей бы очень подошло играть в любительских спектаклях, потому что актерство не было у нее в крови, зато в голове было желание правильно устроить свою жизнь, не по-актерски, а по-настоящему, по людски, — например, жить в большом доме с садом и парниками и изредка играть в любительских спектаклях Лису или Зайца для гостей и мужа...

———

Кирилл с Ларисой никогда не любили друг друга, поэтому у них был очень хороший брак.

Ни Лариса, ни Кирилл не были знакомы со словами Шекспира, который утверждал, что брак — это «Постель и Хлеб». Но к устройству своего личного брака они подошли именно с таких позиций — «постель и хлеб», вернее, хлеб и постель.

История их отношений была такова. Сначала они встречались и даже немного пожили вместе. Потом немного пожили не вместе. Затем родилась Мариша, у Ларисы родилась, не у Кирилла. Они опять немного пожили вместе. А потом расстались друзьями — они даже расстаться не смогли драматично и страстно, и некоторое время Кирилл еще появлялся. Затем он пропал на годы, а затем, когда Марише было лет десять, они стали жить вместе, и это уже был брак. Казалось бы, в такой истории должны были бушевать страсти, но нет. Поэтому и начать их историю можно с того момента, когда их отношения уже становились браком.

У актрисы с писателем, а Кирилл Ракитин к тому времени был уже писателем, так вот, у актрисы с писателем не было романтического периода любви. Они встречались, как встречаются взрослые и совершенно неромантические люди, долго, неопределенно, без страсти и взаимных обязательств. Кирилл то пропадал надолго, то вдруг у них некоторое время шла почти что совместная жизнь, затем он опять и всегда внезапно отдалялся, снова появляясь у нее небрежной залетной птичкой, всем своим поведением подчеркивая, что это ничего не означает, они ни в коем случае не вместе.

Ситуация ничуть не была болезненной и этим была мила обоим. Ларисе никогда не приходило в голову пострадать: «Ах, я не единственная в его жизни!» Кирилл и не давал повода для таких страданий — он ей не принадлежал. Ее отношения с Кириллом были фоном, на котором у Ларисы случился один большой роман и два проходных. И когда (не сразу, через несколько месяцев) она обнаружила, что этот неудачливый историк на самом деле писатель Кир Крутой, в тайных глубинах ее души вовсе не родилось желание непременно его окрутить! Кирилл и не заметил ничего особенного с ее стороны, просто ему стало вдруг с ней очень комфортно.

Но романтики все-таки не было, влюбленности не было, и не было у них того сладкого времени, когда люди настолько захвачены страстью, что секс является не просто сексом, но самой любовью, и воспоминания об этом остаются навсегда или хотя бы надолго. Секс был скорее умеренно приятной составляющей привычно удобных отношений. Тем более что в постели Кирилл был застенчивым, даже скучноватым. Ни мужского натиска в нем не было, ни изощренности — обычный, в меру нежный, в меру страстный. Они занимались любовью так, словно сто лет прожили вместе.

Начало их по-настоящему общей жизни совпало с первыми хорошими гонорарами, полученными писателем Киром Крутым, — и это были вполне приличные деньги, и приличные деньги счастливо совпали с Ларисиным умением их правильно потратить.

Как-то незаметно, без пафоса и переживаний, Лариса ушла из театра. Просто вдруг перестала уходить по утрам на репетиции, а вечерами на спектакль. У нее оказался большой талант к устройству быта.

У каждого человека есть свои главные слова, и Ларисиными главными словами были «Я веду хозяйство». В родительском доме Кирилла не было никакого такого «хозяйства», чтобы его нужно было как-то специально «вести», а у Ларисы оно сразу же завелось: красивые неспешные обеды, ужины при свечах (не потому, что романтические, а просто — красиво), подобранное к цвету обоев постельное белье, ваза с фруктами в спальне (не для того, чтобы освежить утомленных любовников, а просто — красиво). Список маленьких Ларисиных побед в организации достойного, как в иностраных фильмах, быта можно было бы продолжать бесконечно.

Лариса таким тоном говорила «хозяйство», как будто в прихожей у нее гоготала стая голодных гусей, а в ванной поджидала недоенная корова. В этих словах, которые она все повторяла и повторяла («Я веду дом и знаю, когда мы будем обедать, ложиться спать, что покупать, во что одеваться и как расставить мебель...»), звучало такое осознание собственной важности, такая глубокая внутренняя убежденность, перед которой потерялся бы любой муж. Кирилл тоже терялся и потихоньку становился объектом хозяйства — его самого тоже каким-то специальным тщательным образом «вели».

Лариса ухаживала за Кириллом, как за самой ценной частью подотчетного ей хозяйства. Многие ли мужчины начинают свое утро со стакана свежевыжатого апельсиновоо сока, гренок (ах!..), крепко заваренного чая, белоснежной салфетки, поданной одежды — все отглаженное, даже носки?..

Лариса гладила носки с двух сторон. Неужели она так любила Кирилла?

И театр она бросила так споро, потому что хорошо понимала, что́ важнее в судьбе женщины: осточертевшая актерская мутотень —

скок-поскок зайчиком на елках — или дом и муж, в отглаженных носках и доверху залитый апельсиновым соком.

Кирилл не спорил. А с чем тут можно было спорить? Возражать против вкусной и здоровой пищи? Или отглаженных носков, геометрической точности стрелок на брюках?

Постепенно, сам того не замечая, Кирилл начал признавать Ларисино главенство в доме, и она уже немного на него покрикивала, по-родственному — то не туда положил, это не так поставил, погоди, я сама тебе дам, ничего-то ты без меня не можешь. Он немного виновато морщился, как неловкий дебил, существо в хозяйственном отношении недоразвитое.

Кроме того, как у предмета Ларисиного домашнего хозяйства, у Кирилла была и своя роль: детальная проверка домашних расходов и пристальное внимание к каждому чеку, сопровождаемое яростными упреками в транжирстве.

Это была игра, милая им обоим: Кирилл разыгрывал придирчивого скупца, а Лариса объясняла, доказывала, просила, и ей было невыразимо приятно, что он разделяет с ней это самое важное в жизни дело — вести дом.

Ну и, конечно, при полной бытовой зависимости Кирилла оба прекрасно понимали, кто главный. И чем более зависимым в быту выглядел Кирилл, тем больше, главнее он становился в Ларисиных глазах.

В какие только игры не играют взрослые люди...

Но человек не может жить без любви, даже если ему кажется, что его жизнь до краев заполнена свежевыжатым апельсиновым соком. И нельзя сказать, что в Ларисиных отношениях с Кириллом совсем не было любви.

Лариса любила мать своего мужа, Киру.

Она впервые пришла к Кире в дом уже в качестве невестки. О той, самой первой встрече, когда случайный весенний ветер занес Ларису в Кирин дом и мгновенно вымел оттуда, словно мусор, Кирилл не разрешил ей упоминать, а сама Кира ее не запомнила — вот еще, запоминать всякую гадость.

Мариша, тщательно наряженная, вся в кудряшках, торчала за ее спиной, как приодетый благовоспитанный пудель.

— Зовите меня Кира, — сказала Ларисе Кира Ракитина в первую же минуту, и Лариса обрадовалась, что ее приняли.

— Вы, Ларисочка, женщина из девятнадцатого века, — тоненько добавила Кира, при этом нежно улыбаясь, — у вас нижний бюст шире плеч. А это ваша дочка?.. Премиленькая... — и Мариша тоже обрадовалась, что ее приняли.

Кира Ракитина говорила знакомым: «Мы с Ларисой вступили в хозяйственные отношения».

Могла бы сказать — «в брак», но нет, «в отношения»...

Она и примирилась-то с Ларисиным существованием по одной лишь причине — в доме мальчика должна быть хозяйка, а в постели мальчика должна быть женщина... Но его любимой женщиной будет она, Кира Ракитина, и не в смысле новомодных фрейдистских штучек, старомодного греха Электры и тому подобной ерунды, а просто — она будет со своим мальчиком всегда.

Кира внедрялась в семейную жизнь сына как ребенок, который устраивается между отцом и матерью в родительской постели, — вначале скромно, по сантиметру, завоевывая пространство, а потом вольготно раскинувшись. Большого труда завоевать себе пространство между невесткой и сыном Кире не составило — она расположилась там с самого начала, спокойно и по праву.

Каждое утро начиналось со звонка маме: «Доброе утро, как спала?»

И каждый вечер Кирилл звонил маме пожелать спокойного сна. И даже странно было, что после этого он шел к Ларисе и любил ее, а не маму.

Зато между утренним и вечерним звонком Кирилл почти не звонил маме — всего лишь пару-тройку раз.

И каждую субботу Кирилл покупал цветы, и они с Кирой (то есть Кирилл с Кирой) вдвоем ходили в ресторан — как сказали бы теперь, у них был романтический ужин.

Обеим женщинам было непросто. Но Кира, интеллигентная и очаровательная, никогда не позволила бы себе явного проявления неприязни, как бывает в обыкновенных семьях, — ни за что.

Она словно бы не показывала виду, что ей пришлось спокойно отнестись к тому, что Лариса провинциалка, втируша с ребенком, а главное, смириться с самой Ларисой. Кира как будто старалась справиться с неловкостью, словно Лариса ежеминутно говорила что-нибудь вроде «ложить», а бедной Кире было неудобно ее поправить. Изображать это было непросто, но Кира была неплохой актрисой с большим опытом.

Лариса, в свою очередь, могла бы что-нибудь сыграть, но она не чувствовала себя актрисой, а ощущала подлой разлучницей, вставшей между Кириллом и его любимой женщиной.

Лариса была мышкой, а Кира кошкой. Она приманивала Ларису, интеллигентно играла с ней в игру «все всех любят», дразнила. Любимой Кириной дразнилкой была Таня.

— У простых людей так принято — расстались и забыли друг друга. Впрочем, вам лучше знать (в скобках доброжелательно добавляла она), — а я Танечку обожаю!

По любому поводу Танечка возникала среди них: неординарная, нежная, тонкая, талантливая. Не то что Лариса — не очаровательная, не нежная.

— У моего сына патологическая страсть к провинции, — как-то раз громко сказала она кому-то по телефону.

Лариса услышала и не обиделась, только удивилась. Таню, девочку из маленького городка, свекровь провинциалкой не считала. Почему же Лариса, которая родилась в Пушкине, дочь одного из влиятельных в городе людей, привыкшая гордиться и считать себя «не из простых», провинциалка? Ну почему, почему?!

Лариса постаралась изжить в себе все, что Кире не нравилось. Следила за речью, больше не говорила «пожимать плоды» (не знала, что «пожинать»), на всякий случай приобрела словарик иностранных слов, чтобы не попасть впросак с Кирой и ее гостями.

Лариса все делала, чтобы из девятнадцатого века переместиться в двадцатый, — чтобы бедра поуже, а плечи пошире. Сидела на жесткой диете, плечики подкладывала во всю одежду, от ночных рубашек до пальто. Потому что Таня была такая хрупкая...

Все эти годы свекровь и понятия не имела, где обретается ее любимая Танечка, но ее это и не интересовало. Она использовала ее как тоненькую иголку, чтобы уколоть Ларису.

Таня присутствовала в Ларисиной жизни так же явственно, как если бы жила за углом.

Но однажды она, собственной плаксивой персоной, со своими вздохами и со своей Кирочкой, неожиданно появилась — Кирилл привез их утром без предупреждения на выходные и сразу же уехал. Таня не захотела поселиться в гостевой комнате, выбрала комнату в бане, сказав:

— Я репетирую, мне нужны одиночество и тишина.

Может быть, теперь, когда Лариса убедилась, что Таня всего лишь истеричная увядшая женщина, она перестанет видеть сны, в которых бесконечно доказывает свекрови, как приемный ребенок, что она лучше этого фантома, никчемной актрисули, лучше, лучше!..

Кроме «фантома» Тани, была у Ларисы на свекровь и настоящая, реальная обида.

— Как поживает твоя дочка? — вежливо спрашивала Кира, делая чуть заметный упор на слове «твоей». Подумать только, Лариса с Кириллом не первый год вместе, а она — «Как твоя дочка?»

Кира прекрасно знала, что они с Кириллом к тому времени, как родилась Мариша, давно встречались. Могла бы спросить, а чья это дочка, но Кира не спрашивала. Лариса была ошарашена их с Кириллом виртуозным умением умалчивать, сглаживать любую ситуацию.

Лариса и не заметила, как влюбилась в Киру. Если бы она просто обижалась, претензии свои к Кире копила, все было бы просто и понятно. Но Лариса то яростно обижалась на Киру, то прощала, ревновала ее к Кириллу — в общем, вела себя как влюбленная. Все дело было в этом Кирином невыносимом обаянии — вынести его и не влюбиться было невозможно.

— Пойдем покурим? — сказав Ларисе очередную сладкую гадость, по-свойски предлагала Кира.

Лариса начинала суетиться, глядела на неё счастливым отдающимся взглядом и курила, стараясь выдыхать дым синхронно с Кирой.

Больше всего на свете Ларисе хотелось, чтобы Кира полюбила ее.

Прошло время, прежде чем она поняла, — ей, мышке, глупо надеяться на Кирину любовь. Вся кошачья любовь — в когтях подержать, поиграть...

Что же касается Кирилла, — у них был удачный брак. Муж, жена, дочка. Иногда Кирилл говорил знакомым про Маришу: вот моя дочка. Другим говорил — хорошенькая у Ларисы дочка, правда? Они с Ларисой никогда об этом не говорили, ни разу в жизни.

Сексуальная жизнь была частью совместного хозяйства. У Ларисы все было по плану. Никакого секса утром — надо спешить начинать новый день, который всегда начинался для Ларисы стоящим перед глазами списком дел. Днем, естественно, тоже, потому что днем нужно выполнять свои обязанности домохозяйки и ставить мысленные галочки в списке — что сделано и что еще предстоит сделать. Законное время секса, по ее разумению, было между ужином и сном по средам и субботам.

Будучи женщиной исключительно практичной во всех своих проявлениях, Лариса и во время выполнения супружеского долга не теряла времени даром. Не то чтобы как в анекдоте — смотрела вверх и прикидывала, не побелить ли потолок, но все же. Иногда, к примеру, она незаметно делала упражнения для носогубных складок, надувала щеки, а порой и полезное глубокое дыхание отрабатывала. В общем, какие-то дела всегда находились.

Нельзя сказать, что она была безразличной, холодной женщиной, нет, она получала удовольствие от всего, что делала, — от приготовления еды и семейного руководства, но ей казалось, что так, без страсти, не то чтобы правильно, а единственно возможно. Как у всех. Строго говоря, Лариса точно не знала, как бывает у всех, потому что никогда не делилась с приятельницами ни интимным-личным, ни интимным-секуальным. Она даже молоденькой девчонкой не шепталась с подружками о поцелуях и о том, что можно позволить, а чего ни в коем случае.

А может быть, причиной их более чем спокойных отношений была Мариша. Присутствие в доме ребенка не добавляет дополнительной лирики и страсти.

Для Кирилла сексуальная жизнь тоже была на заднем плане, и в этом они очень друг другу подходили: Ларисина страсть была отдана жизненному устройству, тогда как Кирилла — творчеству.

А вообще Лариса никогда об этом не задумывалась, потому что у них всегда все было нормально! Их интимные отношения то затухали, то разгорались опять, но всегда все у них было нор-маль-но!

Пока вдруг, полгода назад, когда они переехали в этот дом, не случился тот странный разговор, который изменил всю ее размеренную, правильно организованную жизнь.

В тот субботний вечер почти полгода назад у Ларисы по плану значилось исполнение супружеского долга.

Лариса исполняла долг и на этот раз не думала ни о чем, а просто лежала и считала до ста, стараясь не торопиться и соблюдать нужные паузы.

И познее, когда она удовлетворенно поставила галочку в своем внутреннем списке, Кирилл задал ей странный вопрос:

— Послушай... а тебе не надоело одно и то же? Мы уже восемь лет вместе...

Лариса промолчала, виновато сделав мгновенный обзор собственных сексуальных привычек, — ну да, она всегда одна и та же. Но ведь у каждой много лет прожившей пары складываются свои привычки, и это нормально.

Помедлив немного, Кирилл спросил, не бывает ли у нее каких-нибудь фантазий. Лариса удивленно принялась уверять, что ей не нужны никакие фантазии, она никогда не представляла на его месте никого другого, и ей и так с ним хорошо, безо всяких... но по его выражению лица поняла, что, если она немедленно не признается в каких-нибудь фантазиях, он рассердится. Она старательно покопалась в себе, но никаких фантазий не обнаружила, и опять пробормотала, что ей ничего другого не нужно, ей и так хорошо.

— Э-э... очень хорошо, — добавила она неловко, потому что между ними не водилось никаких кокетливых нежностей.

Кирилл рассердился, обозвал ее примитивной и сказал, что фантазии есть у всех, но ограниченные личности не могут признаться себе в своих фантазиях. И вдруг принялся рассказывать ей, сначала неуверенно подбирая слова, затем увлекшись, как он себе представляет секс с... ну, давай возьмем кого-нибудь из знакомых, Иру, например. Какая она в любви? Кричит ли она? Или, может, она... а может быть... Как ты думаешь?

Лариса не знала. Все это показалось ей какой-то неприличной детской игрой и не вызвало интереса. Кроме того, Лариса была из тех людей, которые стесняются словесного выражения своих интимных желаний.

Некоторое время после того разговора Кирилл жил в режиме медового месяца. И Лариса жила так, как будто у нее был медовый месяц, а она сама была новобрачной из романа викторианской эпохи, которой все, что с ней происходит, не доставляет радости, но лишь вызывает страх, отвращение и невинное недоумение: неужели все мужчины такие?.. Потому что почти каждую ночь Кирилл рассказывал ей все новые и новые подробности про Иру, затем про Таню — как они себя вели, затем про каких-то других женщин.

Лариса много раз жалобно спрашивала: «Это что, все правда?»

— Ты забыла, — отвечал он, — что я писатель. С Ирой мы видимся всегда только вместе, а Таню я вообще не встречал ни разу после того, как она уехала... просто мне интересно придумывать... А ты поверила? Значит, я хорошо придумал!..

Прошло какое-то время с момента того разговора — тридцать восемь дней, Лариса точно помнила, — и Кирилл спросил:

— А ты можешь представить, как бы ты чувствовала себя с другим мужчиной?

Вопрос прозвучал достаточно решительно.

Лариса удивилась — что можно на это ответить? Что у нее других дел по горло, кроме как представлять себя с другим мужчиной? Но это прозвучало бы грубо, и она предпочла просто промолчать. Но Кирилл не унимался:

— Может, хочешь попробовать? Ну, представить себя с другим мужчиной!.. Что ты будешь делать, если он... А если ты... Как ты думаешь, тогда он?.. И что будет, если вы... а например, если...

Лариса только испуганно вздохнула.

— А я бы не имел ничего против, — напряженно проговорил Кирилл, — если бы ты мне изменила, а потом рассказала...

Лариса поглядела на него взглядом, в котором смешались возмущение, растерянность, обида.

— Ты с ума сошел! — выкрикнула она.

— Но тебе же самой скучно...

Лариса принялась уверять, что ей совсем не скучно, просто она устает, а так она нисколько, и всегда... только с тобой, и так далее... Пока не поняла, что его это раздражает.

Он был Киром Крутым, и это давало ему право на странные желания. Конечно же, он был главным в их жизни, но Лариса все еще ничего не понимала.

Намеки становились более конкретными и уже звучали как предложения — ведь в этом нет ничего плохого, это обычная практика... это благоприятно скажется на нашей сексуальной жизни, и даже — так и спасают брак. Намек на спасение брака Ларису напугал.

А Кирилл все не отставал, будто на что-то решившись, и довольно злобно, словно заранее настроившись на отпор и злую обиду, сказал, что этого хотят все. Того, что он ей предлагает. Но прозвучало это не как предложение или уговор, а как требование и угроза.

И, наконец, он прямо высказался, что это для него важно, необходимо, он этого хочет и требует, и имеет право. И если она не заметила, что давно неинтересна ему, то он ей об этом говорит. И он найдет, с кем разделить свои фантазии.

Это лишь сначала казалось — ужас, кошмар, все кончено. Это только первой реакцией были возмущение и злость — нет, ни за что, никогда, уйду! И тут же мгновенно пришла мысль: куда?

Лариса никогда долго не сердилась, не обижалась— она была очень здравая женщина. К тому же, когда человека долго уговаривают и в чем-то убеждают, все понемногу меняется, и то, что вчера казалось невозможным, незаметно становится приемлемым — а что, если в этом и правда нет ничего страшного?

Она обязана идти ему навстречу... разве не долг жены доставлять удовольствие своему мужу? Да и, в конце концов, ответственность за все это несет он.

Она прочитала большую красиво изданную книгу о сексуальном поведении. О том, чего хотел от нее Кирилл, в книге было написано всего несколько слов в разделе «сексуальные фантазии». С одной стороны, мягко и неопределенно журили подобные склонности, но с другой — не называли извращениями или болезнью, а, в общем, просто намекали, что существует множество вариантов половой жизни. И каждый вправе выбирать то, что ему по вкусу.

Почему человек хочет этого, поинтересовалась у книги Лариса. Ответ был такой: это желание подтвердить свою ценность в сравнении с другими партнерами, или просто эротический допинг, или потребность воображения. То есть, проще говоря, за восемь лет Лариса ему надоела — такой вот научный ответ.

Лариса умела спрятать неприятное в дальний уголок сознания — гораздо удобнее считать, что все в порядке. А Кирилл уже начал злиться, отходить от нее. И она подумала: «Я сделаю то, что он хочет, а дальше — дальше все уже будет хорошо. Я сделаю это, и это будет гарантией того, что у нас все будет в порядке».

Не страшно, это оказалось совсем не страшно и было похоже на все, что происходило в жизни. Например, когда-то давно она думала: «Неужели у меня когда-нибудь будет ребенок?» А потом Мариша родилась, и она не успела подумать: «Ах, не может быть, неужели у меня ребенок?» — уже надо было кормить, пеленать.

Так и тут. Раз, и все, и некогда думать о том, как низко она пала.

Когда она его возненавидела? Пока мучилась, уступить ему или нет, кажется, еще не было никакой ненависти. Когда сделала то, что он просил, была паршиво, но не очень, — как у гинеколога.

Она признавалась ему в несуществующих фантазиях, в несуществующих и реальных изменах, и самое противное было не изменять, а рассказывать. Какие слова найти для описания того, что происходило.

Но одной измены оказалось недостаточно. Ему понадобилась смена партнера, описание разницы. Кирилл требовал подробных рассказов о том, что она чувствовала, описания поведения другого мужчины, и она говорила и говорила. Это было, как если бы он заставил ее пить молоко с пенкой, от которой ее тошнило. И от этой постоянной тошноты она прямо-таки физически чувствовала, как ее изнутри разъедает обида.

Однажды она случайно поставила на столик под любимую полочку зажженную свечку. Полочка загорелась, а Лариса была настолько заворожена огнем, что, замерев, все смотрела и смотрела, как на ее глазах полочка исчезала в пламени. Так и с Кириллом:

она была здравая женщина и понимала, что у нее две возможности — остаться чистой, гордой и одинокой или женой Кирилла, женой Кира Крутого... Лариса все-все понимала, но что можно было поделать — как полочка в огне, исчезала, таяла ее внутренняя суть.

Прошло время, и Лариса почти привыкла, смирилась. Кирилл выглядел довольным, благодарным, и все как-то образовалось — даже измены, придуманные и реальные, перестали разъедать душу.

А затем она его возненавидела.

Почему он не обратился к любой другой женщине? В ответе на этот вопрос и крылась причина ее ненависти к нему. Лариса вдруг поняла — ему хотелось, чтобы это делала именно она, несексуальная, не склонная к изменам, скованная, — это было гораздо интересней, чем то же самое с любой чужой женщиной... Именно в том, что она преодолевает свой ужас, свою скованность, и был весь интерес.

Но ненависть — слишком сильное для повседневной жизни чувство, и вслед за ненавистью пришел покой. Она и рассказывать ему стала лучше, так, как он требовал, и вообще отношения сложились очень удобные. Именно тогда Кирилл и дал ей деньги на ресторан, намекнув, что прежде у нее было немного возможностей изменять ему, а при новых, светских обязанностях, появившихся в Ларисиной жизни, у нее будет значительно больше поводов для... для того, что ему в данный момент необходимо. Нормальный обмен.

Вообще-то, Лариса была не сильна в анализе своих, а тем более чужих влечений, но когда дело касается себя самого — начинаешь чувствовать кожей, и Лариса поняла, что восемь лет жизни ничего для Кирилла не значат, и она для него — просто извивающийся червячок на булавке.

— А другая моя кошка — настоящая охотница, — рассказывала Рита. — Она выслеживает, караулит, подкрадется и ка-ак...особенно если колбаска...

— Деточка, мы обязательно поговорим про кошек, но попозже. Нам нужно исключить Ларису из числа подозреваемых.

Рита взглянула на Аврору с облегчением.

— Так вот, если колбаска, то...

— Деточка, про кошек потом, — с едва заметным раздражением прервала ее Аврора. — Что мы с вами имеем? Да, Лариса спрятала пузырек. Да, она находится в отчаянном положении. Да, ее мотив лежит на поверхности. Но все это не причина ее подозревать, потому что у нее не было технической возможности совершения преступления.

— Не было, у нее не было, — радостно согласилась Рита, — и вообще, она не стала бы... она очень хорошо отнеслась к Кате. Пока вы дремали, Лариса подсела к ней, и я еще подумала — какая милая, хочет поддержать девочку. Не думайте, они пили чай у всех на глазах. Лариса предложила, очень громко: выбирай любую чашку, они одинаковые. Все, абсолютно все это слышали.

— Ну что же, нет так нет, — вздохнула Аврора, — лично я только рада.

— Я тоже, — поддержала Аврору Рита. — Лариса очень сильная женщина. Вот вам кажется, что она не переживает, а я случайно увидела, как она выходила из ванной: на ней прямо лица не было, такая она была красная и потная, так ей было плохо, ужас просто. Бедная.

Аврора прикрыла глаза и, казалось задремала, пробормотав: «Я не сплю, милочка, говорите...» И Рита продолжила свое повествование.

Когда Лариса с Катей стали пить чай, она, Рита вышла из гостиной на веранду через смежную дверь, и там, на веранде, открыла окно — подышать.

— Но я очень быстро замерзла и...— Рита застенчиво потупилась, — и захотела в туалет.

Она подергала ручку двери в ванную и только повернулась, чтобы уйти, как дверь открылась, и на пороге появилась Лариса. Она была очень красная и на лбу у нее были капельки пота. На Ритин вопрос, не нужна ли помощь, Лариса обессиленно пробормотала, что, мол, все в порядке.

Не открывая глаз, Аврора произнесла:

— А когда вы зашли в ванную... простите меня, дорогая, за пренебрежение правилами приличия, но... не витал ли случайно в ванной запах... э-э... рвоты?

— Неловко говорить про такое...Да, кажется, а что? Такое бывает от нервного напряжения. Лариса держалась-держалась, а потом...

— Нам с вами надо проанализировать все факты, все самые крошечные фактики... Важные факты отложим в одну сторону, а ненужные отложим в другую. Какая-нибудь пустяковая деталь на наших глазах вдруг может вырасти до размеров... до размеров Игоря! Он ведь у нас довольно-таки корпулентный мужчина, — устало продолжила Аврора.

Рита непонимающе уставилась на нее, но переспрашивать не решилась.

— Сколько чашек было на подносе?! — внезапно громко спросила Аврора. Так обычно рассказывают детские страшилки про черную руку: начинают монотонным голосом, а затем вдруг почти кричат что-то вроде: «Отдай мое сердце!»

— Две, — взрогнув от неожиданности, мгновенно ответила Рита.

— Да, — грустно сказала Аврора, — на самом деле не так все безоблачно. Лариса громко сказала: «Выбирай любую чашку, они одинаковые», — специально очень громко, чтобы все могли ее услышать. Понимаете?

Рита кивнула:

— Конечно, понимаю. Если завариваешь чай, то спрашиваешь — кто любит покрепче, а кто послабее. А Лариса, наверное, заварила пакетики, поэтому чашки были одинаковые.

Аврора взглянула на свою конфидентку со скромным снисхождением истинного умственного превосходства. Совсем как Шерлок Холмс смотрел на доктора Ватсона, Пуаро — на Гастингса, мисс Марпл — на недалекую деревенскую кумушку, Ниро Вульф на Арчи Гудвина и т. д.

Рита опять кивнула:

— Теперь наконец понимаю. Лариса хотела, чтобы все узнали, что ни в одной чашке нет яда?

— Вам надо отдохнуть, деточка! — не выдержав подобной тупости, с досадой проговорила Аврора. — Существуют две причины, по которым она могла это сказать: первая причина — в одной из чашек был яд...

Рита прижала руки к лицу и скривилась — нет, не может быть, неужели?!

— А вторая причина? — боязливо задала она вопрос.

— Вторую я забыла, — отмахнулась Аврора и четко произнесла: — Лариса... на кухне... налила яд... в одну чашку. Но она же не знала, какую именно чашку возьмет Катя, поэтому, выпив свой чай, Лариса на всякий случай (вдруг ей достался отравленный!) пошла в ванную и вызвала у себя рвоту, чтобы удалить из организма яд.

— Теперь ясно, — прошептала Рита. — Нет-нет... Не может быть...

— А я никого и не обвиняю, — печально отозвалась Аврора. — Я всего лишь говорю, что у Ларисы были и мотив, и возможность. Но вполне вероятно, что все это ваши домыслы. Доказательств у вас нет.

Рита в ужасе смотрела на свою собеседницу. Ей послышалось, или Аврора действительно сказала «ваши домыслы» и «у вас нет»? Переспросить она побоялась.

Беседа тринадцатая

— А не кажется ли тебе странным, что Аврора всегда присутствует при всех важных разговорах? И что в этих разговорах все на что-то намекают? — спросила я.

— А как же иначе она сможет раскрыть преступление? В детективах всегда так: сыщик всегда оказывается в нужное время в нужном месте, чтобы остальные персонажи намекнули сыщику, где собака зарыта. Условность, понимаешь? Требование жанра. — Ольга задумалась и недовольно добавила: — Ты не забыла, что кто-то рылся в кабинете? И оставил там улики? Например, кто-то пошел в кабинет и упал, сломал ногу и лежал беспомощный. Вот тебе и улика — все пришли, а он там лежит.

ВЕРСИЯ ТРЕТЬЯ
Таня

Аврора потянула носом. Хм... запах свежемолотого кофе! Словно бусинка, которую нанизали на ниточку, она пошла на чудный запах, и он привел ее на веранду. На веранде было почти темно, она освещалась только светом от фонаря за окном.

На небольшом диванчике, подавшись друг к другу и подперев руками щеки, сидели двое: Таня и Рита. Они только что пили кофе. Аврора с сожалением взглянула на стоявшие на угловом столике кофейник и две маленькие чашечки — из чужой чашки пить негигиенично, а ей хотелось кофе прямо сейчас, немедленно.

Таня что-то тихо рассказывала Рите, и Аврора скромно остановилась в дверях —

подождать, пока ее позовут присоединиться. Заметив ее, Таня приглашающим жестом показала на кресло рядом с собой и, повысив голос, продолжила свой рассказ:

— Да, Кирилл был такой возвышенный, такой романтичный... целовал мне пальчики... наша любовь была нежной и одновременно терпкой...

— Репкой? — не расслышав, спросила Аврора.

— Терпкой. Терпкой была наша любовь, понимаете? — недовольно ответила Таня. — Терпкая и одновременно нежная, что тут непонятного?

— Я понимаю, — поспешила успокоить ее Аврора.

Таня поднялась и потянулась, красиво изогнувшись и почти по-балетному отставив ногу. Взяла с дивана тетрадку в зеленом переплете, на которой она, видимо, сидела, открыла на середине и принялась ходить из угла в угол, что-то бормоча себе под нос. А Аврора крепилась-крепилась и, решив, что в такую «ночь длинных ножей» можно и пренебречь правилами гигиены, налила себе кофе в ее чашечку.

— Это я роль учу, — оторвавшись от тетрадки, наконец пояснила Таня.

На веранду заглянула Кирочка — просунула в дверь аккуратную, волосок к волоску, головку, быстро окинула всех взглядом и, услышав последние слова матери, нервно дернув носиком, исчезла.

Походив с тетрадкой еще несколько минут, Таня уселась между Ритой и Авророй и сообщила, что была Кириллу самым близким человеком. И то, что они с Кириллом якобы увиделись сегодня впервые после многолетнего перерыва —это просто ерунда.

— Легенда, сказка, ложь! Для Ларисы. Хотя Лариса была Кириллу абсолютно чужим человеком. Абсолютно!

— Но ведь в ваших отношениях с Кириллом был такой большой перерыв...— осторожно напомнила Рита.

— Никакого перерыва не было. Мы с Кириллом всю жизнь любили друг друга... Кирилл всегда приходил ко мне от Ларисы с печатью страданий на лице, — высокопарно проговорила Таня. — А на Ларисе он женился из мести. Он просто объявил войну своим чувствам ко мне.

Рита сочувственно кивнула. «Да она просто создана быть чужой жилеткой!» — сердито подумала Аврора.

— За всю жизнь Кирилл столько раз написал мне «люблю», что я могла бы выложить его письмами дорогу... вот... — Таня вытащила из-за Аврориной спины свою сумочку, вынула из нее бумажный комок и принялась тщательно разглаживать на коленях какие-то записочки.

— Но это же не его почерк, не Кирилла, — вырвалось у Риты, и она тут же смутилась: — Ох, простите...

— Это мои ответы ему, — вздохнула Таня. Ну не глупышка ли? Ведь врет, все врет...

...Танин рассказ лился, как тоненькая струйка, нежно, переливчато:

— Кирилла никто не понимал, кроме меня... У него была тончайшая психическая структура... Он был такой талантливый, у него был открытый канал, которым он улавливал волны никому не ведомого мира, и в жизни он часто находился в пограничном состоянии между тем и этим миром....— на этих словах Аврора вздремнула.

— Я всегда была с ним... Любовь с Кириллом была нежная, воздушная... — вдохновенно сочиняла Таня.

— Вы были любовниками? Я имею в виду не в том, а в этом мире, — встряхнувшись, Аврора для убедительности поочередно ткнула пальцем в диван, кресло и столик.

— Да, были, в другом измерении... Только раз бывают в жизни встречи, только раз судьбою рвется нить.... И никакого секса. Ему это было не нужно, он выше этого.

«Ну не дурочка ли?..» — и Аврора опять задремала, а Таня продолжала свой рассказ:

— ...Кирилл был такой, знаете... «мальчик резвый, кудрявый, влюбленный», его очень девочки любили, становились от него как чокнутые. А он меня единственную любил, но свои чувства ко мне скрывал... Любовь у нас была бурная, но... это была моя любовь, а Кирилл был как статист, понимаете?.. Это я глотала снежинки в снегопад, это на меня падали звезды... Я нашу любовь сама создавала, как пчела производит мед. А Кирилл — он ненадежный, уклончивый, как кукла, которую надевают на руку: пошевелишь пальцами — кукла любит... А если недоглядишь, кукла раскланялась — и ее нет... У него еще кто-то был, кроме меня. Ему так было интереснее всего— сказать, что едет к одной, а поехать к другой... А на самом деле для него мама была главной. Кира была удивительная! ...И она хотела владеть своим сыном безраздельно. И мной, своей Таней, тоже... Наша любовь была для нее тайной... Однажды мы вместе пришли — так она с нами не разговаривала, ей невыносима была мысль, что у нас есть что-то свое. Знаете, как я Кирилла вижу: вот он будто катается на карусели, сидит на лошадке и грустит... Проезжает мимо кого-нибудь и натянуто так улыбается, машет рукой. А сам только и мечтает слезть с карусели и приникнуть к маме...

Вежливая Рита все кивала и кивала головой.

— Теперь справедливость восторжествует! Его дочь получит наследство от своего отца, — задумчиво произнесла Таня, — это знак судьбы. Ведь мы с Кириллом связаны навеки... теплым ветром, звездным небом...

— Да, у Кати теперь начнется совсем другая жизнь, — подтвердила Рита, явно не желая обсуждать теплый ветер и звездное небо.

— При чем тут Катя? — удивилась Таня. — Наследство получит его единственная любимая дочь, наша дочь, Кирочка. Вы знаете, ведь он не хотел, чтобы Кирочка знакомилась с Маришей. Он говорил, пусть его дочь думает, что она единственная.

При слове «наследство» Аврора оживилась. Похоже, тут не одна девочка-наследница, и даже не две...

— Но разве Кирочка по закону дочь Кирилла? — спросила она.

Таня устало прикрыла глаза.

— Ах, это драма моей жизни... Но люди, живущие чувством, имеют право на ошибку, на трагическую ошибку... Вот только не нужно клевать труп нашей любви... А кстати, вы не знаете, где делают генетическую экспертизу?.. — открыв глаза, томно произнесла Таня.

Казалось, в ней что-то в мгновение ока переменилось: опустившиеся уголки узких губ, выражение торжествующей хитрости в глазах, злые морщинки. Но уже спустя секунду Таня опять была ангелом или, по крайней мере, бывшим ангелом.

———

На этом разговор о любви и наследстве закончился, и Таня стала рассказывать о том, что ее жизнь вот-вот изменится — ей дали главную роль в спектакле, которому заранее предрекают большой успех.

— Это будет событие! Самое важное событие в моей жизни! Я всю жизнь мечтала сыграть Нину Заречную, — воскликнула она, — я же прежде всего актриса! Понимаете, я — актриса...

— Я чайка! — нечаянно вырвалось у Авроры, и она смутилась. Но Таня ничуть не обиделась, а с энтузиазмом повторила:

— Я актриса... Я чайка!.. Нет, я актриса...
Когда Таня отправилась на кухню принести еще по чашечке кофе, Аврора сказала:

— Какое у нее богатое воображение! Мне еще не приходилось встречать таких... м-м-м... легковозбудимых женщин, которые сами верят в свои небылицы!

Таня приехала из города Горького, где на дипломном спектакле театрального училища ее заметил известный питерский режиссер, Мастер. Мастер сказал «трогательная девочка», и это был ее звездный час.

Мастер взял Таню в Ленинград, на последний курс — доучиваться, и это поначалу показалось ей еще одним звездным часом.

Дома у Тани всегда была своя крыша над головой, хоть и комнатка в коммуналке с мамой, но своя, а тут свою крышу нужно было искать, снимать, платить... В общаге все было противное и чужое, в незнакомом городе тоже все было чужое, и Таня сама себе стала казаться неродной.

До встречи с Ракитиными она постоянно болела, и все какими-то неожиданными болезнями: то у нее мононуклеоз, болезнь студентов, а то вдруг дизентерия, болезнь грязных рук, хотя она всегда мыла руки после туалета (если Таня вообще ходила в туалет, будучи совершенно неземным созданием). Это чужой город напал на нее болезнями! Но только она прибилась к Кире, как болеть перестала, как будто наконец получила право здесь, в Питере, находиться.

— Таня очень способная девочка, — говорила Кира.

Таня, и правда, была способная девочка. Утонченная натура, расшатанные нервы, глаза такие, словно откуда-то она уже знала, как любят, страдают, хотя у нее еще и личного опыта не было.

Но что-то не случилось, хотя и талант был, и обязательный дамский театральный набор (утонченная натура, нервы и др.).

— Таня по своей психофизике героиня, — любила повторять Кира.

В театре у Тани все не складывалось. Почему у одной складывается, а у другой нет? Неужели все дело только в везении?..

Таня попала в хороший театр, хороший, но особенный. Там все были будто не актеры и актрисы, а одна сбитая артель, «братцы». Для героини в артели места не предусматривалось. Но Таня была героиня, и вела себя как героиня в образе, но в данных предлагаемых обстоятельствах образ «не катил».

Она разрыдалась на первой же репетиции. Обиделась, ушла, закрылась в туалете. Никто не приходил за ней, и Таня посидела-посидела и сама вернулась в зал.

— У тебя что, расстройство желудка?— спросили ее.

На следующий день опять беда — радио в гримерке мешает настроиться перед репетицией.

— Мой организм как скрипка, я должна себя настроить, — объяснила Таня и выдернула штепсель.

— Скрипка, откуда это у тебя повадки примадонны? — поинтересовались «братцы»-актрисы.

Таня разрыдалась, обиделась, ушла.

— Крыша у тебя некрепкая, — сказали ей вслед «братцы»-актрисы.

Надо же, крыша некрепкая... а Кира говорила «Чтобы три часа на сцене карочиться, надо быть здоровой, как скотина». Интересно, у скотины крепкая крыша?..

Актеры во время спектаклей прикалывались — кто неожиданную бороду наклеит, кто нос, и все смеялись, а Таня никогда.

— Я актриса, — говорила она.

— А мы так себе, бухгалтера, нам просто дали поиграть!

«Братцы» смеялись и говорили: «У этой таланта на грош, а актерства на рубль.

— Женских ролей в репертуаре в три раза меньше, чем актрис, роли можно ждать годами. Привыкай, присматривайся, думай, — говорила Кира. Таня болталась в массовке, и никакой, даже самой завалящей ролишки, ей не светило, но учиться и думать не хотелось, а хотелось играть.

Таня уже почти не появлялась в общежитии. Утром три часа шла репетиция, после которой можно было прикорнуть тут же, в театре, на диванчике. Она же никому не мешала! А потом, вечером, болтовня в курилке, грим, костюм, после спектакля режиссер оставляет на замечания. А ночевать приезжала домой, то есть к Кире.

— Наконец-то мне повезло — Беляева заболела! У меня срочный ввод на роль Агаты (пьеса была из иностранной жизни), на два спектакля всего, но все же... Кира, ты со мной поработаешь? — сказала однажды вечером Таня. Они с Кирой уже на «ты» перешли, — и вы, Б. А., ну пожалуйста...

Всю ночь репетировали. Кира ее хвалила.

Ввод на одну из главных ролей — дело для любого актера трудное, но у нее, кажется, получилось. Из театра, с репетиции, Таня пришла тихая от невыносимого счастья: режиссер ее похвалил, погладил по голове. А в перерыве он ел бутерброды и предложил ей, и это было счастье. Бутерброд был с докторской колбасой.

Режиссер позвонил вечером, беседовал с Б. А., затем с Таней. Таня после этого телефонного разговора поцеловала трубку.

На туалетной бумаге написала: «Я — исполнительница роли Агаты. Кто же исполнительница роли Агаты? Актриса Беляева? Нет! Я! Я.Я.Я»

На следующей репетиции убрали финальный монолог Агаты, а Таня больше всего рассчитывала именно на него.

— Переигрываешь, — сказал Тане режиссер, — орешь и рыдаешь для пэтэушников в последнем ряду.

Но ведь он только вчера говорил ей хорошие слова, и именно об этой сцене! И вот прямо перед спектаклем убирает ее лучший текст, да еще грубит при всей труппе.

— Я неудачница, — прошептала Таня перед спектаклем себе под нос, с тем и вышла на сцену.

После первого спектакля Таня кому-то пожаловалась на партнеров: мол, ее подставляют — специально уходят в глубину сцены, понижают голос.

Пожаловалась кому-то одному, но вскоре ее слова стали известны всем, и вот — всего два спектакля, а отношения испорчены.

С вводом на пару спектаклей Таня справилась, и после того как роль Агаты вернулась обратно к ее законной владелице Беляевой, Таню наконец отметили — дали ей постоянную роль.

Постоянной Таниной ролью был Крошка Ру.

— Не капризничай, — говорила Кира, но Таня с ней не соглашалась: ну разве это не издевательство над ней, актрисой с психофизикой героини?

Таня играла Крошку Ру, а что ей было делать?.. По сцене бродил Крошка Ру с печоринским выражением лица и пластикой уставшего надломленного существа. Сцена визуально вытягивает фигуру, и крошка Ру был явным переростком, — Таня была тоненькой, но высокой.

В дни школьных каникул Таня моталась по области, играла по три спектакля в день, и однажды пришла ночевать к Кире в костюме Крошки Ру, даже хвост не сняла.

— Не могу, — сказала Таня, — больше не могу и не хочу...

Кира, всегда такая жесткая, почему-то Таню жалела. Ну а раз уж в этом театре не получилось, то она решила переустроить Танину судьбу.

С Кириной подачи Б. А. организовал показы в другом театре. Таня репетировала с Б. А., с Кирой, с актером своего театра и ждала. Показы бесконечно переносили, а в день показа у Тани с утра была такая тошнота, что она даже перестала волноваться о роли, а боялась только, как бы тошнота не перешла в рвоту.

В каком-то случайном, похожем на подсобку помещении сидели главный режиссер и ведущие артисты и переговаривались:

— У нее тело двигается вразнобой с текстом, — будто сквозь вату услышала Таня чьи-то слова.

Но разве удивительно, что у актрисы, которую так тошнит, тело двигается вразнобой с текстом? В театр Таню не взяли.

С показа она отправилась к гинекологу.

...Таня точно знала, что беременна от Кирилла. Ее роман с одним из «братцев» в театре — это же полная ерунда, просто от отчаяния. Ребенок от Кирилла!

«Сделай все что надо», — Кирилл ни разу не произнес слово аборт.

Таня с Кириллом не ссорились, не спорили, они как будто произносили известные слова давно надоевших ролей. Оба это знали и даже не особенно старались быть убедительными.

Кирилл произнес все, что обычно говорят в таких случаях: он не знает, они еще и сами такие молодые, все так сложно, что скажет мама...

Таня тоже говорила все, что обычно положено в таких случаях: она его любит, ребенок будет похож на него, мама будет рада, а если она не захочет делать «все что надо», вот возьмет и родит, тогда что?! И вообще, она уже все Кире сказала.

— Быстро ты из кроткой провинциалки превратилась в мерзавку, — произнес Кирилл, и это были единственные живые слова — от себя, а не по роли.

— И знаешь, что она мне сказала? — словно не слушая Кирилла, продолжала Таня, — «Быстро вы из кроткой провинциалки превратились в мерзавку». На «вы» со мной, представляешь?

Б. А. удивился — куда Таня пропала? Жила-жила на диване в гостиной, и вдруг пропала.

— Она уехала в свой родной город, — сказала Кира.

— И правильно сделала. В Питере ей ловить нечего,— жестко проговорил Кирилл.

Б. А. пожал плечами. Актриса его театра год жила с их же актером, а недавно вышла замуж за другого. «Для него было полной неожиданностью, что я вышла замуж», — рассказывала она. Б. А. толком и не понял, для кого это было неожиданностью, — для актера, с которым она жила, или для ее мужа, или, может быть, для обоих? И как это у них получается?... Одно слово, актрисы...

* * *

Тани все еще не было.

— Долго ли сварить кофе? — проворчала Аврора. — Ох уж эти поэтические натуры...

— Лоток уже, наверное, мокрый, — тоскливо произнесла Рита. — Она ни за что не будет пользоваться грязным лотком — пойдет искать угол...

— Кто, Таня?

Рита укоризненно покачала головой и элегически продолжила:

— Но что такое ободранный диван и разбитая ваза по сравнению с покоем, который дают кошки...

Вместо Тани кофе на веранду принесла Кирочка.

Она поставила поднос на стол и замерла, словно раздумывала, уходить или нет, но и не присаживалась, и не уходила. Затем взяла с подноса кофейник (Лариса ни за что не допустила бы, чтобы в ее доме кофе подавали так, как делала, например, Аврора — в чем варила, в том и подавала, иногда даже просто в маленькой кастрюльке) и наклонила носиком вниз. Она стояла, не двигаясь, а черная кофейная струйка медленно лилась на ковер, не белоснежный, как в гостиной, но тоже очень симпатичный, с высоким ворсом, — жалко, ведь кофе не отстирывается.

И наконец без улыбки, переводя взгляд с Риты на Аврору, очень спокойно проговорила:

— Не смейте думать, что моя мама... все преувеличивает. Кирилл бывал у нас... у мамы. Часто. Он собирался спонсировать антрепризный спектакль. Его условием было, что маме дадут главную роль. Роль Нины Заречной. Моя мама будет играть эту роль. Все.

Кирочка еще постояла, словно давала им время понять и запомнить: над ее мамой нельзя смеяться, и вышла.

Очнувшись, Рита схватила салфетку и бросилась вытирать пятно, а Аврора как завороженная все глядела и глядела вслед Кирочке.

Она не могла сейчас вспомнить лицо Кирилла, зато теперь она увидела, что фигурка девушки действительно в точности повторяла фигуру Кирилла Ракитина. Избитое, конечно, выражение, но они и правда были похожи словно две капли воды.

— Бедная Таня, — вздохнула Рита, когда Кирочка, — прямая, как палочка, с высоко поднятой головой, ушла. — Со стороны Кирилла было так благородно помочь Тане. А теперь... Если и был проект поставить на спонсорские деньги «Чайку» с Таней в главной роли, то теперь все.

«Бедная чайка», — грустно подумала Аврора и тут же мысленно встрепенулась: похоже, что в отчаянном положении находится и Таня! Смерть Кирилла поставила под угрозу все ее надежды. Но теперь — теперь деньги на антрепризу может дать Кирочка, если получит наследство. Оказывается, у Тани тоже есть мотив. И очень сильный мотив — не будет наследства, не будет «Чайки». Не будет «Чайки» — все, ее жизнь кончена. Получается, что мотив Тани — один из самых сильных, не хуже, чем у Ларисы.

Были у Авроры и кое-какие соображения по поводу улик: Таня немного неловкая и словно покачивается в пространстве. Не левша ли она?

Аврора решила пока не делиться с Ритой своими соображениями по поводу Тани, хотя ей было что предъявить: и мотив, и улику. Но на это у нее имелись две серьезные причины. Во-первых, никто не делится с помощником всем, и это правильно: помощник, наивный и глуповатый, может не сдержаться и случайно выдать закрытую информацию. К тому же — немаловажное соображение — всегда неплохо иметь кое-что в запасе, чтобы было чем ошарашить и поддержать его восхищение.

И во-вторых, она вовремя вспомнила про чудовищ Ницше. Авроре и самой неприятно было всех подозревать, но ей в ее возрасте уже не грозило стать чудовищем, а вот Риту следовало пока по возможности поберечь. Несмотря на стародевье пристрастие к кошкам, Рита еще находится в брачном возрасте, и если бы у нее вдруг вырос хвост или рога, это не увеличило бы ее шансы.

Беседа четырнадцатая

— Почему Кирилл со всеми был разным? Разным любовником, я имею в виду. С Таней нежным, с Ирой сдержанным, а с Ларисой так разошелся?

— А ты думаешь, что человек со всеми одинаковый в постели? Вот представь себе, что на месте Пуси...

— Ой, — неожиданным басом сказала Ольга и быстро перевела разговор: — ...А с Ларисой ты загнула, так не бывает, чтобы человек сам заставлял свою жену... и получал от этого кайф...

— Да? Ты давно звонила своей маме, моей тете Веточке?

— Давно, очень давно... часа три назад. Ну, то есть я еще звонила с утра и один раз днем. Почему ты спрашиваешь? Я сегодня уже рассказала ей, как у тебя дела.

— А я лично знакома с тремя людьми, которые не разговаривают со своими родителями по десять лет каждый. В сумме тридцать лет.

— Пока, — неожиданно попрощалась Ольга. — Мне нужно позвонить маме.

ВЕРСИЯ ЧЕТВЕРТАЯ
Девочки

— Сложилась какая-то уникальная ситуация с дочерьми Кирилла, — задумчиво произнесла Аврора.

— Девочки? — понимающе спросила Рита. — Кирилл очень хорошо относился к Марише...

Аврора пыталась навести порядок в своих мыслях. Девочки, дочери Кирилла, — родная дочь и приемная, Золушка и Принцесса. И третья дочь — сегодня она впервые увидела своего отца. Единственная законная наследница.

Мариша называет Кирилла папой. Всего несколько часов назад она была Принцессой, а теперь не имеет к наследству Кирилла никакого отношения. Кто купит ей квартиру и машину, кто отправит ее на океан? Ей придется отдать корону чужой, смешно одетой Кате — закон суров, но это закон.

Кирочка — Золушка. Очевидно, родная дочь, но не признанная по закону. Положение Кирочки еще более драматично. Да, она была Золушкой, но Золушкой с тайно обеспеченным будущим. Со смертью Кирилла она лишилась всего.

— Кирочка лишилась помощи Кирилла, но зато получила реальную возможность получить миллион, — подсказала Рита. — Таня права, действительно, существует генетическая экспертиза... Я уверена, что Кирочка будет бороться за наследство! Она такая взрослая, такая сильная девочка!.. Не то что Мариша — та совсем еще дитя!

«...Всем троим около двадцати, самый обманчивый возраст, когда человек может полностью сформироваться, а может еще оставаться совершеннейшим ребенком... Какие они на самом деле, эти девочки?» — размышляла Аровра.

Какой у девочек стартовый капитал? Внешность? Ум? Упорный характер?

Чего они хотят? Карьеры? Славы? Замужества? Денег?

Получается, что девочек тоже нельзя сбрасывать со счетов.

Аврора постучалась в Маришину комнату на втором этаже.

Одетая в пушистую розовую пижаму Мариша полулежала на диване в куче разноцветных плюшевых медвежат, заек, тигрят, кошечек и неопознаваемых зверей.

— О чем вы говорили с Кирочкой? — поинтересовалась Аврора, разгребая игрушки и присаживаясь на диван.

Немного подумав, Мариша крепко запахнула пижаму на груди, нахмурилась и пробурчала: «Не скажу».

...Она и сама не знала, почему не скажет, — вообще-то никакого секрета между ней и Кирочкой не было.

Просто Мариша отчего-то боялась людей, которые явно высказывали свою к ней неприязнь. И Кирочку она боялась, оттого что Кирочка ее не любит. Но она подумала — что им делить? Им делить нечего...

Марише очень хотелось сделать как-нибудь так, чтобы Кирочка не смотрела на нее таким злобным взглядом, как будто она, Мариша, посадила пятно на ее лучшее платье. А если получится, то и подружиться с ней, — это и был ее секрет.

— Ты на историческом учишься? Неужели тебе это интересно? — спросила Мариша, заискивающе улыбаясь. Но, кажется, она сделала неловкий шаг: Кирочка смотрела так холодно, что Марише показалось, что она подошла к ней слишком близко или задала слишком интимный вопрос, к примеру,

какой помадой или какими противозача-
точными средствами она пользуется.

— На историческом, — ответила Кирочка,
глядя сквозь Маришу. — А где же еще можно
учиться? Не в театральном же.

Это был камешек, небрежно пущенный
в Маришин огород.

Мариша как раз и училась в театральном.
Но не в главном, настоящем, — в настоящий
театральный она не поступила, — а в одной
из бесчисленных недавно открывшихся сту-
дий. Мама ее отговаривала, объясняя: у каждого театрального училища толпятся тысячи, из которых поступают двадцать, а из
двадцати всего трое распределяются в хорошие театры. Спрашивается, куда деваются
остальные семнадцать?.. Но Мариша так просила, так плакала, что мама разрешила... Сказала: «Черт с тобой! Что с тобой еще делать —
не в университет же тебя отдавать! Может,
хоть замуж удачно выйдешь...»

— Театр сейчас не катит. Статус актрисы
невысок, — нежданно-негаданно обратилась
к Марише Кирочка. — Возьми, к примеру...
и она назвала популярную актрису. — Вышла
замуж и поменяла фамилию, не побоялась
популярность потерять. Главное — умно
устроить свою жизнь.

Мариша ужасно обрадовалась, что Кирочка с ней заговорила, и, стараясь попасть
в тон, спросила:

— Умно — это как?

— Умно — значит так, чтобы ни от кого не зависеть. Ни от родителей, ни от мужа, быть самой себе хозяйкой.

— А зачем? — удивилась Мариша. — Я не хочу быть сама по себе.

Кирочка презрительно на нее взглянула и замолчала.

Вот такой разговор был у Мариши с Кирочкой, ни капельки не секретный, но почему-то Марише не захотелось признаваться, что дружба с Кирочкой не получилась.

...Бедная глупенькая Мариша! Знала бы она, как Кирочка ее ненавидит, может быть даже кулаки за спиной сжимает, как в детстве! Разве могла она с Маришей подружиться или хотя бы не смотреть на нее так презрительно, когда у нее за плечами такой огромный стаж ненависти, будто она тяжелый мешок волокла.

Кирочка ненавидела Маришу с детства. Правда, она тогда не знала, что предмет ее ненависти именно Мариша, она просто думала о том, что где-то же живет ее отец, и представляла себе, что у него есть дочка, не сын, а именно дочка.

Ее отец, а живет с другой дочкой. Виновной в том, что Кирочкин отец живет где-то с другой дочкой, была мать. Кирочка от нее уходила, пряталась, пересиживала приступ злости и затем выходила с бесстрастным лицом.

А Маришу Кирочка пару месяцев назад выследила, знала, где она учится, и иногда ходила на нее смотреть. Смотрела и очень старалась ее возненавидеть. Испытывать ненависть к конкретной, всегда полуодетой блондинке в дурацких розовых нарядах оказалось труднее, чем к вымышленной «дочке», но Кирочка старалась и ненавидела изо всех сил. За то, что у Мариши было все, что должно было быть у нее самой, — семья: нормальная заботливая мать, не помешанная на нелепых бреднях о несбывшейся театральной карьере, любящий отец. Отец... Отец любящий, хищный, млекопитающий — что это за зверь такой?..

...Мариша придвинулась к Авроре, обдав ее странной смесью запахов — детства и хороших духов.

— Тетя Авро-ора! Вы обещали поговорить со мной про мою личную жизнь! Ну те-етя Авро-ора...

Обреченно вздохнув, Аврора приготовилась слушать, потому что всегда старалась по возможности выполнять свои обещания.

— У меня две личные жизни,— издалека и с явным удовольствием начала Мариша.

Первая Маришина личная жизнь началась на улице. Мама говорила, что на улице знакомиться нельзя, но где же еще знакомиться? В студии учатся одни девочки...

Он ехал на машине. Машина дорогая — «мерседес», знаете, глазастый? Остановился, вышел из машины, предложил Марише покататься. Но Мариша не такая дурочка, чтобы садиться в машину к незнакомому человеку, и они пошли в ресторан. Ресторан был рядом, Марише повезло.

Алик взрослый, ему тридцать шесть лет. Бизнесмен, обеспеченный человек. В ресторане они с Аликом очень подружились. Сразу же после ресторана они поехали в магазин и купили Марише сапоги, очень дорогие. И уже через неделю Алик сказал, что хочет на Марише жениться.

— Да? — Аврора с сомнением посмотрела на долговязую Маришу в розовой пижаме. Ей все это казалось бредом. Что взрослый Алик из «мерседеса» мог найти в этом младенце? А может быть, Мариша просто все это придумала?

— Ну и в чем же проблема? Вы его любите?

Оказывается, взрослый Алик тоже интересуется, любит ли его Мариша. Все время спрашивает: «Ты меня любишь? Тебе со мной хорошо?» А что Мариша может сказать: «Нет, не люблю, нет, нехорошо?» Она и отвечает: «Да люблю, да, мне с тобой хорошо».

— А на самом деле?

Мариша вскочила и куда-то унеслась, а спустя минуту, запыхавшаяся, появилась с сумочкой в руках. Быстро достала оттуда фотографию, сунула Авроре в руки. О боже, Красавица и Чудовище! На снимке рядом с тоненькой длинноногой Маришей стоял коренастый лысый мужик ниже ее на голову. Он обнимал Маришу за плечи, как-то очень агрессивно обнимал, с выражением глуповатого свирепого пса.

Один раз Мариша честно сказала Алику, что она не знает, любит ли его. И был ужасный скандал. Прихватив Маришу за волосы и потряхивая, Алик кричал, что Мариша не созрела для серьезных отношений, что у нее на уме только мужчины, что она одевается, как проститутка и что она и есть проститутка.

— На самом деле он грубее говорил, вы понимаете как?

Алик водит ее в рестораны и требует, чтобы она ни на кого не смотрела. А Марише прикольно смотреть по сторонам, она не такой человек, чтобы сидеть и смотреть в пол.

Еще Алик не разрешает Марише общаться с подругами, а у нее и так всего две подружки! Он послал всем ее знакомым SMSки, чтобы они больше никогда не звонили по Маришиному номеру. А затем стер из ее мобильного все номера телефонов...

Аврора всегда считала, что она напрочь лишена материнского инстинкта, но Мариша все лепетала и лепетала, как обиженный ребенок, и ей внезапно захотелось взять Маришу на ручки и немного побаюкать. Или воткнуть в Маришин накрашенный ротик соску.

— Алик хочет, чтобы я его все время слушалась. Но это не моя тема. Я не такой человек, чтобы все время кого-то слушаться.

А теперь вообще — ужас! Надо решать. Мариша в буквальном смысле схватилась за голову, просто обхватила голову руками и немножко повыла тоненько: «У-у-у!..»

Алик требует, чтобы Мариша к нему переехала, или он больше не будет с ней общаться. Поставил ей условия. Мариша вытащила из сумочки бумажку и зачитала:

1. Встречаться с родителями по его специальному разрешению. Разрешение выдается на определенное время.

2. О встрече с подругами предупреждать за сутки.

3. Пирсинг убрать.

4. Розовое не носить, всю розовую одежду выбросить.

5. Из-под джинсов не должны быть видны трусы.

6. После занятий сразу идти домой (то есть к нему, Алику).

307

7. Вечера проводить дома, готовить ужин, убирать.

8. В субботу — развлечения (рестораны, прогулки). Воскресенья проводить дома.

9. Не позже чем через год родить ребенка.

Аврора не стала спрашивать, что такое пирсинг, — ей было неприятно признаваться, что она не знает чего-то модного. Да это и не имело значения — независимо от пирсинга первая Маришина личная жизнь была ужасна.

— Мама этот список видела? — возмущенно воскликнула Аврора. — Ведь этот человек просто сумасшедший!

Мариша покачала головой.

— Это будет еще хуже! Мама скажет, чтобы я его бросила. И что мне тогда делать? Сидеть одной дома? Я одна не могу. Тем более, он прав — я никому не нужна. Кроме него, я никому не нужна...

Оказывается, сумасшедшему Алику удалось убедить Маришу, что она настолько глупа, безответственна и никчемна, что ее никто никогда не полюбит, никто и никогда.

Аврора потрясла головой — на секунду ей показалось, что она тонет в Маришином лепете.

Но ведь девочка, кажется, утверждала, что у нее две личные жизни? Может быть, вторая личная жизнь более счастливая?

— Погодите, ну а ваша вторая личная жизнь?

Мариша горестно вздохнула, вытянула из кучи игрушечных зверей розового тигренка и, прижав его к себе, принялась рассказывать.

Второй Маришиной личной жизнью был мальчик Ваня. Ваню она тоже встретила на улице. Но мама говорила, что на улице знакомиться нельзя, поэтому Мариша зашла в фойе кинотеатра и познакомилась с Ваней в кинотеатре. Но дальше фойе дело не пошло, в кино Ваня ее не пригласил. Как Мариша потом догадалась, у него не было денег на билеты. Тогда Мариша пригласила его к себе. Это было, когда они еще жили в городской квартире. И только они зажгли свечи и стали...

— Что? — рассеянно спросила Аврора, — танцевать?

— Ну, тетя Авро-ора! Что вы как маленькая!

— А-а, ну да, конечно, понимаю!

Если честно, Аврора не понимала! Опасалась показаться несовременной, но втайне решительно не понимала, как можно познакомиться, пусть даже не на улице, а в фойе кинотеатра, и тут же...

Ох! В дни ее юности было модно хотя бы делать вид, что они не какие-то развеселые собачки, а наоборот, постоянно находятся в запутанных любовных отношениях. Она была убеждена, что так, с чувствами, гораздо интересней, но это дело вкуса, и она ни в коем случае не осуждает Маришу и этого... Ваню.

Так вот, как только Мариша с Ваней зажгли свечи и стали... раздался звонок в дверь. Алик. Он выследил Маришу. Алик звонил и стучал целый час, выкрикивая при этом всякие обидные для Мариши слова, а бедные Мариша с Ваней сидели притаившись, как мышки в норке, и так испугались, что после того случая встречались только на улицах.

Ваня очень красивый и веселый. Марише с ним прикольно, они все время смеются. Правда, ходить по улицам надоедает, а пойти они никуда не могут, у Вани нет денег даже чтобы сходить на дискотеку..

Ваня то появляется, то исчезает, Мариша неделями ждет его звонков, а Алик есть всегда! Он звонит пожелать доброго утра и спокойной ночи, дарит подарки...

— А я не могу ждать звонков, не могу-не могу-не могу! Мне сразу кажется, что Алик прав — со мной все кончено, я неудачница, никому не нужна и никто меня не полюбит никогда. Никогда, представляете? Я навсегда останусь одна! — Мариша сделала большие глаза. — Вы представляете, как это ужасно, когда ты никому не нужна?! Когда в субботу некуда пойти?!

А ведь Ваня думает, что Мариша вся в шоколаде. Он сказал, что будет жить с ней вместе, когда у Мариши появится своя квартира.

Что Марише делать? Любить бедного или за богатого замуж выходить?

Мариша требовала от Авроры немедленного решения своей судьбы.

Аврора вздохнула тяжело и многозначительно, как и полагается вздыхать человеку, от которого ожидают немедленного решения судьбы. Она вдруг почувствовала себя пожилым замшелым енотом, который, поджав подбитую лапу, слушает юное птичье щебетание, — таким абсурдом казалось ей все, что рассказывала Мариша. Это чувство оказалось таким неприятным...

Но ничего не поделаешь, нужно решать Маришину судьбу.

— Понимаете, мне кажется, что вести размеренную семейную жизнь и, тем более, иметь ребенка — это пока не для вас, — осторожно начала Аврора. Мариша смотрела на нее во все глаза.

— Что же касается Вани, зачем вам непременно его любить? Сейчас вам нужно постараться жить так, чтобы... чтобы было прикольно. И помните — вы ужасно умная и хорошенькая, вас обязательно будет любить куча народу!.. Сначала Ваня, потом еще кто-нибудь, столь же прикольный. А деньги —

это не главная тема. Совсем не обязательно покупать сапоги каждый сезон.

Аврора вытянула ногу в толстом цветастом носке:

— Смотрите, какие у меня модные туфли! Ах да, я же переобулась!.. Я потом вам покажу... А знаете, почему у меня всегда модная обувь? Потому что я все храню. Ведь мода всегда возвращается, это закон. Так что если хотите быть модной, совсем не обязательно переезжать к буйному сумасшедшему. Просто никогда ничего не выбрасывайте. И будете... вся в шоколаде.

— Поняла, — послушно кивнула Мариша, глядя на Аврору влюбленными глазами. И вдруг принялась рыться в своих медвежатах, котах, тигрятах. — Где мой телефон?!

Жестом фокусника Аврора вытащила из кармана кофты маленькую изящную трубку.

— Вот ваш телефон. А теперь скажите мне, что вы делали в кабинете?

На неожиданный вопрос Мариша отреагировала тотчас же: просто заплакала. Она плакала и мотала головой: «Не скажу, не скажу!»

— Лучше признайтесь, — меланхолически посоветовала ей Аврора.

— Я не была в кабинете, не была! — захныкала Мариша.

— У глупости есть свои преимущества: некоторое время можно отрицать очевидное, но не нужно злоупотреблять, — строго проговорила Аврора. — Скорей признавайтесь, деточка, а то мне некогда.

— Я не была... честное слово... — и Мариша с головой нырнула в кучу тигрят, медведей и котов.

«Почему этот ребенок такой закомплексованный? — подумала Аврора. — И почему Алику так легко удалось внушить ей, что ее никто не полюбит? Ведь ей всего восемнадцать лет, и она такая хорошенькая, откуда такая жуткая неуверенность в себе?»

...Конечно, и у Мариши есть мотив, и очень сильный мотив. Испугалась, что теперь ей придется жить по-другому, и плеснула новоявленной наследнице ядовитой травки — просто-напросто зашлась в истерике и решила, что именно Катя лишает ее всего.

Авроре было ужасно, просто ужасно жалко Маришу, настолько, что ей захотелось забыть про этот маленький изящный телефончик, найденный ею в кабинете Кирилла... И зачем этому ребенку так срочно нужна любовь? Лучше бы пошла с подружками на дискотеку...

— Хорош ребенок, трахается одновременно с двумя, фу!..— сказала Ольга. (На ее лексиконе явно сказались результаты проведенных мероприятий по сексуальному воспитанию.)

— Это потому, что она еще маленькая.

— Да, ты так считаешь?.. Конечно, стоит только заплакать и сказать «меня никто не любит» — и пожалуйста, готово дело, такого человека можно исключить из числа подозреваемых, — недовольно проворчала Ольга. — Сентиментальная Аврора ее жалеет и отказывается разрабатывать версию. Не хочет, несмотря на то, что Мариша лазала в кабинет. Подсуживает Марише. Много на себя берет, не находишь?

ВЕРСИЯ ТРЕТЬЯ

Нелюбимая девочка Мариша

Это лишь кажется, что младенец лежит себе в кроватке и не понимает, что происходит вокруг. То есть что вокруг него происходит, он, может быть, и не понимает — политическую обстановку в стране, например, или обсуждение меню на ужин, — но то, что касается его, младенец понимает очень хорошо, всеми своими младенческими фибрами души улавливает.

Так и Мариша — лежала в кроватке и знала, что она, младенец Мариша, — мамина дочка.

Кирилл в ребенке участия не принимал. Не то чтобы делал это демонстративно — рядом с младенцем Маришей никогда не звучало никаких глупых слов вроде «это не мой ребенок» или «я не обязан». Он не принимал участия в Марише самым естественным образом.

Мариша знала, что, если она заплачет, подойдет мама. Если Мариша останется в комнате одна с Кириллом, то он к ней, конечно, подойдет, но все-таки лучше не плакать: неприлично привлекать к себе внимание постороннего человека. Что-то в нем было не так. Это не была обычная мужская лень и обычная мужская нетрепетность к ребенку, и младенец Мариша очень хорошо понимала, что Кирилл не имеет к ней отношения.

Потом все это забылось, вернее, Мариша и не догадывалась, что она помнит. К тому же, Кирилл то жил с ними, то не жил, затем исчез надолго и появился снова уже в качестве члена семьи, когда Марише было десять лет.

Кирилл сочинил для Мариши затейливую историю, волнующую, как чудесная волшебная сказка. Оказывается, Мариша — его дочь, и всегда была его дочерью, но раньше они не могли быть вместе из-за очень сложных обстоятельств. В этих обстоятельствах фигурировали злая ведьма, добрый эльф, сама Мариша и множество других персонажей, а также различные мелкие детали вроде потерянного ключика, вышитых золотом пеленок и спрятанных в саду тайников.

В общем, Кирилл постарался ради Мариши. Ему хотелось, чтобы девочка думала, что живет с родным отцом. И, кстати, не только для Маришиного блага — так всем будет проще. Не будет почвы для обид, ревности, недовольства. Все всем родные, и точка! Лариса была с ним согласна: Марише, бесспорно, лучше считать, что она живет не с чужим человеком, а с папой.

Конечно, Мариша поверила в ведьму, эльфа и себя в качестве персонажа в вышитых золотом пеленках. А кто бы на ее месте не поверил? Во-первых, так красиво! Во-вторых, ей хотелось иметь папу, говорить «папа».

Само собой, возникли некоторые неувязки — в школе, с соседями. Они по-прежнему считали, что у Мариши нет отца. Хорошо, говорили они, что Маришина мама вышла замуж и у девочки появился отчим. Хотя, конечно, отчим все же не родной отец...

— Тебя твой отчим не обижает?

— Нет, не обижает, — отвечала Мариша, сгорая от желания открыть правду про ведьму, эльфа и так далее.

«Для работ по русскому языку ученицы 5-го „А" класса Марины Ракитиной» — надписывала она тетрадки карандашом, а потом стирала и ручкой писала правильно: «Марины Королевой».

Ни Кирилл, ни Лариса ни в коем случае не хотели девочке ничего плохого. Они очень удивились бы, узнав, что она страдает, но кто им мог об этом сказать? Во всяком случае, не Мариша. И разве взрослые хоть что-то знают о своих детях? Никогда, словно они живут в разных мирах.

Мариша готовилась к разговору несколько дней, набралась храбрости и спросила папу, нельзя ли ей взять его фамилию — Ракитина.

Кирилл замялся.

— Папа, а почему у меня мамина фамилия? — не отставала Мариша. Точно так же, как в свое время Кирилл Ракитин спросил у своего отца.

— А у нас в семье так принято, — ответил Кирилл, и сказал, между прочим, чистую правду. — У меня тоже мамина фамилия. Мы по женской линии размножаемся.

Обычно Мариша вела беседу небрежно и ненастойчиво, словно бабочка, перелета-

ющая с цветка на цветок, но тут заупрямилась. Этот разговор был так мучительно тру-
ден, что она преисполнилась решимости выяснить все разом и окончательно.

Спросила, а как же люди — соседи, учите-
ля, подружки — они-то думают, что Мариша
и Кирилл неродные! Разве хорошо вводить
всех в заблуждение?

Кирилл ответил: «Это будет наш секрет.
Семейный секрет. Знать о нем будем только
мы с тобой и мама».

— Ты — папина любимая девочка, — растерянно добавил Кирилл.

Он уже сомневался, правильно ли поступил. Вот уж воистину — не делай добра, не
увидишь зла. Хотел как лучше, а получилось
известно как...

Любимая она была девочка или нет, неизвестно, но Кирилл действительно очень хорошо относился к Марише. И Мариша успокоилась — она папина любимая девочка,
а фамилия у нее мамина. Мариша Королева — тоже красиво.

Осталась только одна заноза. Небольшая
такая заноза, к которой Мариша скоро привыкла.

Кирилл уже был писателем Киром Крутым, не таким знаменитым, как сейчас, но
достаточно известным. Марише было строго-настрого запрещено хвастаться соседям

или девочкам в школе, что Кир Крутой — ее папа. Так строго, что ей даже не могло прийти в голову нарушить запрет. Кирилл сказал, что если она кому-нибудь проговорится, то случится что-то ужасное. Что именно, Мариша не запомнила, постаралась забыть. Если бы она действительно была родная дочка, ей бы не запретили рассказывать, что Кир Крутой — ее отец. А ей запретили. Потому что она неродная. Не положено ей, неродной дочке, хвастаться отцом — известным писателем.

Вот так и росла Мариша, дочь — не дочь.

А вообще у них в семье было очень хорошо. Мариша папу побаивалась — он был очень придирчив к чистоте, к порядку, к идеальной аккуратности. А Мариша, как назло, была жуткая, патологическая неряха, и ничего с этим поделать было нельзя. Платья сами пачкались, чай сам проливался на новую кофточку, пятна грязи бросались на Маришины джинсы, как злые собаки. А руки, какие у Мариши были руки!..

Папа заставлял Маришу мыть руки перед едой. По два раза, иногда по три. Даже когда она уже была взрослая.

Но Марише повезло — у нее всегда было то, чего у других еще не было. Марише всегда покупали *все* — тут Лариса была непоколебима. Невероятные свитерки, туфельки неземной красоты, дубленка, кожаная курточка, золотые сережки — не пошлые, из соседнего ювелирного магазина, а настоящие, от Картье, на день рождения подарили, привезли из Франции.

А во Францию они ее с собой не взяли. «Откупаются от меня», — думала Мариша. Лет до тринадцати она считала, что родители ее не любят, потому что у нее зубы кривые, — стесняются.

Они всегда уезжали без нее. Марише не нужно было во Францию, в Италию, в Австрию. Пусть бы хоть в Комарово ее взяли! Ведь другим родителям хочется побыть со своими детьми!

Маришу в меру ласкали, в меру баловали, но ощущения любимого балованного ребенка у нее не возникало.

Не только во Францию, ее и в гости с собой не брали, как будто бы она их там, в гостях, опозорила, — описалась бы, например, у всех на виду. И дома Маришу не очень-то поощряли сидеть с гостями. Мама словно старалась спрятать ее в дальнюю комнату, чтобы она не была на виду. «Когда я вырасту, я их тоже к себе не пущу!» — мечтала Мариша.

На дачу в Комарово Маришу не отправляли. И к бабушке не водили. Почему?

Кира ей не бабушка, вот почему. Сама Кира ни секунды не считала девочку своей внучкой.

Ну и хорошо, что не брали. Один раз они ее взяли с собой, так лучше бы не брали! Мариша так боялась сделать что-нибудь не так, что весь вечер просидела недоразвитым кроликом под строгим Кириным взглядом. Еле в туалет решилась выйти. Вышла и услышала Кирин голос — она на кухне беседовала с папой:

— Твоя падчерица — дебилка.

Кира не потрудилась даже понизить голос.

«Это я падчерица, это я дебилка? — удивилась Мариша. — Почему?..»

К маме Мариша никогда сама не ласкалась, а к папе иногда подходила, терлась о плечо носом. Не часто. Если честно, папу она немного стеснялась и побаивалась. Не потому, что он ее ругал или, тем более, бил. Папа ударил ее всего один раз, дневником, как водится. Ударив, сам испугался и немедленно пошутил:

— Кто из нас не был бит дневником! Дневник — это вообще такое специальное орудие для битья.

Мариша очень хотела, чтобы папа ее любил. Боялась что-нибудь сделать не так, и все равно делала. Неряшество, конечно, не в счет, тут уж она ничего не могла изменить.

———

Сейчас, в свои восемнадцать лет, Мариша, конечно же, знала, что ведьм и эльфов не существует на свете и что они с папой неродные. Нет, Кирилл с Ларисой не сажали Маришу напротив себя и не говорили с серьезными лицами: «Мы должны тебе что-то важное сообщить...» Это получилось как-то само собой.

Да и Маришу давным-давно не занимали эти детские глупости — дочь — не дочь.

Ее занимало совсем другое — скоро, вот-вот, найдется человек, который полюбит ее. Полюбит невыносимой любовью на всю жизнь. Алик? Ваня? Кто, кто?..

Кирочка

Авроре пришлось признаться, что обычная схема не сработала — ей не удалось справиться с Кирочкой. Разговорить, войти к ней в доверие, расположить к себе, расколоть — ничего этого не удалось.

Кирочка и вообще-то не блистала красками юности, а сейчас, холодно глядя на Аврору запавшими от бессонной ночи глазами, выглядела еще более невзрачной, чем всегда.

Ее узкое личико с прозрачными глазами и тонкими губами было непроницаемым. Штирлиц, и тот что-то выражал лицом, хотя бы заинтересованность в собеседнике, а вот Кирочка ничего... Казалось, она не желала показать, что устала, и смотрела на Аврору, словно занавесившись от нее табличкой «Не тронь меня, надоедливая тетка».

«Это не человек, а просто какой-то черный ящик», — с досадой подумала Аврора. Она чувствовала себя беспомощной, будто стараясь разглядеть время, без очков близоруко вглядываясь в часовой циферблат. Девушка не желала с ней откровенничать. Да что там откровенничать — она просто не желала разговаривать! Вежливо демонстрировала, что не собирается терять время на не интересную ей беседу и на не симпатичную ей Аврору.

Аврора не выносила, когда ее не любили. Она искренне, без всякого ложного смущения, хотела всем нравиться. Возможно, в этом и был секрет ее убежденности в том, что мир прекрасен: если общаться лишь с теми, кому ты нравишься, то начинает казаться, что тебя любит весь мир, а это чрезвычайно приятно. Сталкиваясь с открытой неприязнью, Аврора спешила убедить себя, что это чистая случайность, и молниеносно отступала, чтобы настроение не успело испортиться, а самооценка понизиться.

— Э-э... деточка, мне, кажется, пора подкрепиться, — соврала она, и на всякий случай добавила: — А может, пойдем вместе, что-нибудь приготовим? Или лучше ты приготовишь...

Кирочка отрицательно покачала головой, а Аврора, почувствовав, что ей и впрямь пора подкрепиться, направилась на кухню.

Это замечательно, просто прекрасно, что с Кирочкой у нее ничего не вышло, — бодрилась Аврора. Когда все легко получается, сама и не заметишь, как превратишься в индюка, надутого самонадеянного индюка. А зачем ей быть индюком? У нее совсем другие планы...

Да, она растерялась, но растерялась ненадолго и теперь собирается проявить чудеса сообразительности. Но сначала нужно подкрепиться.

На кухне Аврора застала Игоря. Он сидел за столом, по-старушечьи подперев голову руками. Перед ним стояла тарелка с курагой и орехами.

— Угощаетесь? — светски поинтересовалась Аврора. — А давайте-ка мы с вами доедим салат... или лучше по кусочку мяса! Наесться на ночь — что может быть приятней! Вы знаете, как Похлебкин называл еду перед сном? «Паужин»... Неужели вам не обидно, что ваш паужин будет курагой, а мой — кусочком мяса?..

— Мясо есть вредно, особенно на ночь, — пробормотал Игорь, неприязненно рассматривая тарелку с курагой и орехами.

— А знаете что? Давайте сделаем яичницу, — голосом Мефистофеля, уговаривающего продать душу по сходной цене, сказала Аврора, — с колбасой!

Аврора любила мясо. И докторскую колбасу, и ветчину, и окорок, а уж копченая колбаса — что может быть лучше, особенно если без хлеба, — очень вкусные и, как подтверждала жизнь, полезные продукты. Она была знакома с одной дамой, которая, будучи сама приверженницей здорового образа жизни, сделала вегетарианкой даже свою собаку. И дама, и собака все делали по правилам, и все равно постоянно болели. А Аврора нет.

— Я обычно питаюсь чем бог пошлет. Например мясом. Или колбасой. Иногда заливаю яйцом, иногда с картошкой. С макаронами тоже вкусно...— Аврора разбила три яйца на сковордку и, плавно обернувшись к Игорю, без пауз произнесла:

— Игорь, вы любите яичницу? Хотите кусочек? Игорь, вы купили жене и любовнице одинаковые брошки?

— Да, люблю... Да, хочу, — отозвался Игорь и так же спокойно ответил и на третий вопрос: — да, купил...

И не успел он толком сообразить, что сказал, как Аврора — уже совершенно другим тоном, быстрым и резким, произнесла:

— У вас роман с Кирочкой, — стараясь не показать, что вся дрожит внутренней дрожью, мелко и противно.

— У кого, у меня?.. — обескураженно отозвался Игорь, — с кем, с Кирочкой?

— Вы еще спросите «Что, роман?» — передразнила его Аврора.

Она не обдумывала заранее этот тактический ход — усыпить внимание и затем внезапно напасть: этот маневр пришел ей в голову в тот момент, когда она разбивала на сковородку третье яйцо.

Аврора была почти уверена, что не ошиблась. Она уже не раз прикидывала в уме: та женщина на лестнице — это не Лариса, не Рита. И не Таня — та бы не удержалась и хоть словечком намекнула. Теперь уже совершенно очевидно, что и не Мариша. Вероятность, что Мариша скрыла от нее свою третью личную жизнь, конечно, есть, но очень мала. Разумеется, от голубоглазой блондинки можно было ожидать всего, но все же Мариша не была похожа на закоренелую врунишку.

— У вас роман с Кирочкой. Она сама мне призналась. — С Аврориной стороны это был блеф, чистый блеф, но сейчас все средства были хороши.

Игорь схватил с тарелки горсть кураги и непроизвольно сжал в кулаке.

— Только не говорите Ире, — попросил он, посмотрев на Аврору серьезным доверчивым взглядом.

Почему мужчины в определенных ситуациях ведут себя, как нашкодившие дети, и почему они совершенно уверены в снисходительном отношении окружающих?.. Ох уж эти мужчины! Чего от них ждать? Уж, во всяком случае, не умения отвечать за свои делишки! Аврора постаралась не поддаваться жалости.

Она смерила Игоря оскорбленным взглядом и холодно произнесла:

— Игорь, страх разоблачения окончательно лишил вас разума. Я же интеллигентный человек, и поэтому никогда — понимаете, никогда! — никому не расскажу о вашей любовной истории! В том случае, конечно, если вы мне кое в чем признаетесь.

— Если-вы-мне-кое-в чем-признаетесь, — терпеливо внушала она Игорю, мысленно корчась от стыда, — это же был шантаж, чистый шантаж.

Игорь смотрел на нее так, словно видел перед собой не очаровательную, почти молодую женщину, а Медузу Горгону. Авроре это было неприятно, но ничего не поделаешь — интересы расследования и все прочее...

— Кирочка была в кабинете. Что она там искала? У меня есть улика, то есть доказательство, — немного запуталась Аврора, — в общем, у меня есть одна вещь, которая имеет к вам прямое отношение, — брошечка. Вот.

Игорь потянулся за маленькой серебряной брошечкой, лежащей у Авроры на ладони.

— Только из моих рук! — вскрикнула она. Аврора была уверена, что, как человек не чуждый искусства, Игорь не опустится до того, чтобы отнять у нее брошку, но на всякий случай спрятала улику обратно в карман.

«Если человек не может справиться с собственной женой и бутылкой джина, то вряд ли он справится с современными методами ведения допроса, — с сожалением подумала Аврора, глядя на Игоря. — Игорь поплыл, кажется, именно так говорят в кино?..»

— Продолжим? — предложила Аврора, принимаясь за еду. — Вы не передадите мне соль? Спасибо. Вы так грустно смотрите на мою яичницу. Может быть, все же поделиться с вами? Нет? Ну, как знаете...

Воспитание не позволяло Авроре вести беседу с полным ртом, и, сделав небольшую паузу, чтобы утолить первый голод, она отложила вилку.

— Итак, вы подарили Ире и Кирочке одинаковые украшения. Брошечку Ире и брошечку Кирочке. Всем, так сказать, сестрам по брошкам... Ирина брошка находится там, где ей и полагается быть, — ею заколот Ирин шарф. А вот Кирочка потеряла свою в кабинете. Как же глупы и предсказуемы мужчины! Что вам стоило купить Ире браслет, а Кирочке, например, кулончик? И все бы было шито-крыто. — Аврора сморщилась от отвращения к самой себе. Волнуясь, она воспользовалась не свойственным ей оборотом речи. Ужасная пошлость это «шито-крыто»!

Казалось, Игорь на что-то решился — машинально взяв вилку, он съел самый поджаристый кусочек яичницы с Аврориной тарелки, немного помолчал и неожиданно заговорил. Рассказывал он довольно бессвязно, постоянно сбиваясь на повторы и ненужные детали, но Аврора терпеливо слушала, слегка улыбаясь про себя при мысли, что у этого взрослого солидного мужчины, как у Мариши, были «две личные жизни».

Она позволила Игорю доесть яичницу, провожая тоскливым взглядом каждый исчезающий кусочек, но не перебивала, и постепенно, частью из слов Игоря, а частью из его многозначительных недомолвок и бесконечных «понимаете...» ей удалось нарисовать себе картину тайной личной жизни, и не только Игоря, но и самого Кирилла. Похоже, в этом доме у всех, кроме нее, имелось по нескольку личных жизней, и только она одна вела скучно легитимную личную жизнь с Б. А., который еще к тому же и спал...

———

Итак, личная жизнь Кирилла была его тайной — при всей их близости Игорь даже не знал, была ли у него личная жизнь. Оказалось, была: Таня с Кирочкой.

Игорь впервые увидел Кирочку в кафе вместе с Кириллом. Кирилл тоже заметил его и кивнул, не выразив желания познакомить его со своей спутницей. Поэтому Игорь к ним и не подошел, решив, что эта любовница Кирилла, такая юная! Кирочка выглядела еще младше своих лет, на вид совсем ребенок... Позавидовал, конечно, по-мужски.

Позже Кирилл ни словом не упомянул об этой встрече, а Игорь и не думал расспрашивать — неприлично интересоваться, мало ли какие могут быть у человека резоны не признаваться в любовной связи. Хотя, конечно, обида на такую скрытность осталась. Игорь считал Кирилла своим близким другом, а Кирилл его, выходит, нет. Ведь между друзьями что за секреты...

Спустя месяц Игорь увидел Кирочку из окна машины на Невском. Она стояла у витрины, рассматривала какие-то тряпочки. Маленькая, изящная — то ли слишком хрупкая девушка, то ли ребенок со взрослым личиком. Если бы Кирилл сказал ему, что, мол, есть у меня девчонка, или еще что-то, как полагается в мужском разговоре, Игорь бы ни за что к Кирочке не подошел.

Если уж совсем честно, Кирочка ему сначала даже не особенно понравилась. Игоря манили женщины с откровенными признаками сексуальной привлекательности — с пухлыми губами, пышной грудью. Вроде Иры. А Кирочка в этом смысле — ножки-ручки тоненькие, груди почти нет, — как мальчик. Хоть и модная тема сейчас, но для мужика абсолютно бессмысленная — Игорь был уверен, что всем, как и ему, нравятся настоящие женщины, а не плоскогрудые девчонки в стиле унисекс.

Он не собирался отбивать у Кирилла девушку. Тем более что девушка ему, видимо, была дорога, — иначе бы он Игорю о ней рассказал.

...Неправда, ложь, вранье! — Игорь именно что решил отнять у Кирилла девушку, тем более, девушка ему дорога... Взять реванш — за свои мучительные мысли, за обиду на его с ним игры, за свои неловкие оправдания перед Ирой. За его скрытность, его вечные тайны. Оказалось, что все это давно подспудно накапливалось, и только увидев Кирочку у витрины, он понял, что обида копилась-копилась и вышла из берегов. Была и еще одна причина.

...В сексуальной жизни любого мужчины всегда имеется какой-нибудь секрет, оттенок, нюанс. Нюансы разные, конечно, — с юности сохранившиеся комплексы или взрослые обиды, — но каждый мужчина свой собственный секрет считает особенным и ни за что в нем не признается, хотя, как правило, у соседа тоже что-нибудь найдется — ничем не хуже и не лучше или вообще точно такой же.

Секрет был и у Игоря, и, естественно, он этим секретом не собирался с Авророй делиться, только подумал и мысленно содрогнулся. Секрет его был в том, что Ира его не хотела. Уже три месяца у них с Ирой напрочь отсутствовала сексуальная жизнь, и виновата в этом была не Ира, и не Игорь. Виновата была Лариса.

У него с Ирой были проблемы. То есть так говорят, выражение такое — у них с женой проблемы. На самом деле проблемы были у него.

Сначала он не замечал, что Ира страдает, а заметив, посчитал не заслуживающим внимания это ее смешное желание непременно попасть в Ларисин клуб, наивное игрушечное горе от того, что Лариса перестала звонить и приглашать в гости. В самом деле, что за детский сад!

Чем больше Ира расстраивалась, тем больше насмешничала, издевалась, а потом даже претензии предъявлять перестала, только смотрела презрительно. И манера появилась — вечером обязательно выпить, как будто у нее действительно было какое-то несчастье, от которого она стремилась таким образом убежать. Ну не смешно ли?..

Чем хуже было днем, тем напряженней проходили ночи. Постель стала словно продолжением насмешливых дневных отношений: она отстранялась от него, фыркала и раздражалась на то, что, казалось, было привычным, давно принятым между ними. Если мужику дать понять, что он что-то делает не так, и еще так небрежно его руку отвести и усмехнуться, то он и не захочет больше... А если к тому же еще позволить себе пошутить, что мол, не вышло... Однажды Ирина как будто с ума сошла — упрекнула его откровенно и зло. Он тогда вообще ничего не смог, и это было ужасно.

Один раз не вышло, а больше он и не пытался... — было страшно, что не выйдет снова, и он опять увидит ее презрительные глаза. И Игорь стал ложиться спать попозже, когда Ира заснет, а если случайно получалось, что она не спала, то делал вид, что у него что-то болит, тем более, у него и предлог был — действительно в последнее время побаливала спина. А потом уже и вида никакого не делал, словно у них так было всегда, — повернуться спиной и заснуть, как будто и не была Ира женщиной, долгие годы приносившей ему радость.

Игорь думал, а не... ли он — ...ему казалось ужасным даже просто подумать про себя «импотент», и он называл это «не все в порядке»... Теперь он с особенным вниманием прислушивался к рекламе клиник мужского здоровья, а если ехал с кем-то в машине, и по радио залихватским голосом пели: «Петербургские мужчи-ины не боятся проста-ти-ита...» —непременно подчеркнуто смеялся или сочувственно говорил: «Вот бедняги, неловко, наверное, идти с такими проблемами к врачу...»

А с этой чужой, ничего не значащей для него девочкой, не побоялся — она ему никто.

Так что тут все смешалось. Игорь даже размышлял о том, не воспользовался ли он Кирочкой, не подло ли это. И получалось, что не подло — все люди пользуются друг другом в каких-то своих целях, и это нормально. Он же не сделал ей ничего плохого. А то, что девочка влюбилась, — это не страшно и даже полезно, для развития души.

У него до Кирочки никогда не было невинной девушки. Среди студенток, с которыми он в молодости вступал в мимолетные связи, не нашлось ни одной девственницы, а Ира оказалась такой опытной девушкой, что он предпочел отнести ее опытность на счет собственной неотразимости. В общем, всякое случалось в его жизни, но девственницы как-то не попадались. А ведь многие болтали, что это особый кайф, и было любопытно узнать, действительно ли при этом чувствуешь себя властелином, которому дано право «первой ночи». Или же это все ерунда?

Девственость оказалась более или менее ерундой — на самом деле наслаждаешься женщиной, а не каким-то глупым актом вандализма.

Кирочка его заинтересовала другим. Она так робко говорила «не надо», а ее тело так откровенно говорило «надо», что он удивился, когда понял, что она оказалась девственницей и что все это было не искушенной игрой, а чем-то иным — каким-то секретом. Интересная девочка, девочка с секретом... С виду спокойная, невозмутимая, а под всем этим льдом — такие страсти гуляют... и откуда же в ней такая страсть?

— Дарагая, аткуда ты взялась, такая гарячая? — иногда спрашивал он, стараясь под шуткой скрыть неожиданное неприятное чувство, словно она его обманывает.

...Как к нему относилась Кирочка — он не знал...

Игорь задумался... Если он скажет Авроре, что до сегодняшнего вечера не знал, что Кирочка — дочь Тани и, скорей всего, дочь Кирилла, она ни за что не поверит. Но, судя по всему, она действительно родная дочь Кирилла. Вся в него и его породу — оба молчат, хранят свои секретики, и что скрыто там, за этим лбами, никто не знает.

———

— Кирочка — прелестная девушка. Такая открытая...— проговорила Аврора.

Кирочка рассказывала о себе скупо, в телеграфном стиле. Они с мамой приехали в Питер из небольшого городка не так давно, около года назад. Есть человек, который их поддерживает. Снял квартиру, помог ей поступить на исторический. Делает им дорогие подарки.

Кирочка подозревает, что на самом деле интересует этого человека больше она сама, чем мама. Иногда ей кажется, что этот человек — ее отец. Иногда она смотрит в зеркало, и ей кажется, что они похожи. Но он молчит, и мама молчит, а Кирочка уж тем более молчит.

А недавно мама не выдержала и призналась, что это действительно ее отец. Просила, чтобы Кирочка не подавала виду, что знает. Он не хочет, чтобы Кирочка знала, — говорит, так интересней.

Конечно же, Игорю и в голову не пришло спросить — а не тот ли это дядя, с которым я тебя когда-то видел?

— Кирочка — прелестная девушка. Такая открытая...— донесся до него голос Авроры.

— Иронизируете? Напрасно, — отозвался Игорь. — Она, конечно, непростая девочка. Отличник боевой подготовки разведотряда

ЦРУ. Но у нее и жизнь была не из легких. Как бы вам понравилось, если бы у вас было три папаши?

— Трое папаш,— машинально поправила Аврора и тут же воскликнула: — Как трое? Но что в таком случае она имела в виду, уверяя, что у них с Кириллом была неземная любовь?

Неужели Таня была замужем три раза? Аврора и сама трижды выходила замуж, но она никогда не убеждала каждого встречного, что у нее была одна неземная любовь. Конечно, она хотела бы, чтобы Б. А. не заметил трех ее браков, но это ведь исключительно ради его спокойствия...

— Неземная любовь, это да. Первого папу Кирочка любила, второму симпатизировала, а с третьим у нее не сложилось. Кирочка — человек сильных чувств. В детстве писала письма отцу — без адреса: «Приди ко мне, я без тебя не могу», — и кидала в почтовый ящик, без адреса. И тут же вслед другое письмо: «Я тебя ненавижу!»

— Это она вам рассказывала? — недоверчиво спросила Аврора. — Что же теперь с ней будет? Неужели бросит университет и уедет домой?

Игорь равнодушно пожал плечами.

— Я считаю, Кирилл ее обманул. Зачем играть с девочкой в такие игры? Приблизил к себе, завалил подарками, но дочерью так не признал. Кирочка думает, что она что-то не так сделала, и он не смог ее полюбить. Но это же их дела. Я здесь ни при чем, правда?

Странно, но, открыв Авроре свою тайну, он испытал облегчение. Этим вечером Игорь поклялся себе больше никогда к Кирочке не прикасаться. Такие игры не для его нервов! Страшно вспомнить, что он сегодня пережил: Кирочка, его любовница, рядом с Кириллом, то ли любовником, то ли отцом, а главное, рядом с Иркой!..

Аврора уже немного устала от своего расследования, а возможно, и на ней сказалась бессонная ночь, но она вдруг подумала: «А если спросить его прямо?» И спросила:

— Игорь, а что такое страшное Кирочка для вас сделала? Что это было?

Игорь посмотрел на нее с мистическим ужасом в глазах, и Аврора поспешила его успокоить:

— Не волнуйтесь, я просто подслушала, случайно, на лестнице черного хода...

Игорь тоже немного устал от напряжения, а возможно, и на нем сказалась бессонная ночь, но он вдруг ответил прямо:

— Что обычно делает женщина, то и сделала.

— Что? Что делает женщина? — не поняла Аврора.

— Ну, вы не догадываетесь, что? — он наклонился к Авроре и еле слышно прошептал ей на ухо: — Только не говорите Ирке...

— Бедная девочка...— поняв наконец, в чем дело, сморщилась от жалости Аврора. Не то чтобы она была противницей абортов и яростно выступала за сохранение любой, даже никому не нужной жизни, просто Игорь стал ей неприятен. Почему он считает, что это для женщины в порядке вещей — дрожа от страха, ложиться в проклятое кресло? Она до сих пор помнила это чувство — словно она проколотый шарик, вроде того, что ослик Иа-Иа методично опускал в свой горшочек, — совсем никому не нужный...

— Ну а вы, — нелюбезно спросила она, — а вы-то что страшное сделали для бедной девочки? Тоже аборт?

Ирония, конечно, была не самая тонкая, но уж очень ее возмутила бесчувственность Игоря.

И тут Аврора совершенно определенно поняла, что на этом час искренности закончился, и Игорь больше ничего ей не скажет.

— Я? Нет, не аборт. Я не знаю, что я имел в виду... надо же мне было что-то сказать. — Игорь лгал, совершенно точно лгал.

У нее оставался еще вопрос: что все-таки Кирочка искала в кабинете у Кирилла? И что искал там Игорь? Похоже, что в кабинете побывали все... Даже такая дикая версия пришла ей в голову: а что, если Игорь искал завещание в пользу Кирочки? Или — а что, если он пытался отравить Катю, для того чтобы открыть путь Кирочке? Но эту версию Аврора сразу же отмела — слишком уж неправдоподобно...

Бросив грязную тарелку в раковину (в гостях она избегала мыть посуду), Аврора немного помедлила в дверях кухни в надежде, что Игорь все-таки скажет ей правду, и направилась на поиски Риты. Им необходимо было многое обсудить.

— Я хочу домой, — жалобно произнесла Рита. — У меня там кошки одни... и вообще, я никогда не полюблю этот дом... Вот в Комарово... Там вокруг дома шестнадцать сосен. А в самом доме я никогда не была. Но я помню, там есть башенка, и на картинке она видна...

— Когда все закончится, мы с вами поедем в Комарово, — пообещала Аврора. — А пока давайте подведем итоги версии «Девочки».

— Давайте, — дисциплинированно отозвалась Рита.

Аврора забралась с ногами на диван, накрылась клетчатым пледом и опять стала похожа на маленькую несчастную птичку. Так неприятно всех подозревать...

— Итак, у обеих девочек были мотивы, и очень сильные мотивы для того, чтобы убрать Катю. Ревность, злость, неудовлетворенность своим положением. Обе они сейчас стоят на распутье, и лишь от случая зависит, быть каждой из них Принцессой или Золушкой. Обе могли постараться этому случаю помочь... Мариша по глупости, а Кирочка в силу характера...

— Но ведь тогда у нас с вами получается ужасная вещь, — медленно проговорила Рита. — С Ларисой все ясно, с Игоря подозрения не сняты, Танина антреприза возможна только за счет Кирочкиного наследства. Кстати, есть ли у вас версия и для нее? И теперь еще девочки. Выходит, что под подозрением находятся все?

— Да, моя дорогая, — тряхнув седым хвостиком, Аврора высунула нос из-под пледа, — вот итог нашего с вами раследования: о ужас — подозреваются все!

Беседа шестнадцатая

— Том десятый, страница приблизительно шестьсот шестьдесят первая — шестьсот шестьдесят вторая, — пробормотала Ольга и положила трубку. Зачем звонила?..

— Я хочу серьезно поговорить с тобой о литературе, — строго сказала Ольга.

— А что? — испугалась я. — Что я такого сделала?

— Ты не находишь, что по ходу истории жанр нашего Произведения меняется?

— Но ведь именно так происходит в жизни, — стала оправдываться я, — психологическая драма вдруг перетекает в фарс, потом в триллер, затем в научно-популярную литературу, а потом может неожиданно превратиться в гротеск...

— Ну хорошо, раз так. С другой стороны, чем больше левых трупов, тем веселее... — загадочно произнесла Ольга.

Аврора поднялась в комнату, которую она на протяжении всей ночи считала своей. Она с симпатией взглянула на книжный шкаф, хотя ничего интересного в нем не было, и с сожалением — на диванчик. Как жаль, что так и не удалось воспользоваться пухлой цветастой подушечкой!

Она в обратном порядке проделала те же самые действия, что и несколько часов назад: сняла цветастые шерстяные носочки; аккуратно засунула их в мешочек, мешочек опустила в сумку; вытащила из сумки прозрачный пакетик с бумагами, но разворачивать не стала. Погладила пакетик, положила обратно в сумку; достала синий томик, но не раскрыла, провела рукой по обложке и убрала в сумку; наконец, надела туфли, взяла с полки толстый том «Лекарственные травы» и спустилась вниз, на веранду, где ее ждала Рита. Как все-таки хорошо иметь доверенное лицо! Аврора дрожала от нервного возбуждения, страха и одновременно ощущала прилив храбрости, в общем, она чувствовала себя как перед визитом к стоматологу, а Рита как будто обещала держать ее за руку.

— Потом, когда все закончится, мы поедем в Комарово...— мечтательно проговорила Рита.

— Можно я расскажу историю дома в Комарово? — робко предложила Аврора.

Это было совершенно не в ее стиле — накрыться клетчатым пледом, поудобнее усаживаясь в кресло, и напевно сказать плюшевым голосом: «Сядь, дружок, я расскажу тебе историю». Она гордилась тем, что всегда смотрит вперед, а не живет прошлым, если, конечно, это прошлое не касалось Поэта, знакомых Поэта и знакомых знакомых Поэта. Но сейчас Авроре всячески хотелось оттянуть это волнующее мгновение — кульминацию расследования.

Ее обуревали опасения самого разного свойства. В ее мозгу пугающе вспыхивали маячки: а что, если она ошиблась... а что, если она не ошиблась... а что, если Преступник на нее обидится за то, что она раскрыла его преступление, — даже такая дикая мысль приходила ей в голову. В общем, Авроре было очень страшно, поэтому она всячески оттягивала решающую минуту.

Рита разочарованно вздохнула — зачем ей какие-то доисторические байки? — но Аврора, устроившись поудобней, уже начала свой рассказ.

...Отец Б. А., дед Кирилла, дружил с одним из тогдашних руководителей страны. Фамилию его Аврора запамятовала.

— Вот еще, стану я держать в голове всякую ерунду, — воинственно произнесла она, оправдывая свою забывчивость. — Этих руководителей будут помнить только в контексте биографий поэтов, с которыми им посчастливилось жить в одно время!

Так вот, дед Кирилла дружил с одним из руководителей страны, но никогда его ни о чем не просил. Дед получил участок в Комарово за военные заслуги, но каждый год участок пытались отобрать. И однажды уже почти совсем отобрали — тот, кто зарился на дедов участок, просто залез через забор и начал окапывать дедовы кусты. И тогда дед позвонил своему другу — руководителю страны и сказал:

— Достали! Твою мать!

— Твою мать! — повторил за ним один из руководителей страны и позвонил тогдашнему хозяину города, Аврора не помнила его фамилию. Его тоже будут помнить только в контексте биографий поэтов. С которыми ему посчастливилось жить в одно время.

И вот через некоторое время дед тяпкой окучивал грядки у себя на огороде, когда внезапно вокруг него все засверкало и загудело — приехал кортеж.

— Как барин живешь! — сказал деду тогдашний хозяин города. — Ну ладно, живи.

Аврора призадумалась — достаточно ли красочная получилась картинка и не придумать ли ей еще что-нибудь, вроде того, что дедов завистник послал деду черную метку. Сказать, что она только что полностью сочинила всю историю специально для Риты, было бы не совсем справедливо — что-то подобное действительно имело место, но раскрашенное яркими цветами прошлое казалось ей гораздо привлекательней, чем прошлое правдивое, скучное и обыденное.

— И с тех пор дед спокойно окапывал свои кусты... И поэтому мы с вами поедем в Комарово и вы сможете полюбоваться соснами на участке... Я вас приглашаю, вместе с кошками! Как вы считаете, можно ли пригласить человека с кошками в чужой дом?

— Но это же теперь дом вашего мужа, — резонно заметила Рита.

— Мужа? У меня нет мужа, — пригорюнилась Аврора.

Рита удивленно взглянула на Аврору.

— Но Кирилл говорил, что вы с Б. А. поженились, и вы же сами сказали... я же вас поздравляла...

— Милочка, я и не думала выходить замуж! Зачем это мне? Чтобы дать Б. А. возможность днем и ночью ворчать? — Аврора хихикнула. — Неужели вы подозреваете, что мы с Б. А. живем в грехе? Хм... вы слишком хорошо о нем думаете...

За время расследования они с Ритой стали почти близкими людьми, иначе Аврора ни за что не позволила бы себе такую нескромную шутку.

— Зовите всех в гостиную. И будьте все время рядом со мной — я немного взволнована, совсем чуть-чуть. Ужасно боюсь.

— Ой! — округлила глаза Рита.

Рядом с Авророй она чувствовала себя странно — слегка обескураженной, словно ей предлагали сдавать экзамен по иностранному языку, которого она не знала, но одновременно уютно и безопасно, большую часть времени находясь в образе милой суетливой блондинки. Но сейчас, получив поручение, Рита послушно вернулась к образу деловой женщины — так усталый, только что вольготно развалившийся на диване человек, срочно вызванный на работу, суетливо повязывает галстук поверх пижамы.

Мечтая о высоких, в небо, комаровских соснах, в набекрень надетом на себя имидже деловой женщины она отправилась созывать всех в гостиную.

На то, чтобы собрать в гостиной полусонных хозяев и гостей, ушло около получаса. Игорь дремал на диване в кабинете Кирилла, и Рите пришлось разбудить его и долго втолковывать, где он, что от него требуется и как его зовут. Заспанная Мариша явилась в розовой пушистой пижаме, прижимая к себе медведя точно такого же розового цвета. Кирочка, как обычно, выглядела дисциплинированным черным ящичком, а Лариса, Таня и Ира к исходу ночи потеряли кто холеную свежесть, кто ангельский вид, и на каждой из них точно обозначился возраст — ни годом меньше.

Когда все наконец расположились на диванах и в креслах и затихли, Аврора, заметив, что кое-кто собирается вновь задремать, выдвинулась вперед на своем стуле и несколько раз натужно кашлянула, чтобы привлечь к себе внимание. Буквально через несколько минут она блистательно разоблачит преступника...

Аврора заранее приготовила утешительную фразу.

«Я тоже совершала в жизни ошибки», — доброжелательно скажет она для того, чтобы преступник не чувствовал себя таким одиноким и затравленным.

И еще одну:

«Вы еще так молоды, что успеете исправиться...» — и это поможет преступнику понять, что жизнь не закончена, что существуют раскаяние и надежда.

Аврора громко вздохнула, встала и вздохнула еще громче и горестней.

— Господа, я собираюсь сделать сообщение, — выпалила Аврора и осеклась. Почему, ну почему она выбрала такие глупые слова, как будто она выступает на научной конференции!

— Я лучше сяду, —тоненьким голосом сказала она и уселась в кресло. — Да, пожалуй, так легче. Нет, я лучше встану.

Аврора вскочила и принялась теребить руками кофту. Последний раз она делала это на защите кандидатской диссертации, и не от робости, а от переполнявших ее знаний.

— Ох, я просто не знаю, с чего начать...— она беспомощно взглянула на Риту. — Милочка, помогите мне...Что, не хотите? Ну ладно, начну как-нибудь сама.

Несмотря на заранее приготовленное для преступника утешение, ей было очень трудно. Она никак не могла вспомнить, какими словами обвиняют, обличают, призывают к ответу.

Сказать, что Аврора много читала, означало не сказать ничего. Она не «много читала», а просто взяла и съела всю литературу, засыпала ее в себя, как крупу в кастрюлю, и все прочитанное варилось в ней и постоянно выбивалось наружу, словно каша из волшебного горшочка. А если человек знаком с литературными героями ближе, чем с соседями, то в критический момент что-нибудь непременно всплывет в его памяти, и возможно, он даже заговорит словами кого-то из любимых персонажей.

В Аврориной памяти одновременно всплыло очень многое, и она с трудом удержалась от внезапного желания подкрутить несуществующие усы, как у одного известного детектива.

— Мне нелегко. Я заранее прошу у всех прощения, — так трудно быть одновременно детективом и интеллигентным человеком. Приходится говорить неприятные вещи, задавать людям вопросы о личных делах и даже об их чувствах, — постепенно крепнувшим голосом заговорила Аврора. — И знаете что... давайте быстрее покончим с этой тягостной темой, чтобы больше никогда к ней не возвращаться.

Тут она наклонилась к Рите и громким шепотом спросила: «Так хорошо?»

Рита кивнула, и Аврора почувствовала себя гораздо уверенней. По своим ощущениям она все еще находилась в стоматологическом кресле и в ужасе предвкушала жужжание бормашины, но ей уже сделали обезболивающий укол и похвалили за храбрость.

— Я собрала вас для того... то есть пригласила вас для того... ну, в общем... я объявляю о своем отъезде, потому что мне больше нечего здесь делать. То есть я уже все раскрыла. — Аврора уже почти совсем успокоилась, смогла заметить направленные на нее изумленные взгляды и слегка рассердилась. Похоже, что они не принимают ее всерьез!..

От обиды она заговорила менторским тоном старой черепахи:

— Вы что, забыли, что в доме произошло два ужасных события? Первое — смерть хозяина дома. Это так ужасно, что мы не будем о нем говорить. Слава богу, что Б. А. так крепко спит и ничего не знает, — как бы мимоходом отметила она. — Но событие, произошедшее вслед за первым, еще ужасней, потому что это было преступление. Преступление, направленное против юной жизни. Вы прекрасно понимаете, что я говорю о бедной Кате. Итак, по порядку. Между девятью и десятью часами вечера умирает Кирилл. Точное время смерти нам неизвестно, но мы сейчас не об этом...

В десять сорок в гостиной была обнародована чрезвычайно важная информация. Во-первых, наследство. После Кирилла осталось наследство — миллион долларов. Миллион — это так много, что я даже не могу себе представить. Но если разделить миллион между всеми, то это, как говорила моя бабушка, уже совсем другой коленкор. Она имела в виду, что это значительно меньшая сумма.

Еще одна важная информация заключалась в том, что незнакомая девушка, так вовремя найденная нами на проселочной дороге, оказалась законной дочерью и наследницей хозяина дома. Я сама видела ее метрику — там черным по белому написано: Екатерина Кирилловна Ракитина, дочь и наследница.

В одиннадцать двадцать Катя, законная наследница миллиона долларов и, между прочим, этого замечательного дома, хотя мне кое-что здесь не очень нравится, например золоченое зеркало, так вот, в одиннадцать двадцать Катя уже лежала под капельницей. Врач определил отравление. Поддавшись необъяснимому чувству...

Тут Аврора задумалась и примолкла, но никто не прерывал ее.

— У кого-нибудь из вас бывают предчувствия? — наконец спросила она. — У меня, например, постоянно бывают, и я им всегда поддаюсь... Итак, что заставило меня заподозрить, что в доме произошло преступление?

— Да, что побудило вас разбудить меня и заставить выслушивать эту чушь? — мрачно спросил Игорь. — Знаете, можно переесть, перепить, а можно перечитать на ночь детективов...

Без сомнения, Игорь был неравнодушен к детективам, недаром манера Авроры показалась ему излишне литературной.

— Игорь, не перебивайте меня, я и сама собьюсь, — кротко ответила Аврора. — Вас интересует, что побудило меня предположить, будто в доме имеет место преступление, а не банальный случай отравления вокзальными пирожками или салатом «Цезарь»? Я отвечу. Первое — это упоминание того, что на кухне имеется яд растительного происхождения. Вы все помните слова домработницы о том, что отваром травы наперстянки можно отравить человека.

Жестом фокусника, вытаскивающего кролика из шляпы, Аврора вытянула из-под лежащего на диване пледа толстый зеленый том.

— Погодите-погодите, только не засыпайте и не расходитесь, я быстро! — лихорадочно перелистывала она справочник. — Ага, вот оно!

«Digitalis purpurea, пурпуровая наперстянка», — отчетливо прочитала Аврора, — стебли и цветы содержат сердечные гликозиды. Обладает многосторонним действием на организм. При передозировке, вследствие значительного содержания дигитоксина, крайне токсична, вплоть до летального исхода».

В полной тишине Аврора торжествующе огляделась по сторонам.

— И второе — это молниеносное исчезновение пузырька, — проговорила она. — Я тут же побежала на кухню, и только подумайте — отравитель еще и не знал, что я все поняла, а пузырек уже был тут как тут. То есть пузырька уже не было. Итак, первая улика — пропавший пузырек с отваром...

— Ой, — громко сказала Мариша и тут же спряталась за своего розового медведя.

Кивнув головой, Аврора печально сказала:

— Вот вам и «ой»... Но отравлением наследницы подозрительные события не закончились, хотя, казалось бы, все уже могли бы спокойно лечь спать. Нет! Кабинет хозяина дома кто-то переворошил так, словно в нем проводили обыск. Что там искали и почему, а также кто, я скажу позднее. Я сразу же случайно осмотрела кабинет Кирилла и обнаружила улики — мобильный телефон, серебряную брошечку и мокрое пятно на полу... То есть я потом поняла, что это улики, а тогда я подумала, что это просто телефон, брошечка и мокрое пятно на полу. И положила в карман все, кроме мокрого пятна.

Аврора вышла на середину комнаты и многозначительно подняла палец.

— Так вот, я спрашиваю всех вас: не много ли странностей на один отдельно взятый дом? А?

За ее словами последовала крошечная пауза, а затем все заговорили одновременно. В разноголосом шуме чаще всего повторялись слова «бред», «чушь», «странности», и не меньше трех раз можно было расслышать слово «сумасшедшая».

— Перестаньте! Дальше будет самое интересное. — Аврора сказала это очень тихо, но все почему-то услышали и примолкли. — В ходе моего расследования я не обнаружила абсолютно ничего, подтверждающего подозрение, что Катя была отравлена. Точно так же я не обнаружила ничего, со всей несомненностью доказывающего, что никакого отравления не было.

Моя задача была сложной, тем более что самое главное я проспала. Но это неважно. Думаю, что возможность совершить преступление была у всех — подумаешь, всего-то плеснуть яду в Катин бокал или чашку — в такой суете это мог сделать даже ребенок.

Теперь что касается мотивов. Я не сторонница нарушать частное пространство и, надеюсь, никому не лезла в душу, но в этом доме возник прямо какой-то клубок взаимных интересов, ревности, зависти, обиды... Посмотрите вокруг себя, и вы увидите, что среди вас нет ни одного человека, который не считал бы, что имеет моральное право на наследство Кирилла Ракитина. К тому же каждый из вас, я повторяю, каждый, очутился в отчаянном положении. Нетрудно сделать вывод, что у всех были мотивы для того, чтобы убрать законную наследницу. Я не буду перечислять эти мотивы вслух, потому что это будет нетактично. Так вот, мотивы.

И Аврора принялась загибать пальцы.

— Лариса теряла все: свой любимый клуб, обеспеченную жизнь. Мариша мечтала о машине, поездке на океан и еще о чем-то, забыла о чем именно.

— О квартире,— заметила Мариша.

Аврора повернулась к Марише и отставила ногу в туфельке с круглым носом и пряжечкой.

— Кстати, я обещала показать вам свои туфли! Модные, правда? Я же говорила — никогда ничего не выбрасывайте!.. Но я продолжаю.

Кирочка — бедная девочка, что же ей теперь делать?.. Таня — она страстно желала получить роль в антрепризе, — Аврора повернулась к Тане. — Кстати, моя дорогая, антрепризные спектакли такая халтура, так ужасны, что не стоят того, чтобы так хлопотать и нервничать...

— Для актрисы... — начала было Таня, но Аврора прижала палец к губам, и она замолчала.

— Игорь — он попал в такое сложное положение, не правда ли? — Аврора приблизилась к Ире. — Ну и, наконец, Ира. Она тоже считала, что имеет право на наследство. А почему бы и нет, правда, Ира?

Рита сделала Авроре знак глазами: «Можно мне выйти на секундочку, справитесь без меня?»

Аврора кивнула. Ей все еще было неуютно, но она уже привыкла к своей роли и не боялась остаться одна.

— Сначала я не могла понять, почему никто из вас, кроме преданой Риты, не горюет о кончине Кирилла? — горестно заговорила она. — Почему каждый из вас думает только о себе? И я подумала — а не уехать ли мне быстренько домой, чтобы спастись от таких монстров, какими вы мне сначала показались?

Только под утро я поняла, что никто из вас в этом не виноват. Пока Б. А. спит, я скажу — это вина самого Кирилла. Он так выстроил отношения с близкими людьми, что каждый из вас был вынужден прежде всего думать о себе, вместо того чтобы горевать о нем самом.

— Тетя Авро-ора, а почему никто не имеет права на наследство? — высунулась из-за своего розового медведя Мариша. — Мама, она-то имеет?!

Все зашевелились.

— А Лариса? — спросил Игорь.

— А Игорь? — спросила Лариса одновременно с ним.

Аврора упрямо покачала головой. Она на секунду растерялась — что следует говорить дальше, но тут же нашлась:

— Ну, а теперь, когда вы все знаете, — она сделала эффектную паузу, — позвольте представить вам преступника.

И тут она внезапно остановилась, замерла и, прикрыв глаза, постояла несколько секунд в полной тишине.

— Ох! Кажется, я ошиблась! — закричала вдруг она. — Но теперь, буквально только что я все поняла! Надеюсь, что еще не поздно! Среди нас, прямо в этой комнате, находится злоумышленник, и, боюсь, что он уже нанес второй удар.

Аврора быстро направилась к двери.

— Пойдемте скорей к Кате!

Она выбежала из гостиной, и все толпой бросились за ней.

— Безумие заразительно, — ворчал Игорь, плетясь в хвосте следом за женщинами.

Так, толпой, они поднялись наверх, и ворвались в Катину комнату.

На диване лежало бесчувственное тело, с головой закрытое одеялом...

— Я не успела, — бессильно прошептала Аврора, — не успела, не успела...

В голос заплакала Мариша, громко вздохнула Кирочка, оцепенев от ужаса, молча стояли Лариса, Ира и Таня.

К дивану подошел Игорь и слегка потряс закутанное в одеяло тело.

Тело зашевелилось, и из-под одеяла высунулся нос. Взвизгнула Мариша, хмыкнул Игорь, а Аврора сделала крошечный шажок к двери.

Игорь повернулся к Авроре:

— Ничего, что жертва мирно спит под одеялом? Можно мне теперь тоже пойти спать? А вы пока на свободе можете еще что-нибудь расследовать, — вежливо предложил Игорь

Так невыносимо стыдно Авроре не было с тех пор, как она забыла стишок про деда Мороза, — вышла на сцену на новогоднем празднике, открыла рот и замерла, глядя в зал. Глядела и думала — хорошо бы сейчас умереть... Авроре было тогда лет шесть, и вот уже более полувека она не часто, но и не редко видела этот кошмар во сне. Аврора уже почти забыла, как ужасно это было наяву, а вот сейчас ей пришлось вспомнить...

— Спи-спи, деточка, — пискнула она, стараясь по возможности достойно выйти из комнаты.

Ей было так грустно, словно все ушли и выключили свет, а ее оставили в темноте. Не хотелось изобличать преступника, не хотелось провоцировать, подкапываться, анализировать, хотя это было неправильно, ведь ее ужасный публичный позор совершенно не отменял отравления...

— Но ведь Катю кто-то все-таки пытался отравить, — возбужденно произнесла Таня. — Я предлагаю не расходиться и все выяснить...

— Вам, наверное, кажется, что это спектакль, в котором у вас наконец появилась роль? — едко спросила Лариса. — Я настоятельно советую всем больше не тратить силы на глупости и пойти спать...

Избавиться от гостей Ларисе пока не представлялось возможным — уехать из поселка можно было только на машине, машина была только у Игоря, а сам Игорь выпил и норовил задремать. Впрочем, он вообще, кажется, пока не собирался уезжать.

— Девочки, а ведь вы обе очень ловко отводите от себя подозрения нашей мисс Марпл. Или вы мыслите себя Эркюлем Пуаро? — улыбнулся Игорь, взглянув на Аврору. — Наша дама очень начитанна и прекрасно знает, что тот, кто настойчиво предлагает все выяснить, и тот, кто ни за что не хочет ничего выяснять, обычно вызывают подозрения, но оказываются ни при чем, а вот настоящий преступник обычно молчит... Кто у нас сидит тихо? Мариша, Кирочка, Ира?..Да, я тоже под подозрением — преступник часто натужно веселится...

Аврора, казалось, потеряла способность воспринимать иронию. Взяв стул, она уселась в ногах у бывшего тела, и остальные, словно нанизанные на ниточку бусинки, потянулись за ней и расселись вокруг Кати. Обнаружив себя в центре событий, Аврора потихоньку, с крайне невинным видом, принялась пятиться на своем стуле, пока не оказалась вне кружка, как бы наблюдая за всеми со стороны.

— Все мои версии потерпели крах, — в пространство, ни к кому особо не обращаясь, произнесла она. — Я могу честно сказать, что в данный момент я просто не имею представления, кто пытался отравить Катю...

— Никто меня не травил, — раздался из-под одеяла Катин голос. Она села на диване, закутавшись в простыню как привидение, — я сама отравилась.

— Деточка, что ты говоришь? — вскричала Аврора. — А как же Digitalis purpurea, сердечные гликозиды с дигитоксином?..

— Придется тебе все нам рассказать, — строго произнес Игорь.

Катя потупилась. Она не виновата. Она просто боялась. Всего. Боялась ехать с вокзала в дом с зеленой крышей, боялась вернуться — просто купить билет на поезд и вернуться домой. Она долго бродила по вокзалу, то выходила на улицу, то вставала в очередь в кассу за обратным билетом, ела вокзальные пирожки. Наконец решилась и отправилась в путь к дому с зеленой крышей. От волнения и от пирожков у нее ужасно разболелась голова.

В дом она приехала уже совершенно больная. Стеснялась Маришу и боялась Кирочку, стеснялась есть за столом и боялась не есть. Стеснялась попросить таблетку... Она металась по дому, надеясь найти какое-нибудь лекарство, зашла в ванную на первом этаже, заглянула в шкафчик. Подушилась духами — такой розовый флакончик, она совсем чуть-чуть прыснула, ничего?..

Катя виновато взглянула на Ларису.

Потом ей стало совсем плохо, и она не помнит, что было дальше... Когда она пришла в себя, рядом с ней сидела Аврора.

Аврора стала так подробно расспрашивать, что она пила, из какого бокала, из какой чашки, что ей было неловко признаться, что она разлила отвар. Еще сильней она испугалась, когда поняла, что этому придается такое значение.

Ну а потом побоялась признаться. И немножко, совсем чуть-чуть, ей нравилось, что Аврора так с ней носится, оберегает ее.

Она же ничего плохого не сделала, верно? Все равно никто ее не травил!..

— Погоди, боязливая ты наша, ну а метрика-то у тебя настоящая? Или ты ее сама на вокзале нарисовала? — поинтересовался Игорь.

Мариша высунулась из-за розовой медвежьей головы и тоненько пропела:

— Ходит тут всюду, пузырьки наши прячет, духами нашими душится...

— А я в этом доме куда хочу, туда и хожу, право имею, — мгновенно окрысилась Катя. — Что, не так?

— Конечно так, именно так, милочка, — подала голос Аврора.

Подошла Кирочка, легким движением дотронулась до Катиного плеча. На ее личике впервые проступило какое-то чувство: интерес, сдержанное удовольствие, во всяком случае, что-то отличное от равнодушия.

— Я... ты... может так быть, что... вероятно... мы с тобой сестры, — прошептала она.

Катя оглядела Кирочку со странным выражением лица и, опасливо оглянувшись на Маришу, вздохнула так громко, словно набирала побольше воздуха перед тем, как нырнуть в глубину.

— Мы с бабушкой ничего плохого не хотели. Мама умерла, а я думала-думала и придумала. Если уж есть отец, пусть он мне поможет, правда?!

Запинаясь и помогая себе междометиями и жестами, Катя повела свой рассказ, и если опустить бесконечные «да-а, вот, это самое, вообще», ее коротенькая история выглядела незамысловатой и печальной, как зачастую выглядят истории про чью-то чужую жизнь.

...А разве кто-нибудь из вас знает, как славно жить в городке с красивым названием Юрьев-Польской? Юрьев-Польской — старинный русский город, где есть собор с золотым куполом — красота. На наружных стенах собора барельефы со странными животными.

Со слов путешественника, побывавшего в Индии, старый мастер попытался изобразить слона. Но поскольку сам мастер никогда не видел слона, то просто не смог представить себе, что на свете живет лысое животное, и на всякий случай одел слона в медвежью шкуру. Слон вышел с бивнями и хоботом, но мохнатый. И вот, совершенно случайно, у мастера получился вылитый мамонт, которого он тоже никогда не видел. Интересно, правда?

Все, кроме Мариши, кивнули, — правда, интересно.

Рядом с собором монастырь. Там летом цветут розовые цветы. От монастыря ведет центральная улица, на ней рынок с деревянными рядами, за ним книжный магазин. Маленький, меньше, чем эта гостиная. На прилавке обычно выложено книг десять-двенадцать, среди них обязательно про садоводство и огородничество. В магазине специальный книжный запах — пыль, книги — не передать, какой чудесный! Когда Катя приехала в Питер, она на вокзале сразу же зашла в застекленный книжный магазин — и оказалось, что там совсем по-другому пахнет, не притягательным книжным запахом, а мокрой тряпкой и кислой едой. Так что в городке Юрьеве-Польском не все было плохо. Тем более, в книжном магазине на прилавке всегда стояла такая крутящаяся коробка с лотерейными билетиками. Можно выиграть книжку. Дело тут вовсе не в выигрыше, просто... ну, неважно.

Так вот, если с центральной улицы у моста повернуть налево и пройти сто метров — как будто попадешь в другой мир. То есть, если живешь в Петербурге, кажется, что это другой мир, а если в городке, то очень даже не другой, а самый обычный мир: окоселые домишки (Катя так и сказал — окоселые, а не покосившиеся), грязь вековая, заборы поломанные, окна заколоченные. В их с мамой домике было самое красивое окно — там висела кружевная занавеска с незаметной дыркой в левом углу и стоял горшочек с геранью.

— А моя мама была святая, — без нажима сказала Катя, как говорят о самых обычных вещах.

Мама работала в музее, занималась... Катя забыла, как точно называлась ее тема, что-то про историю городка и собора. Отпуск мама проводила в монастыре, помогала косить, за цветами ухаживала.

Заунывная хлюпающая, чпок-чпок, грязь осенью, жаркий запах горелых семечек летом, мама все это любила. Но что же делать, если она была святая, а Катя — нет, не святая.

Нормальная, как все, не хуже, к примеру, Мариши... Как все это можно было любить? Кате хотелось жить где-нибудь в другом месте — в Москве, в Париже, во Владимире — все-таки районный центр — все равно где. А в городок приезжать на каникулы. В городке Юрьеве-Польском Катя чувствовала себя в точности тем старым мастером, что поместил вымышленного слона в центр барельефа. Мастер никогда не видел слона, а она никогда не видела ничего, кроме своего родного городка и не хотела, чтобы жизнь была для нее частично настоящей, частично вымышленной, как слон: с взаправдашним хоботом, но мохнатый.

Мама умерла, Катя закончила школу — это произошло почти одновременно.

А рядом с домиком с геранью на окне стоял еще один такой же (впрочем, почему стоял, от того, что Катя уехала, он никуда не делся). На домике была вывеска «Институт менеджмента».

— Я не хотела учиться в институте менеджмента в соседнем окоселом домишке, разве это преступление? — горячо проговорила Катя.

При слове «преступление» по всем, кто находился в гостиной, пробежала неприятная дрожь.

— Теперь ты сможешь учиться где хочешь, — успокаивающе ответил Игорь.

И Таня кивнула, мол, да, сможешь, где хочешь...

И Кирочка улыбнулась Кате, и даже Мариша посматривала на нее с жалостью — наверное, представляла, какие там, в Юрьеве-Польском, ужасные магазины.

Катя некрасиво сморщилась и вытерла кулаком глаза. И вдруг стало заметно, что она еще даже не девушка, а ребенок, и, может быть, поэтому у нее все еще по-ребячьи неизящная фигура и большие ноги. Словом, пока она не самая симпатичная на свете, но вырастет и обязательно станет лучше.

— Я... мама мне все рассказала. Она вообще мне все рассказывала про себя, у нас с ней никаких секретов не было...

— Ну, что еще? — зло спросила Лариса, — У Кирилла есть еще одна дочь, внучка, соавтор? Или Кирилл на самом деле женщина?.. Говори уже, сил никаких нет!..

— Моя мама была святая, — повторила Катя.

Молодость мамы была веселая. Училась в Ленинграде — поступила в Институт культуры как медалистка (ленинградцы говорили «Кулек», а она всегда полностью — Институт культуры), и у них была такая славная компания, все из разных институтов и все ленинградцы, только она одна иногородняя. И вот, когда подошло распределение, друзья решили ей помочь.

Отправились в загс всей компанией — мама и пятеро мальчиков. У кого-то из мальчиков в загсе работала подружка. Мальчики сложили паспорта в кучу, перетасовали их, как карты, и мама держала их веером. Подружка — работница загса вытянула чей-то паспорт, как карту, — и за того мама и вышла замуж. Формально, для прописки, понимаете? Ей поставили штамп в паспорте: «Зарегистрирован брак с гражданином Ракитиным Кириллом Борисовичем». Так мама оказалась замужем.

— Я что-то такое припоминаю, — неуверенно произнес Игорь. — Это была просто шутка...

367

Игорь действительно вспомнил. Его паспорт тоже был среди паспортов, сложенных веером, словно карты. Они тогда договорились — никто не будет знать, чей паспорт вытянут и унесут, а потом принесут и снова сложат в стопку. Это Кирилл придумал. Не ставить штамп в паспорт, якобы просто по забывчивости, — это тоже придумал Кирилл. Сказал что-то вроде того, что он, гражданин Ракитин, считает, что любое человеколюбие имеет свои пределы.

— А саму девушку я уже не помню, — сказал Игорь и тут же тактично добавил: — Она была очень славная...

— Я же говорю, Кирилл так меня любил, что ему было все равно, на ком жениться, — вдруг горячо сказала Таня, — все эти формальности не для тех, чьи души живут в саду неземной любви...

Катя пожала плечами.

...Но мама все равно потом уехала домой, в Юрьев-Польской. Полюбила в Питере одного человека, а человек этот был женат. И она уехала домой, и там, в городке, Катя родилась. А в метрике у Кати написано: «Отец — Ракитин К. Б.» Ребенка записывают, не спрашивая мать, — по штампу о браке.

— Но мы даже адреса его не знали. А когда мама умерла, я подумала, может, он мне поможет...

Катя не собиралась никого обманывать. Она нашла питерский адрес по справке, написала письмо и уже перестала ждать, когда пришел ответ. Кирилл писал, что да, он помнит эту историю, это была шутка. Но она может приехать, он что-нибудь для нее придумает. Прислал адрес. У нее есть конверт, она может показать.

— Девочка тянется к культуре, — горячо сказала Аврора. — Кто твой любимый художник?

— Шишкин?..— неуверенно протянула Катя. — Мишки там всякие...

— Ты у меня быстро полюбишь все, что нужно! Я тебе покажу! — грозно пообещала Аврора особым голосом. Она подозревала, что Катя видела «Мишек в лесу» только на конфетах.

Катя не собиралась обманывать, хитрить, интриговать и притворяться дочерью, и претендовать на наследство она не собиралась. Просто... когда она все поняла, решила немного помолчать, посмотреть, что будет. Она же ничего плохого не сделала, верно? Могла бы и сейчас промолчать, но побоялась — мама бы ее заругала.

— Повезло мне, что твоя мама была святая, — усмехнулась Лариса, разглядывая Катю, впервые без опасения найти в ее лице черты мужа.

369

Как следует разглядев Катю, она решила, что девушка не вызывает симпатии, даже не будучи дочерью Кирилла. Странная какая-то — будто разуверилась, что кто-то о ней позаботится, и решила тихонечко заботиться о себе сама. Казалось бы, нужно пожалеть, а Лариса почему-то не могла преодолеть свое раздражение. Ей было немного стыдно, и от этого она еще больше раздражалась.

— А зачем Кирилл это сделал? — спросила Аврора и сама себе ответила: — Думаю, из благородства, хотел помочь...

— Ему было интересно протянуть свой паспорт. Выпадет или нет — как рулетка. И сразу такой большой секрет — он женат, а никто не знает... — уверенно ответила Лариса.

Она устало прикрыла глаза. Вот уж воистину человек-секрет! За столько лет не рассказал, не признался! А может быть, просто не придал значения, забыл? Разве тогда, почти двадцать лет назад, кто-нибудь мог подумать о будущих детях, каком-то наследстве, о словах «миллион долларов», «нотариус», «завещание» — все это было как пьеса из иностранной жизни.

Игорь улыбался — чем-то эта история была ему приятна. Кир Крутой, тщательно продумывающий каждый свой шаг, давно уже заслонил Кирилла Ракитина, у которого была обычная непредусмотрительная юность, было мальчишеское бахвальство, когда ничего нет слаще, чем вместе со всеми сделать глупость Тогда, в двадцать лет, эта история с паспортами не казалась глупостью, а наоборот, поступком, — помочь, спасти...

А теперь эта нелепая, неизвестно откуда возникшая «законная дочь» почему-то уравняла его с Кириллом — вот так, не он один совершал нелепые поступки. И не он один расплачивается за свои поступки, Кирилл тоже сполна расплатился — его смерти сопутствует что-то, очень напоминающее иронический детектив...

— Кстати, дорогая Аврора, а как же мокрое пятно на полу? И не меня ли вы случайно подозревали?.. — любезно поинтересовался Игорь, и все засмеялись. Чувствовали они себя сейчас как дети, которым неожиданно удалось избежать наказания.

— Я... нет... собственно, да, немного подозревала... — призналась Аврора.

— Благодарю, — раскланялся Игорь.

— Но не только вас, то есть не совсем... у меня для всех были разные стройные версии, спросите у Риты... А кстати, где же она? Наверное, предчувствовала мой позор, вот и сбежала...

Риты действительно давно уже не было с ними, с тех пор, как она по-школьному отпросилась у Авроры в момент кульминации расследования.

Риты не было наверху, Риты не было в гостиной, Риты не было в доме — нигде.

Обнаружил ее Игорь. Он заглянул на маленькую веранду на первом этаже. Веранда была в стороне, ею редко пользовались. Игорь заглянул туда просто для очистки совести, чтобы сказать, что он тщательно обошел весь дом.

Рита лежала на диване и, казалось, спала. У Игоря уже выработалось стойкое мнение — если подойти к жертве и потрясти за плечо, жертва проснется, и он бесстрашно потряс Риту за плечо и тут же испуганно отпрянул.

— На этот раз все всерьез, — тихо произнес он.

Беседа восемнадцатая

— У них вырубили электричество, — страшным голосом сообщила Ольга.

— Зачем? — удивилась я.

— По законам жанра сейчас должно произойти срывание всех и всяческих масок. А если нет электричества, они не вызывают милицию и «скорую помощь», а могут временно забыть про труп и все выяснить.

— Разреши тебе напомнить, что у всех есть мобильные телефоны.

— Ну, если ты такая формалистка... Тогда так — они позвонили в «скорую», а «скорая» говорит, что она уже этой ночью приезжала к ним два раза. И что им надоели их левые трупы.

— Я знаю! «Скорая» и милиция приедут часа через три-четыре, — должен же быть в Произведении местный колорит.

Все снова собрались в гостиной и уселись, заняв свои прежние места. Только сейчас уже было по-настоящему страшно, и даже невозмутимая Кирочка своим видом напоминала сломанную куклу.

— Теперь у нас настоящее, а не воображаемое преступление — убийство! — произнесла Аврора.

Она ни за что не призналась бы в этом даже самой себе, но кроме ужаса и жалости к Рите Аврора чувствовала сейчас легкое возбуждение, как бывает в Новый год или когда происходит нечто волнующее, драматичное, и каждый понимает, что ситуация совсем особенная, и он в этой ситуации тоже совсем особенный, и может ходить взад-вперед по комнате с загадочным лицом и важно говорить: «Я так и знал, что что-нибудь в этом роде произойдет». Или: «Мы должны собраться с силами и принять решение». Или даже так: «Теперь я беру дело в свои руки...»

— Не хотелось бы вас расстраивать, но следующей жертвой может стать любой из нас. Пока нет никаких предположений, почему убили Риту. Самое страшное — это полное отсутствие мотива преступления.

— И я могу стать жертвой? — беспокойно спросила Мариша.

— Ты в первую очередь, — ответила Катя, украдкой показав Марише «козу».

Оказавшись не дочерью и наследницей, а просто гостьей, но зато гостьей на законных основаниях — ведь ее пригласил хозяин дома, — Катя вполне освоилась и даже начала проявлять чувство юмора, что обнадеживало и заставляло думать, что она не пропадет.

Аврора сокрушенно покачала головой и попросила:

— Девочки, помиритесь перед лицом смерти и всеобщей опасности...

Взметнулись шифоновые облака — это Таня вышла на середину гостиной и картинно прижала руки к лицу:

— Я знаю, знаю, нас всех убьют... в доме завелся маньяк!..

— Маньяк убивает просто так, из своих маньяческих соображений, — живо возразила Аврора. — А ведь этой ночью произошло очень много странных событий. После смерти Кирилла все побывали в его кабинете и видели, какой беспорядок там царил! Что же, по-вашему, это был кабинетный маньяк? Нет, здесь преследовались конкретные цели! Что искали там, в чужих ящиках, спрашиваю я вас? Или об этом спросит полиция. То есть милиция. — И небрежно пояснила: — «Полиция» — это такая оговорка по Фрейду.

Насчет Фрейда Аврору понял только Игорь — как любитель детективов любителя детективов, — понял, но не улыбнулся. Он никогда прежде так близко не сталкивался со смертью и теперь как-то особенно ощущал свою руку — под ней ему все чудилось плечо убитой Риты.

— На этот раз она права. — Игорь был неплохо воспитан и в обычных обстоятельствах ни за что не позволил бы себе сказать о даме «она» в ее присутствии, но сейчас он был очень испуган, и, кроме того, его невыносимо раздражала Аврора. — Теперь, когда дело приняло такой скверный оборот, необходимо, чтобы не осталось никаких недоговоренностей, и в интересах собственной безопасности мы должны во всем разобраться сами. Прежде чем приедет полиция.

— Опять оговорка по Фрейду, — заметила Аврора и скромно предложила: — Давайте вернемся к моим версиям и уликам.

— Да-да! — воскликнула Таня. — Все это так волнующе, я...

Аврора подошла к Тане и нежно, двумя пальчиками, коснулась шифонового облака.

— Таня, простите, но в отравлении Кати я подозревала именно вас. Просто как человек искусства другого человека искусства. Я знаю, сколь сильным мотивом может быть желание получить роль. Ради роли Нины Заречной актриса пойдет на все. Мне известен случай, когда одна актриса даже наслала на свою соперницу порчу, а ведь всем известно, какой это страшный грех... кстати, поэтому она так и не получила эту роль — заболела свинкой, это ее бог наказал...

Аврора прикрыла глаза и, казалось, глубоко задумалась.

— Ну а теперь объясните всем про мокрое пятно на полу... — сказала она, не открывая глаз, — я не буду рассказывать о том, как я поняла, что это именно ваше пятно, то есть оставленное вашей мокрой обувью, — я использовала обычный дедуктивный метод. Только на вас были мокрые туфли, вот и все.

Таня не отрицала, и глупо было бы отрицать — причина ее посещения кабинета была совершенно невинной!..

Она просто хотела посмотреть, — не лежит ли там на самом виду завещание, — например в сейфе. Она знала, что у Кирилла иногда возникали мысли о смерти, он говорил ей об этом, потому что она, Таня, самый близкий ему человек. Сейф был открыт, и никакого завещания там не было, и тогда она, просто на всякий случай, поискала в ящиках стола и на стеллаже. Завещания не было и там, и тогда Таня взяла фотографию матери Кирилла со стола. Фотография молодой Киры была ей без надобности — она же не знала ее молодой... А вот та, где Кира постарше и такая... очаровательная, нежная и навсегда любимая, — эту фотографию она взяла. Да-да, взяла! И никому не отдаст, потому что никто не любил Киру так, как Таня.

Ну а что касается роли в антрепризе, — раз уж так случилось, что ее талант не может найти себе применение в этом жутком мире пошлости и продажности, раз уж так все сложилось, то и не надо ей никакой роли.

Неизвестно, на каких путях нас подстерегает удача, а на каких неудача. В сущности, Таня была неплохой актрисой, и жаль, что ей приходилось постоянно играть одну и ту же роль. Сейчас у всех на глазах просто ангел превратился в обиженного жизнью ангела, затравленного несправедливостью ангела, — и вообще, если на свете и был ангел, то вот он — обвитый шифоном, сидел в кресле, держа в руках тарелку с булочкой и ветчиной. Когда Таня нервничала, она всегда запасалась едой.

— Каждый в глубине души сам о себе все знает. И придумывает, почему он «не» — неуспешный писатель, актриса, инженер Кулибин, — задумчиво пробормотала Аврора.

Никто ее не понял, но главное, что Аврора сама поняла: Тане очень удобно выглядеть непонятой и неоцененной, куда выгодней, чем получить от судьбы еще один шанс и провалиться в роли Нины Заречной.

— Я была совершенно уверена, что это Таня, а потом вдруг поняла, что нет, не она, а Игорь... и я хочу спросить...Кирочка, а что вы искали в кабинете?

— При чем тут Кирочка? — удивилась Ира. Это были ее первые слова с тех пор, как Аврора собрала всех в гостиной, зато теперь ее будто прорвало. — Какое отношение Кирочка имеет к моему мужу? Что вам нужно от моего мужа? Это какая-то ошибка, мы с Игорем никогда не видели эту девчонку прежде! Игорь?! Кирочка?!

Кирочка молчала, а Игорь испуганно смотрел на Иру. Он очень ее боялся, но, будучи здравомыслящим человеком, прикинул, что лучше иметь дело с Ирой, чем с полицией, то есть с милицией, и решился:

— Она... э-э... была там по моей просьбе.

...Последняя книга Кира Крутого ничем не отличалась от всех предыдущих — как и прежде, он придумал сюжетный ход: из современности в русскую историю. Что было бы, если...

На этот раз Кирилл взял начало века, царствование Николая Второго, — время, которое всегда особенно интересовало Запад. Сложись обстоятельства хоть как-то иначе, и вся мировая история пошла бы по другому пути! Очень заманчиво! Итак, все то же, что и всегда, плюс переломная драматичность эпохи, плюс мода на русский антураж.

Кирилл все рассчитал и не ошибся: Голливуд заинтересовался этой книгой.

На этот раз Кирилл превзошел самого себя. Николай Второй, будучи цесаревичем и совершая заграничный вояж, женился на американке. А получив престол, принялся насаждать в России американские ценности — политкорректность, расовую терпимость и так далее. На каспийскую нефть посадил не Ротшильда, а вместо французских денег привлек американский капитал — компании «Шелл» и «Петролеум». И тогда в России образовались революционные кружки с целью восстановить русские ценности — соборность, народность, православие, — а уж революционные кружки, как водится, содержались на немецкие деньги. Отсюда любимая американская идея — борьба светлого американского начала с силами зла, злодейской темной революционной массой... Одним словом, Голливуд!

———

— Голливуд…— повторил Игорь, — нашей последней книгой заинтересовался Голливуд. Уже начались переговоры. Из книги нужно было сделать сценарий. Кто бы ни был Киром Крутым, один ли Кирилл или мы оба, но сценарий Кирилл не мог сделать в одиночку. Необходим был я, когда-то легко переводивший чужие сценарии в текст, а теперь с легкостью делающий обратное.

Продажа прав Голливуду — это очень большие деньги. Миллион долларов.

Два дня назад у них с Кириллом состоялся разговор. Кирилл обещал подумать и принять решение. Игорь ходил вокруг него, как вокруг драгоценной игрушки, завернутой в вату, — чтобы Кирилл не замкнулся в себе, не начал оттягивать решение, не передумал вовсе.

Вчера вечером, когда Кирилл поднялся в кабинет, Игорь отправился вслед за ним. У него просто больше не было сил ждать. И оказалось, он правильно поступил. Кирилл действительно принял решение — на глазах у Игоря подписал заранее приготовленный договор: с сегодняшнего числа они оба имеют равные права на имя, и наконец-то Кир Крутой — это они оба!..

После смерти Кирилла Игорь понял, что договор превратился в ненужную бумагу, но на всякий случай позвонил юристу — проверить, и оказалось, что это не так. Уже подписанное соглашение имеет силу, даже если его не успели зарегистрировать у нотариуса. Так что этот договор, подписанный Кириллом за час до смерти, дает Игорю право дальше писать под именем Кира Крутого.

— Игорь! — выдохнула Ира и взглянула на Ларису с жалостью — от счастья, что она наконец-то взяла над ней верх.

— Ну а дальше... — нехотя продолжил Игорь, — Кирочка пошла в кабинет, обыскала все: сейф, письменный стол, перелистала книги — договор пропал!

Ира непонимающе смотрела на Игоря — а почему, собственно, Кирочка искала этот договор?

— Мне самому было неловко, я ни за что не смог бы рыться в чужом столе, я... ну, просто я ее попросил.

— А-а... — Ира поняла.

То есть поняла, что самому Игорю было неловко и он попросил Кирочку ему помочь. Относилась ли Ира к тем людям, что видят лишь то, что хотят, или же решила сделать вид, что ничего не поняла, но в любом случае она поступила разумно. Нет ничего глупее, чем обвинять мужа в неверности, куда лучше просто принять неверность к сведению и постараться исправиться. Что-то позволяло надеяться, что Ира постарается — бросит свой джин и сегодня же напомнит Игорю, как им хорошо вдвоем, без случайной Кирочки, которая только и годится на то, чтобы поискать договор. Да и этого толком сделать не может.

Лариса резонно заметила, что книга не закончена, а Игорь все равно не сможет сделать это один, без Кирилла.

Игорь согласно кивнул — правда, не сделает, не закончит, не сможет... Тем более, его волновал вопрос с революционными кружками — покушаться на святое можно, но в определенных пределах. Кирилл не собирался вызывать народный гнев. Во всех своих играх с русской историей он умел сделать так, чтобы и волки были сыты, то есть русская национальная гордость не пострадала, и овцы целы, то есть занимательность сюжета сохранялась. Кирилл и сейчас, без сомнения, сумел бы найти ход по спасению овец — но какой? Это мог знать лишь он...

— Мы говорим о первом варианте, а есть еще второй, — неожиданно живо сказала Кирочка.

И уж совсем невероятно, но она даже раскраснелась и принялась слегка жестикулировать.

Во втором варианте генеральная идея та же: Николай Второй разделил между французами и немцами юг России и раздал концессии на уголь и железо на двадцать пять лет. А американского капитала не было, да и далековато, и место уже занято.

В своих мемуарах Витте вспоминает, как некое частное лицо, человек, который занимался организацией французского займа, пришел к нему и попросил: дайте нам за труды — за организацию французского займа.

— То есть, выражаясь современным языком, — откат, — пояснил Игорь.

Кирочка кивнула и продолжала:

— Витте расплатился за труды, а мы с Кириллом придумали такой ход: Витте отказал.

— Гениально! — вскричал Игорь, слегка даже задохнувшись при мысли о таком повороте истории. — Витте сказал: «Мы с французским правительством работаем официально, а вы нахально требуете откат, не дам, и все тут...»

Они с Кирочкой понимающе посмотрели друг на друга.

— Вот только надо подумать, почему он не дал, — должна быть какая-то мелочь... например, Витте тем утром бросила любовница, и он был раздражен. И французы не получили концессии. Рубль упал, армию содержать не на что, и в этом случае в Россию пришел бы американский капитал. И тогда немцам не было бы смысла содержать большевиков, и не было бы революции, и... Ну как?

Игорь был так счастлив, что забыл о всякой осторожности. Правда, он достаточно хорошо знал Иру и понимал, что все у них будет хорошо.

— Ты спала со мной, знала, что я работаю с Кириллом, и за моей спиной... и все от меня скрывала?..

Кирочка лишь пожала плечами и промолчала.

«Какое двуличие, — мысленно возмущался Игорь, — а ведь совсем еще девочка! Чистое безобразие». Сам-то он вел себя искренно, а то, что бедная Кирочка оказалась пешкой в их с Ирой взрослой игре, так это не в счет — она же знала, что он женат.

Зато он понял — Кирочка смогла бы заменить Кирилла.

— Но все бессмысленно — договора ведь нет, — вслух произнес он.

Ненужную сейчас лирику в практическую плоскость перевела Ира.

— Лариса, — мирно проговорила она, — тебе нужен этот договор, чтобы быть единственной наследницей Кира Крутого, но ведь его не будут переиздавать вечно. У нас есть Игорь, Кирочка и шанс получить миллион.

— Кир Крутой будет жить дальше, если вы договоритесь, — догадалась Аврора. — Так вот почему вы нервничали — вы спрятали на кухне договор, а вовсе не пузырек из-под отвара...

Лариса не ответила. На кухне, в спальне, какая разница. Главное, что она вовремя позаботилась о себе. Договор у нее.

———

— Послушайте, но как же миллион? — растерянно произнесла Аврора. — Его что, нет?

Ей никто не ответил, но она и сама уже все поняла.

О миллионе долларов упомянула Мариша. Она могла случайно услышать слово «миллион», промелькнувшее в разговоре Кирилла и Игоря, и решить, что узнала страшную тайну. Кроме нее о миллионе никто не упоминал, да и зачем, ведь никакого миллиона не было. А Ларисе и в голову не пришло переубеждать дочку, она просто не придала значения ее болтовне, гораздо больше ее занимали практические вопросы...

Авроре стало обидно — ни наследницы, ни отравления, ни миллиона — все, буквально все самое интересное оказалось плодом ее воображения.

— У меня осталась одна улика — мобильный телефон, — сказала Аврора с видом терьера, упрямо пытающегося проникнуть в щель, где, по его мнению, прячется от него кость. — Никогда не поверю, что Мариша искала в кабинете завещание или договор...

— Я сама с ней разберусь, — поспешно ответила Лариса.

— Нет уж, пусть отвечает при всех, — тут же возразила Катя.

——

Мариша на глазах у всех превращалась в дерево. Дерево — это был этюд, который лучше всего получался у нее на занятиях по актерскому мастерству в театральной студии, и сейчас Маришина голова мгновенно склонилась набок, обмякли плечи, безвольно повисли руки и подогнулись ноги...

— Нашла? — дружески поинтересовался Игорь.

— Нет, — удрученно призналась Мариша. — Не было там никаких денег, только старая открытка...

Беседа девятнадцатая

— Почему убили Риту?! — я больше не могла пребывать в неизвестности. — Я уж не говорю о том, что хотелось бы знать, кто убийца, — но хотя бы почему?.. Все это срывание масок не только не проясняет, но и еще больше запутывает картину. Почему убили Риту?! Скажи мне!

— Не знаю, — неожиданно призналась Ольга.

— Есть тут кто-нибудь живой? — раздался за дверью гостиной недовольный голос.

— Есть. Я, — пискнула Мариша.

— Это милиция! — всполошилась Лариса. И несмотря на то что на протяжении ночи этот факт несколько раз ставился под сомнение, это все же был ее дом, и именно в ее доме произошло убийство. Она понимала, что приход милиции каким-то неприятным образом скажется на ее карьере светской женщины, и хотела бы как-то все сгладить, например, вовсе не пустить милицию. Но что она могла им сказать: «Спасибо, мы сами разберемся, без представителей закона...»

Дверь отворилась, и недовольный голос обратился непосредственно к Авроре.

— На выход с вещами! Пять минут на сборы.

— Нет, нет! Это незаконно! Почему вы хотите забрать Аврору? — взметнулась Катя и медленно добавила: — Аврора, я принесу вам смену белья, носки, книжку и яблоки...

Это было трогательно, потому что все остальные — вот вам человеческая благодарность за то, что Аврора всю ночь без сна и отдыха измученной душе расследовала преступление, — все остальные едва заметно от нее отодвинулись, всем своим видом показывая, что она отдельно, а они отдельно...

— Раз ее забирают, значит, на это есть основания, — заметил Игорь и, к сожалению, это прозвучало как-то даже угодливо.

— Конечно, есть основания, — у меня сегодня конференция, — последовал невозмутимый ответ. Племянник сердито тряхнул бородкой и блеснул очками.

———

В гостиной опять что-то изменилось — все снова придвинулись обратно к Авроре, но если кто-то и испытал стыд за свой страх и мгновенное предательство, то это был не Игорь. И не Лариса, и не Таня, и не Ира, — они своего предательства просто не заметили, хотя как взрослые люди могли бы и отдавать себе отчет в своих душевных движениях.

Племянник огляделся по сторонам и подошел к Тане.

— Доброе утро, — вежливо произнес он, — мы с вами, кажется, где-то встречались...

На самом деле он прекрасно помнил, где именно они встречались, но профессиональная этика не позволяла ему бесхитростно навязывать себя, поэтому он мог только намекать на возможное знакомство, а признаваться в знакомстве или нет — это уж было личным делом его собеседницы.

Таня улыбнулась в ответ так радостно, словно всю эту долгую ночь только и делала, что ждала этого человека с бородкой.

— Не помню, — кокетливо сказала она. — Как странно! Ах! Я очень рада!

Принятые в таких случаях радостные улыбки и восклицания «Вот совпадение! Как странно!», если задуматься, ужасная глупость, — существует теория, согласно которой абсолютно все знакомы абсолютно со всеми через пять человек. И что уж так охать и ахать, если вдруг встречаешь знакомого? Но Таня почему-то ахала, как будто произошло что-то невообразимое, невероятное, и почему-то находила нужным преувеличенно радоваться и расплываться в глупых улыбках.

Буквально через минуту она действительно вспомнила человека с бородкой и неожиданно бросилась ему на грудь со слезами и всхлипываниями, так, словно только и ждала бородатого Аврориного племянника, чтобы наконец поплакать вволю.

После Таниных слез, восклицаний, вскриков, обмахиванием шифоновым шарфом и валерьянки выяснились следующие обстоятельства.

Оказывается, Таню и Аврориного племянника познакомил Кирилл Ракитин, а племянник узнал, что этой ночью Кирилл Ракитин внезапно умер от инфаркта.

— Он умер, можно сказать, на моих глазах, — сказала Таня и, немного поразмыслив, добавила: — И на моих руках... почти что.

— Шизоидные компоненты наследственного происхождения иногда выявляются после сорока лет. Поздняя смена доминант может привести к суицидным настроениям, а те, в свою очередь, могут послужить первопричиной сердечных болезней...— произнес племянник подчеркнуто печально, стараясь соответствовать ситуации.

Игорь неодобрительно взглянул на него:

— Психология хороша, когда ею занимаются специалисты. А сейчас только ленивый не мнит себя психологом...

— А я как раз весьма ленив, хотя и являюсь доктором психологических наук и практикую в качестве психоаналитика, — скромно ответил племянник. — Так случилось, что я консультировал вашего друга... и хотя мое сегодняшнее присутствие здесь— чистейшая случайность, я могу подтвердить, что психологически он был не в самом лучшем состоянии...

Лариса смотрела на психоаналитика с опаской, как смотрят на врача в ожидании диагноза. Ей все еще по-настоящему не верилось, что Кирилла больше нет, но чем дальше уходило ночное суетливое безумие, тем ярче проступало желание понять — почему все случилось так неожиданно и нет ли в том ее вины. Ей очень понравилась ссылка на шизоидные компоненты наследственного происхождения: это звучало так научно и успокаивающе — с шизоидными компонентами ничего не поделаешь, тем более наследственного происхождения...

— Господи, зачем он ходил к психоаналитику?! Он мне ничего не говорил... Кирилл весь в свою мамочку... Ох уж эта семейка со своими вечными секретами! — не сдержав злости, сказала Лариса, и странно прозвучала эта претензия к людям, которых уже не было в живых.

— А вот у меня с ним была неземная связь, — немедленно отозвалась Таня.

Случайный племянник без имени неожиданно превратился в очень значительную персону, Владимира Семеновича. Значительную для всех, кроме Авроры, потому что нет пророка в своем отечестве, и действительно, трудно воспринимать своего родного племянника так серьезно. Игорь, который за эту ночь привык к положению единственного мужчины в этом серале, сейчас ревниво поглядывал на доктора наук, в качестве психоаналитика Кирилла знавшего о его друге что-то, чего не знал сам Игорь. К тому же доктор наук оказался племянником Авроры, и это было особенно неприятно — за эту ночь Игорь успел привыкнуть к ней, как к своей собственной тетушке.

— Почему ты не сказал мне, что знаешь, к кому нас везешь?! — грозно прошипела Аврора. — Мне никто ничего не рассказывает!..
Кажется, Аврора даже слегка ущипнула доктора психологических наук за складочку пониже спины. У всех есть свои слабости. Была слабость и у Авроры: обнаруживая в своих сведениях об окружающих какие-то пробелы, она всерьез мучилась и немедленно решала, что никому не нужна.

———

— Откуда мне было знать, что писатель Кир Крутой и мой клиент — одно и то же лицо? — возмутился Владимир Семенович.

Все это было похоже на своеобразную игру в жмурки, когда глаза завязаны не только у ведущего, но и у всех, а череда нелепых опереточных недоразумений разрешилась самым простым, непоэтическим образом.

— Около месяца назад моя жена попросила проконсультировать своего знакомого. Я даже не знал его фамилии, только имя — Кирилл...

— Опять жена? — довольно-таки сварливо спросила Аврора.

— Да, жена. Моя жена Рита, — недовольно ответил Владимир Семенович.

За этим последовала родственная склока.

Студенты видели Владимира Семеновича вдохновенно читающим лекции — бородка и очки хорошо смотрелись с кафедры. Коллеги считали его неплохим ученым и практиком, на консультации к нему записывались заранее, потому что он был в состоянии разобраться в самых сложных случаях. Многие клиенты влюбленно ходили к нему годами, но Владимир Семенович, что бывает с психоаналитиками нечасто, не злоупотреблял их привязанностью, а старался помочь и выпустить в мир. И так далее, и так далее...

Но в личной жизни у Владимира Семеновича имелась слабость — он любил женщин.

Женщин любил, но не любил выходить из дома, поэтому с каждой своей пассией Владимир Семенович первым делом начинал супружескую жизнь. Он не обещал жениться, а совершенно искренне считал, что уже женился, и те несколько месяцев, что находился с очередной дамой под одним кровом, честно именовал ее женой.

Сам Владимир Семенович называл свое поведение «здоровая компенсаторная установка экстравертного чувствующего типа, которому свойственны широковещательные, но редко доводимые до конца начинания».

Но даже если это была здоровая компенсаторная установка, могла ли Аврора при такой быстрой оборачиваемости невест углядеть за его широковещательными, но редко доводимыми до конца начинаниями? И даже сейчас, когда ей предстояло сообщить ему трагическую новость, в голове у нее вертелась ужасная, глупая и пошлая фраза: «Ты будешь смеяться, но твоя невеста Рита тоже умерла...» И еще одна, такая же глупая и пошлая: «Невестой больше, невестой меньше...» Но ведь у каждого из нас бывают мысли, которых мы ни за что не обнародуем, и у Авроры тоже, тем более, она отказалась нести за них ответственность.

Поэтому, поднявшись на цыпочки, Аврора погладила Владимира Семеновича по голове.

— Мальчик мой, бедный мальчик...— сказала она сквозь слезы.

— Что? — с опаской спросил племянник. — Последний раз ты назвала меня своим бедным мальчиком, когда меня ударили совком в песочнице...

...Потрясение Владимира Семеновича, когда он узнал, что Рита убита, было так велико, как только может быть потрясение человека, приехавшего забирать свою престарелую родственницу из загородного дома и неожиданно обнаружившего в этом доме некоторое количество трупов, включая свою теперешнюю жену...

Когда-то Владимир Семенович говорил Авроре, что лучший способ вывести человека из шокового состояния — это дать ему выпить как можно больше воды и побудить к действовиям, и теперь Аврора воспользовалась его советом. Она заставила его выпить два стакана воды и сказала:

— А среди нас есть убийца...

Владимир Семенович пришел в себя, насколько это было возможно, — он ведь искренно любил Риту последние несколько месяцев, и они в скором времени собирались в загс.

— Я клянусь, что выясню, кто и зачем убил Риту, — твердым голосом пообещал он.

— Да-да, ты обязательно выяснишь, и не забудь поехать и покормить Ритиных кошек, — успокаивающим голосом сказала Аврора. — Там у нее две кошки, совсем одни... Бедные кошечки, неужели им придется жить у меня...

Владимир Семенович удивленно сказал, что никаких кошечек у нее не было и в помине. Рита жила у него, и вряд ли он не заметил бы в своей квартире парочку кошек.

Тут Катя вдруг вскочила и выбежала из комнаты. Аврора проводила ее беспокойным взглядом — бедная девочка, наверное, ей опять стало нехорошо... но Катя вскоре вернулась и, запыхавшись, протянула Владимиру Семеновичу Ритину сумку-бочонок.

— Посмотрите, может быть, у нее тоже есть метрика, как у меня? Вдруг она наследница?

— Что за глупости? А впрочем, взглянуть необходимо... Ты посмотри сама, девочка, я не могу, не могу... — протянул он неожиданно высоким голосом.

Катя выложила на журнальный стол пачку бумажных носовых платков, косметичку, в которой одиноко болтался один тюбик помады (Рита обычно делала макияж дома, а на людях только подкрашивала губы), два конфетных фантика, увидев которые, Владимир Семенович издал всхлипывающий звук, записную книжку, дорогую и красивую, —

подарок Ларисы, ежедневник в дешевой обложке и мобильный телефон, самый обычный.

— Фи, — сказала Мариша, — фи, никакого воспитания, лазать по чужим сумкам...

— А лазать по сейфам в поисках денег? — мгновенно отозвалась Кирочка.

Катя вытащила что-то со дна сумки и раскрыла широковатую ладонь с длинными пальцами: «Вот он, пузырек... Не его ли искали?.. И вот еще какая-то ампула...»

Неожиданно уверенным жестом Игорь выхватил у нее из рук ампулу и пузырек толстого зеленого стекла.

— Строфантин, — прочитал Игорь. Ему тоже хотелось быть главным. — Убийца подкинул Рите ампулу строфантина и пузырек из-под отвара... но зачем?

— Действительно, зачем? — согласно кивнула Ира. — Бедная Рита...

Аврора пробормотала про себя: «„...У каждого что-нибудь да есть..." — откуда это, не могу вспомнить...»

— А почему человек все время облизывает губы? — спросила она племянника.

— Это вегетативная реакция на стресс, — машинально ответил Владимир Семенович. — При стрессе губы и язык деревенеют и возникает ощущение, что губы — это инородное тело.

— Тогда я знаю, как убили Кирилла, — заявила в ответ Аврора.

— Вы хотели сказать, как убили Риту, — поправил ее Игорь.

Аврора покачала головой.

— Я знаю, как Рита убила Кирилла. Идеально красиво, просто и безопасно. То есть безопасно для нее, не для Кирилла.

Это был настоящий триумф. Аврора постаралась держаться скромно, и именно так, со скромным достоинством и объяснила, что же навело ее на догадку.

Кошки! Кошки и есть та деталь, которая помогла ей, — и напрасно Рита считала себя умнее других.

— Рита несколько раз говорила про свою любовь к дому в Комарово. Она выросла рядом с этим домом и мечтала о нем. Мания, понимаете? Бывают разные мании, а вот у нее была такая — этот старый дом в соснах. Она чувствовала почти физически, как со дна души поднимается что-то темное и чуть ли не мешает дышать, и это ни в коем случае не была зависть ко всему, что было у Ларисы и Кирилла, — ей нужно было только свое, и она говорила себе: «Хочу эти сосны, хочу это небо» — до тех пор, пока желание не стало таким же простым и естественным, как вода, как воздух, как... как сосны.

———

Ложь номер один: она сказала, что живет одна и никому не нужна, а мы знаем, что она считала себя замужем и собиралась выйти замуж официально. Это означало стать наследницей дома в Комарово.

Ложь номер два: зачем Рита все время рассказывала про несуществующих кошек? Очень просто — для усиления образа. Она увлеклась, представляя себя в образе старой девы.

Рита была уверена, что мы с Б. А. поженились. Мой наследник — вот он, ее почти что муж. Ей ни в коем случае нельзя было обнаруживать связь с моим племянником. Между ней и ее мечтой была только одна досадная помеха — Кирилл. Вот она его и убила.

Рита знала, что Кирилл в плохом состоянии, что он принимает сердечные препараты. Она украдкой читала его записи, дневник. И все ее действия были как яйцо в мешочек — снаружи круто, внутри жидко. Все зыбко, неопределенно, и каждый конкретный шаг не был шагом к убийству. Она и правда хотела ему помочь и отправила его к психоаналитику. Но не назвала его имени, потому что какие-то смутные планы уже бродили в ее голове. Это еще были не планы, так, волны... она не собиралась его убивать, она же не убийца...

И вообще, убить — страшно. Но волны превратились в план — она задумала убийство внезапно, когда услышала речь Кирилла за столом и подумала, что мы с Б. А. поженились. И тут-то мне и стало ясно, для чего она изучала справочник лекарственных трав, препараты, которые принимал Кирилл. И все, что она делала, замечательно укладывалось в ее план.

— Можно мне продолжать? — кротко спросила Аврора.

Она припомнила некоторые странности, на которые не обратила бы внимания, если бы не пузырек и ампула в Ритиной сумке. В Ритиных словах обнаружились противоречия, то есть вранье. Судите сами.

Разговор первый.

«Как говорится, кто шляпку спер, тот и тетку пришил... — сказала Аврора.

— А что, из кабинета пропала шляпка? — удивилась Рита. — Правда, я никогда не была в кабинете, он никого туда не пускал...»

Разговор второй.

«...Я хочу домой, — жалобно сказала Рита, — у меня там кошки одни... И вообще, я никогда не полюблю этот дом... Вот в Комарово... Там вокруг дома шестнадцать сосен. А в самом доме я никогда не была. Но я помню, там есть башенка, и на картинке она видна...»

Картинку со старым домом с башенкой на фоне сосен Рита могла видеть только в одном месте — это заставка в мониторе Кирилла. Значит, Рита соврала, сказав, что никогда не была в кабинете. Она была в кабинете тогда, когда Кирилл был еще жив. Она вошла в кабинет и либо подменила стакан с холодным чаем, который всегда стоит на его столе, либо просто налила туда отвар ядовитой травы.

— Вы помните, что написано в справочнике? — вдохновенно продолжала Аврора, — «„Digitalis purpurea", пурпуровая наперстянка — стебли, цветы, содержат сердечные гликозиды».

Рита знала, что Кирилл принимает строфантин. А строфантин и есть сердечный гликозид. Он вызывает усиление работы сердца, но при этом частота сокращения сердца замедляется, и при передозировке сердце может остановиться. Навсегда! Поэтому страшно опасного строфантина всегда назначают совсем чуть-чуть. Рита принесла Кириллу отвар травы, он запил отваром строфантин, произошла передозировка сердечных гликозидов и, следовательно, остановка сердца.

Ей самой все это казалось не убийством, а чем-то другим, между ней и убийством был зазор — она не была уверена, что это произойдет. И затем она сама поверила, что Кирилл умер от инфаркта. Убить — легко...

— Откуда у тебя такие подробные сведения о лекарстве?

— Господи, да Б. А. принимает строфантин, и я сто раз читала аннотацию на лекарство. Ты же знаешь, что я читаю все, что попадает мне в руки. Кстати, аннотации читать очень интересно... Вот, например, вчера мне попалась аннотация на сульфадимезин...

Владимир Семенович сделал странный угрожающий жест — неужели он хотел приподнять Аврору и немного потрясти?.. Он, конечно же, нервничал — кому же приятно сознавать, что делил постель с убийцей?..

Да, и потом, в первые минуты после смерти Кирилла, Рита все время облизывала губы. Конечно, у нее был стресс, все же с непривычки убивать нелегко...

— Она держала тебя за круглую дуру, — мстительно заметил Владимир Семенович, — даже не потрудилась выбросить пузырек.

— А вот и нет! Причина была совсем в другом! — возразила Аврора. — Она не только не выбросила пузырек, но и на всякий случай носила в сумочке ампулу строфантина.

— Зачем? — непонимающе спросила Мариша.

— Ты глупая, — отозвалась Кирочка и засмеялась. — Что же, по-твоему, случилось с Ритой? Может быть, Кирилл отравил ее в ответ? Неужели ты не поняла, что Рита покончила с собой?

Если честно, то вместе с Маришей этого не поняли и все остальные, но, конечно, им было неловко в этом признаваться.

— Проблемы в личной жизни? — спросил Игорь. — Психоаналитики почти так же часто оказываются преступниками, как и секретарши.

— У нее сдали нервы, — вздохнула Таня.

— Проснулась совесть, — предположила Лариса.

— Не уверена. В нашем последнем разговоре я сказала, что никогда и не собиралась замуж за Б. А., и тогда Рита поняла, что совершила преступление напрасно. Просто совершенно бессмысленно. И вот тут-то у нее не выдержали нервы...

Итак, это был триумф Авроры.

— Вы все-таки раскрыли преступление. Правда, не то. Ничего? — сказал Игорь.

— Ничего. В любой победе всегда скрыт нежелательный компромисс, — умиротворенно ответила Аврора.

Удовольствие от триумфа ей портило только то, что не удалось представить дело таким образом, будто она, Аврора, все знала с самого начала.

— Вы понимаете, что обсуждали все свои действия с убийцей? — с запоздалым беспокойством поинтересовался Игорь.

— Ой! И правда! — всполошилась Аврора. — Ой!

Беседа двадцатая

— У Агаты Кристи однажды такое было! Один раз женщина не узнала своего первого мужа. Ты мне скажи, это возможно с физиологической точки зрения?! — спросила Ольга ни с того ни с сего.

— ???

— А один раз бутылку с ядом нашли прямо в шкафу у подозреваемого...

— ??

— И еще она часто пишет — «...У преступника сдали нервы». И так все раскрывается.

P. S. Версия психоаналитика. Владимир Семенович не согласен с версией Авроры и считает, что Кирилл Ракитин совершил самоубийство. Мой клиент — препсихотическая личность. У людей такого типа кризис среднего возраста осложняется шизотимическим действующим началом... Как его психоаналитик подтверждаю, что он находился в крайне тяжелом состоянии.

1. У него не была проработана проблема отношений со смертью. Смерть матери повлияла на него самым серьезным образом. Растерялся и не смог справиться со страхом смерти.

2. Узнав, что Кирилл и писатель Кир Крутой — одно и то же лицо, я изучил произведения Кира Крутого и обнаружил в них две проблемы. Во-первых, то, что выходило из-под пера Кира Крутого, влияло на душевное состояние Кирилла. Его Герой был способен повернуть ход событий... а сам Кирилл нет.

Во-вторых, я убежден, что Кирилл тяжело переживал временный творческий застой. Неуверенность могла возникнуть однажды, а затем он сам мог искать ей подтверждения. Для личности его типа характерен бурный расцвет продуктивности и резкое, неожиданное прекращение ее, особенно у писателей.

3. Писательский кризис мог быть связан с проблемами в сексуальной сфере. Известна фраза: «Если у писателя не стоит, он не может писать». Я уверен, что у него были проблемы в сексуальной сфере. Мое предположение заставило Ларису отвернуться и покачать головой, не глядя мне в глаза.

4. Обычные проблемы среднего возраста, о чем можно прочитать в любой книжке.

5. Кирилл всю жизнь переживал по поводу своей национальности, и узнать, что он не еврей, было для него большим потрясением. Кирочка нашла в кабинете открытку. Вот она, эта открытка, подтверждающая мою версию: «Кира, я понимаю, что это конец, что мы расстаемся навеки, что я должен забыть тебя и нашего ребенка. Когда-нибудь просто скажи нашему сыну Кириллу, что был у тебя такой знакомый, Сережка Иванов, и ты его любила... Твой навсегда Сережа».

6. И наконец последнее: смена доминант у шизотимического типа.

Сама Аврора считает, что доктор психологических наук чувствует себя задетым в профессиональном смысле тем, что не сумел распознать Ритину душевную неадекватность и тяжелое состояние Кирилла Ракитина, — но что он мог сделать больше того, что он уже сделал, дав разъяснения по поводу склонности шизотимической личности к сердечным болезням при смене доминант?...

Беседа
о воспитательном значении литературы

— Тебе повезло, — сказала Ольга. — Ты хотела, чтобы у нашего Произведения было воспитательное значение, и сегодня я поняла, что нам удалось воспитать, по крайней мере, одного человека, меня.

— ???

— Я сегодня хотела написать рецензию на один сериал.

Дело в том, что Ольга критик. Профессионально критикует кино. Критики вообще-то жуткие люди — не понимаю, как можно сделать гадость формой существования. Но, глядя на Ольгу, я думаю, что может они и ничего.

— В этом сериале одна актриса выбивается из общего актерского ансамбля как вставной зуб. Некрасивая, играет ужасно, и выглядит лет на десять старше своих одноклассников по фильму. Вот я и хотела написать, что она как вставной зуб. Но не написала.

— А при чем здесь наше Произведение?

— Ну как же... Ты освежи в памяти историю создания Произведения: ты увидела в кафе незнакомых людей. На самом деле мы абсолютно ничего про них не знали, так?

— Так, — подтвердила я. — И мы сочинили для них и прошлое, и судьбы, и даже вставили их в детективную историю с убийствами и внезапными смертями для завлекательности повествования. Ну и что?

— Не нукай, а то быстро у меня отправишься на курсы хороших манер. Мы этим незнакомым людям в кафе придумали судьбы, и посмотри, сколько же в их прошлом оказалось сложного, даже болезненного!

Так может быть, в каждом человеке есть что-то, о чем мы даже не догадываемся... Комплексы всякие... Например, эта зубастая актриса... А вдруг она внебрачная дочь режиссера, которую он бросил младенцем, и вот теперь он хочет загладить свою вину и поэтому снимает ее в сериале?..

— Да, да! У меня все то же самое! Меня нам тоже удалось воспитать! — обрадовалась я. — Ко мне сегодня пришел водопроводчик и ничего не починил, зато сломал раковину. А я подумала, — вдруг его мама в детстве не любила... а тут я со своей раковиной. Чем его расстраивать, лучше я вообще не буду мыться...

Беседа о будущем

— Я тут читала заметку «Загадочная трагедия на яхте». Один магнат упал с борта своей собственной яхты в Карибском море, — сообщила Ольга.

— Мне очень жаль, — вежливо откликнулась я. — А я собираюсь писать жутко психологический роман про любовь!

— А я тебе говорю — погиб один британский магнат! В Карибском море!!

— Но при чем тут мы? Это что, твой знакомый магнат?

— Упал за борт своей яхты при невыясненных обстоятельствах, — настаивала Ольга. — Не понимаешь? Сюжет! Ты только представь: одна компания отправилась на яхте ловить в Неве корюшку…

— Где я возьму эту компанию? Я же их никогда не видела! — возмутилась я.

— Ну присмотрись к соседям по дому… Найдем компромисс, как выражается Аврора. — Ольга немного помолчала и добавила: — Аврора тоже поплывет на яхте.

Беседа организационная

— Есть ли у тебя знакомая знаменитость, которая напишет нам отзыв на обложку?

— Тонкий психологизм, мастерство рассказчика…— догадалась я.

— Увлекательная интрига, — стесняясь, добавила Ольга. — Нам нужен народный поэт Адыгеи, лауреат Нобелевской премии, генеральный секретарь какого-нибудь ПЕН-клуба. Фамилии пока не знаю, но в Москве всегда можно кого-то найти…

— Давай будем скромнее и обойдемся своими силами, без громких фамилий, — предложила я.

После того как мы решили быть скромнее и обойтись своими силами, отзывы подписали: правнук народного поэта Адыгеи — Пуся; сын лауреата Нобелевской премии — Пуся; племянник генерального секретаря какого-нибудь ПЕН-клуба — Пуся. Спонсор показа — Пуся, телефонные счета прилагаются.

Беседа последняя

— Сходи в «Кофе Хауз». Посмотри, как там дела. Особенно меня интересует буфетчица, — загадочно сказала Ольга.

— Я уже была там сегодня утром и видела Риту. Стоит за стойкой как ни в чем не бывало, — ответила я и еще раз напомнила Ольге, что все случайно увиденные в кафе люди на самом деле живы, прекрасно себя чувствуют и даже не подозревают, что стали фигурантами детективной истории с убийствами и смертями.

— Тогда купи и прочитай свежий номер журнала «Кошка Ру».

«...Из интервью с культовым писателем Киром Крутым в журнале «Кошка Ру» за сентябрь текущего года.

...Кир, мы задали вам все вопросы, которые полагается задавать знаменитому писателю. А теперь наша АНКЕТА. Просьба быстро, не задумываясь, ответить на вопросы:

— Любимый цвет?

— Черный.

— Любимое блюдо?

— Картошка с селедкой.

— Алкоголь?

— Водка «Дипломат».

— Вредные привычки?

— Все очень вредные.

— Что такое, по-вашему, любовь?

— Любовь? Скажу вам честно — я люблю свою жену. А вы свою жену любите?

— Вы стали чаще давать интервью и даже обещаете вскоре открыть одну из ваших тайн и представить вашу жену и дочь широкой публике. Кстати, просочились слухи, что у вас не одна дочь. Что-то изменилось в вашей жизни?.. Или изменились вы сами?..

— А почему бы мне не измениться? Вот вы — неужели вы всегда один и тот же?.. Я, например, меняюсь и, значит, живу!..

Оглавление

Литературно-художественное издание

Елена Колина

НАИВНЫ НАШИ ТАЙНЫ

Роман

Ответственный редактор *Лидия Лаврова*
Художественный редактор *Юлия Прописнова*
Технический редактор *Татьяна Харитонова*
Корректор *Людмила Лебедева*
Верстка *Ольги Пугачевой*

Подписано в печать 11.03.2005.
Формат издания 75×100^1/$_{32}$. Печать офсетная.
Усл. печ. л. 17,94. Тираж 10 000 экз.
Заказ № 1425.

Издательство «Амфора».
Торгово-издательский дом «Амфора».
197342, Санкт-Петербург,
наб. Черной речки, д. 15, литера А.
E-mail: amphora@mail.ru

Отпечатано с готовых диапозитивов
в ФГУП ИПК «Лениздат» Федерального агентства
по печати и массовым коммуникациям
Министерства культуры и массовых коммуникаций РФ.
191023, Санкт-Петербург, наб. р. Фонтанки, 59.

Елена Колина
ДНЕВНИК НОВОЙ РУССКОЙ

Первый женский роман на русском языке, где смеха больше, чем слез, а оптимизма больше, чем горечи.

Если у вас есть джип, престижная работа и любящая семья, то вы — «новая русская»? А если джип-развалюха достался вам от бывшего мужа, эмигрировавшего за рубеж с новой женой, если на работе за весь ваш опыт и знания квалифицированного психолога платят сущую ерунду, а на шее — старенькая мама и дочь-подросток, то вы — все равно «новая русская»? Да, отвечает героиня «Дневника новой русской». И мы, прочтя роман, не можем с ней не согласиться.

8 октября, среда

…Роман сказал, что его жена совсем не интересуется его проблемами! Вот это она зря. Самое главное для мужчины — это вовсе не обед и секс, а чтобы его слушали и понимали. Как будто ей трудно подождать, пока он по-настоящему увлечется своим рассказом, затем незаметно подкрасться к телефону, набрать номер лучшей подруги и, сохраняя на лице понимающее выражение, утечь от него в другую комнату!

Елена Колина
БЕДНЫЕ БОГАТЫЕ ДЕВОЧКИ

Новая книга Елены Колиной приятно удивит почитательниц ее таланта. К юмору, оптимизму, проницательности «Дневника новой русской» здесь добавлен обязательный компонент всех «пикантных блюд» — интрига.

Много лет промелькнуло с тех пор, как в жизнь трех подружек — трех «барышень из хороших семей» — ворвался дворовый король Игорь. Дружба ушла, но в судьбе каждой из героинь по-прежнему остался Игорь — друг... любовник... муж... Возможно, первое чувство не умирает НИКОГДА и достаточно лишь искры, чтобы оно загорелось с новой силой?..

Теперь мы все родственники через Игорька! Я, чур, старшая жена, потом Алка, ну а ты в самом конце!.. Да... Кто бы мог подумать, что с нами может случиться такое? Как в мыльной опере!..

По вопросам поставок
обращайтесь:

ЗАО Торговый дом «Амфора»

115407, Москва,
Судостроительная ул., д. 26, корп. 1
(рядом с метро «Коломенская»)
Тел.: (095) 116-68-06
Тел./факс: (095) 116-77-49
E-mail: amphoratd@bk.ru

ЗАО Торгово-издательский дом «Амфора»

197342, Санкт-Петербург,
наб. Черной речки, д. 15, литера А
Тел./факс: (812) 331-16-96, 331-16-97
E-mail: amphora_torg@mail.ru